李外秀 제1 창작집

겨울나기

東文選

제 소설에 속지 마십시오. 저는 실패의 천재. 사랑도 실패하고 자살도 실패하고 소설도 실패만 합니다.

악랄한 세상. 저는 한이 많습니다. 언젠가 한 번은 복수하고 싶습니다. 그리고 그 복수에만은 성공을 하고 싶습니다. 당분간 저는 행려병자처럼 떠돌기로 합니다.

소설이 칼이라면 저는 행려병자 같은 칼잡이입니다. 칼 하나를 의지하고 정처없이 떠돕니다. 그러나 제 이름만은 기억허 두실 것, 언젠가는 제 복수에 박수를 치게 되리라고 믿어 주실 것.

제 칼이 빛날 때까지 저는 외롭게 홀로 떠돌며 기상천외의 검법이나 연마해 볼 것입니다.

해마다 겨울이면 자살이나 해버리고 싶다는 충동에 사로잡힙니다. 그러나 자살은 아무나 마구 하는 게 아닙니다. 천재만 하는 것입니다. 나 따위가 자살을 해봤자 무슨 폼이 나겠습니까?

사람이 그리워서 미칠 지경입니다. 엄살이 아닙니다. 그러나 이제 모든 것은 멸망해 버렸습니다. 사막입니다.

타히티에 가고 싶습니다. 비록 모방이 될지는 모르지만 거기 가서 나이 어린 여자 하나 꽃피우면서 모든 것 다 버리고 소설만 쓰다 죽고 싶습니다.

　그러나 사랑하는 나라 나의 한국, 후진 게 너무 많아 더욱 외롭지만 여기서 제가 해야 할 일이 또 있으리라 생각합니다.

　소설은 노동이 아닙니다. 충동과 의욕에 의해서 쓰고 싶습니다. 평생에 꼭 한 번은 혼의 소설을 쓰고 싶습니다.

　아직은 부끄럽습니다. 여기 제 치부 몇 편을 드러내면서 저는 좀 뻔뻔스럽지 않을까 걱정이 됩니다. 하지만 변명하지 않겠습니다. 저만큼도 못 살고 겨우 돈벌이에만 눈이 시뻘개져서 인간 같지도 않게 사는 사람들도 많이 있는데요 뭐.

　열심히 쓰겠습니다. 열심히 쓰겠습니다. 더할 말이 없습니다.

(1980. 2.《겨울나기》를 쓰고 나서)

차례

겨울나기

"노란 옷을 입었다구요? 그런 간호원은 여기 없어요. 보시다시피 여긴 하얀 옷을 입은 간호원뿐이에요."

한 간호원이 내게 말했다.

"혹시 가운 속에라도 노란 옷을 입은 간호원이 있을지도 모릅니다. 잘 좀 생각해 봐 주십시오. 부탁입니다."

모든 것이 침묵 속에서 엄숙하게 죽어 가고 있는 듯한 병원 복도에 나는 서 있었다. 천장에는 형광등이 밝게 켜져 있었고 병원 내부는 모든 것이 유리처럼 투명하고 매끄러운 느낌을 가지고 있었다. 마치 유령의 집 같았다.

"글쎄요. 이 큰 병원에서 일하는 간호원들의 가운을 제가 다 일일이 벗겨 본 적도 없고 직접 한 번 찾아보시죠. 자세히 보면 알 수 있어요. 속에 입은 옷의 색깔이 가운 겉으로 엷게 내비치니까요. 전 그럼 바빠서 이만 실례하겠어요."

간호원이 복도를 돌아 자취를 감추어 버리자 나는 다시 다른 간호원들을 기다리기 시작했다. 가끔 관리인 복장을 한 남자들이 수상하다는 듯한 눈초리로 내 아래위를 훑으며 지나쳐 가곤 했다. 어디선가 낮게 신음 소리가 들리고 있었다.

내가 자살에 실패하면 혹시 이 병원으로 오게 될는지도 모른다는 생각이 들었다. 호주머니 속에다 손을 한 번 집어넣어 보았다. 작은 약병 하나가 손에 잡혔다. 그 약병에는 농약이 들어 있었다.

농약은 외상이 없다…….

어느 친구에게서 들은 말이었다. 농약을 먹으면 십중팔구는 천당행이라는 거였다. 농약을 먹고 자살을 한다. 얼마나 서민적인 자살인가.

다시 한 명의 간호원이 복도를 걸어오고 있었다. 나는 그녀를 불러세웠다. 가운을 자세히 들여다보니 속에 입은 옷이 붉은색 계통의 옷인 것 같았다.

"저어, 사람을 하나 찾는데요. 여자입니다. 나이는 스물다섯 살 이하이고 이름은 모릅니다. 얼굴은 깨끗한 분위기, 성격은 온순하고 마음씨는 착합니다. 옷은 노란색…….."

"여보세요."

이때 좀 경직된 목소리로 간호원이 내 말을 가로막았다.

"댁엔 지금 바쁜 사람 붙들고 농담하시자는 거예요 뭐예요."

그녀의 눈동자가 혐오와 경멸의 빛을 띠며 내 아래위를 훑어보고 있었다. 찬바람을 느낄 정도로 쌩쌩한 태도였다. 만약 이 여자에게 간호를 받는 환자가 있다면 병이 더 도질 것 같은 느낌이었다.

"농담이 아닙니다, 절대로."

나는 진지한 목소리로 말했다. 간호원이 들고 있는 금속제 쟁반 위에는 탈지면과 붕대와 소독약과 주사기 따위들이 담겨 있었다. 주사기는 바늘을 빛내며 나를 향해 날카롭게 신경을 곤두세우고 있었다.

"비키세요."

야무진 목소리였다. 나는 맥없이 비켜 주는 수밖에 없었다. 다시 어디선가 낮게 신음 소리가 들리고 있었다. 나는 문득 호주머니 속에 들어 있는 농약을 꺼내어 단숨에 꿀꺽꿀꺽 들이켜 버리고 싶은 충동을 느꼈다. 그러나 참았다. 웬지 억울하다는 생각이 들어서였다.

나는 몇 명의 간호원을 더 만나 보았고, 역시 노란 옷을 입은 여자에 관해 설명을 했고, 그러나 그녀들은 한결같이 모르겠다는 대답뿐이었다.

잠시 후 나는 도립 의료원 정문을 나섰다. 환자들 중에서 한 번 찾아 볼 걸 그랬다는 생각도 들었지만 곧 나는 고개를 가로저었다. 내가 찾는 여자는 건강한 여자였기 때문이다.

크리스마스가 가까와지고 있었다. 아침부터 밤까지 함박눈이 내리고 있었다. 거의 한 달 동안을 나는 그 노란 옷을 입은 여자를 만나지 못한 채 날마다 마냥 거리를 헤매다니는 처지였다.

함박눈이 내리고 있었기 때문에 거리는 마치 이국 풍경 같아 보였다. 이런 날은 어쩐지 그 여자를 만날 수가 없을 것만 같았다. 생각해 보라. 함박눈이 내리는 날에 누가 노란 옷을 입고 외출하겠는가를. 함박눈과 노란색은 전혀 어울리지 않는다. 만약 조금이라도 센스가 있는 여자라면 오늘 같은 날은 까만 옷을 입고 나올 것이다.

그러나 나는 혹시나 싶어 무작정 거리를 걷고 있었다. 열 시쯤일 거였다. 자동차들이 체인을 철걱거리며 지나갈 때마다 헤드라이트 불빛 속에서 무수한 함박눈 송이가 반짝거리며 살아나곤 했다.

연인들인 듯싶은 남녀들이 이런 날은 서로 바싹 붙어 있을수록 세계 평화가 빨리 이루어진다고라도 생각하는 사람들처럼 완전히 한 덩어리가 되어 거리를 오가고 있었다.

나는 곁에 누구든 있어 주었으면 좋겠다는 생각을 했다. 오늘 밤만은 아무 여자하고라도 말이 통할 것 같은 기분이었다. 그러나 이 도시에 사는 사람들은 모두가 짝짓기에 도사들인 모양으로 거의 전부가 쌍쌍이었고, 내가 주워 가지도록 스스로를 길바닥에 내버린 여자는 좀처럼 눈에 띄지 않았다.

그렇다고 뭐 굳이 여자일 필요는 없었다. 말이 통하고 뜻이 통하면 남자라도 상관없을 거였다.

아가리가 벌어진 구두 속으로 눈이 스며 들어와 양말 앞부분이 온통 젖어 있었다. 발가락이 모두 떨어져 나가 버리는 듯한 느낌이었다. 하는 수 없이 나는 가까운 다방 하나를 찾아들었다.

밖에는 눈이 내리고 있었고 따라서 다방 안은 약간 한산했다. 나는 자리를 잡기 전에 다방을 한 바퀴 휘둘러보았다. 내가 찾는 노란색은 전혀 눈에 띄지 않았다. 여름 새벽 강가에 피는 달맞이꽃이나 이른봄에 불탄 논두렁 시커먼 빈 터에 피는 민들레꽃이나 또는 담장 밑에 덤불로 환하게 등불을 밝히는 개나리꽃같이 노란색, 그 노란색은 전혀 눈에 띄지 않았다.

징글벨인가 뭔가 하는 노래가 다방의 의자와 의자 사이로 필요 이상 신바람나게 썰매를 타고 달리는 기분을 내고 있었고, 다방 가운데 심어진 한 그루 크리스마스 트리에서는 작은 색전구들이 반짝, 이쁘지, 반짝, 안 이뻐, 서로서로 자랑들을 하고 있었다.

나는 구석진 곳에다 자리를 정하고 커피 한 잔을 시켜 마신 다음 오래도록 무료하게 혼자 앉아 있었다.

대체로 젊은 남녀들뿐이었다. 개중에는 숫제 두 팔로 여자를 단단히 결박하고 여자의 귀에다 무엇인가를 골똘히 속삭이고 있는 친구도 있었고, 도망치려는 여자의 스커트 자락을 잡고 술에 만취되어 협박적인 눈으로 노려보는 친구도 있었으며, 무슨 이유에서인지 여자를 앞에 앉혀 놓고 눈물을 찔끔찔끔 짜내는 친구도 있었다.

그리고 잠시 후, 나는 내 나이 또래의 한 남자를 발견하게 되었는데, 내가 보기에 그는 대단히 무료하고 쓸쓸해 보였다.

그는 한 손으로 턱을 괴고 앉아 물끄러미 수조 속의 열대어들을 들여다보고 있었으며 나는 그에게 쉽사리 친근감을 느끼지 않을 수 없었다.

쑥스럽지만 나는 그에게 메모라도 한 장 던져 보기로 작정하고 수첩을 한 장 찢어내었다. 그리고 거기에다 이렇게 적어넣었다.

〈밖에는 눈이 내리고 이 개떡 같은 외로움. 제게 우리 하숙집 텔레비전을 훔쳐다 판 돈이 좀 남아 있는데 함께 술이라도 한잔 어떠실는지요.〉

나는 그것을 레지에게 주어 그에게 배달해 주도록 부탁했다.

나는 가슴을 두근거리며 반응을 기다리고 있었다. 그는 메모를 다 읽고 나서 레지에게 뭐라고 물어보는 것 같았고 이어 레지의 손가락이 곧바로 나를 가리키는 것 같았다. 나는 순간적으로 몹시 긴장하지 않을 수 없었다.

그는 흘깃 나를 한 번 건너다보았다. 그리고 이내 〈거 별자식 다 보겠네〉 하는 태도로 고개를 돌려 버리고 말았다. 그래도 혹시나 싶어 나는 약 5분 정도나 더 기다려 보았다. 그러나 그는 나를 이따금 건너다보기는 했지만 시간이 갈수록 〈원 병신 같은 자식, 지가 무슨 소크라테스라고〉 하는 코웃음의 표정이 역력해져 갔다.

개애새끼……

나는 스스로에 대해 심한 수치감을 느끼면서 그만 다방을 나와 버리고 말았다.

대개의 가게들이 문을 닫고 있었다. 함박눈은 아까보다 더 오라지게 쏟아져내리고 있었다. 다방을 나와서 계속 여기저기를 헤매어 보았지만 별 신통한 일은 생겨 주지 않았다.

나는 다시금 여기서 그만 사는 일을 끝내고 자살해 버리는 것이 좋지 않을까 하는 생각을 품어 보았다. 웬지 가슴이 허전해져 왔다.

이른 새벽부터 집을 나섰다. 지독하게 추웠다. 살갗 전체에 서릿발이 돋아나고 있는 듯한 느낌이었다.

도시는 아직도 깊은 잠 속에 빠져 있었다. 대단히 조용했다. 뒤꿈치를 접어 신은 내 낡은 가죽구두 끌리는 소리만 텅 빈 거리의 공간 속에 요란하게 울려 퍼지고 있었다. 그 소리는 마치 잠버릇이 고약한 주정뱅이의 이빨 가는 소리를 확성기로 공개하고 있는 듯한 느낌이었다. 걸을 때마다 신경이 거슬리는 노릇이었다. 기회가 생기는 대로 어디서든 다시 구두 한 켤레를 훔쳐 신어야겠다는 생각이 들었다.

어제는 슈퍼마켓에서 계란 한 개를 훔쳐먹는 데 성공했다. 아무에게도 발각당하지 않은 것 같았다. 나는 도둑질에 타고난 소질이 있을는지도 모르겠다. 몇 번 더 해봐서 소질이 있다는 확신만 생기면 열심히 연습을 해서 그 소질을 계발해 두는 것도 좋을 것이다.

그런데 이놈의 낡은 가죽구두. 나는 언제나 이놈의 낡은 가죽구두 때문에 걸음이 자유롭지가 못하다. 이놈의 낡은 가죽구두에 대해서만은 언제나 신경과민이다.

아가리도 벌어지고 끈도 떨어져 나갔다. 몇 번 물에 젖은 걸 햇볕에 내다 놓고 말렸더니 숫제 가죽구두 아닌 돌구두가 되어 버렸다. 딱딱해서 발등이 다 벗겨져 버릴 지경이다. 게다가 아가리가 벌어져 발가락도 몹시 시리다. 하여튼 하나 훔쳐 신기는 훔쳐 신어야 할 것이다. 빠르면 빠를수록 좋겠지.

나는 우선 역 쪽으로 서서히 걸음을 옮겨 놓기 시작했다. 가끔 새벽 열차를 타러 가는 사람들이 잰 걸음으로 바삐바삐 나를 앞질러 가는 모습들을 볼 수 있었다. 발들이 모두 가볍고 편해 보였다.

그러나 내가 역으로 가고 있는 것은 구두를 훔치려는 생각에서도 아니고 새벽 열차를 타려는 생각에서도 아니다. 오직 여자 하나를 찾아내기 위해서이다.

이 겨울에 내가 한 일은 방황 그것 한 가지뿐이었다. 새벽에도 방황하고 한낮에도 방황하고 밤중에도 방황했었다. 마치 방황과 자매결연이라도 맺은 놈처럼 방황만 했었다.

방황에서 돌아오면 암담한 내 하숙방. 어느새 연탄불은 꺼져 버리고 방바닥엔 얼음물처럼 써늘한 냉기만 한 양동이 흥건하게 엎질러져 있었다. 거의 날마다였다. 망할 놈의 하숙집 여편네 같으니!

도무지 잠도 오지 않았다.

옆집에서 들려오던 라디오 소리도 오래 전부터 끊어져 버리고, 한밤중, 사방은 쥐죽은 듯 고요한데, 이따금 벽 속을 내달아 가는 한 무리의 바람 소리, 커튼을 걷어내고 도시를 내다보면 도시는 폐선처럼 문을 닫고 정박해 있고, 거기 뜬눈으로 밤을 새운 도시의 불빛이 몇 개, 바람이 불면 젖은 눈시울로 깜박거리곤 했다. 나는 깊은 겨울 밤 도시의 풍경을 오래도록 바라보면서 누구에게든 편지를 쓰고 싶다는 생각을 했었다.

이제 완전히 겨울입니다. 비로소 나는 버림받은 개가 되었습니다. 곧 날이 새고 나는 다시 방황할 것입니다. 그리고 내 방황의 끝 어딘가에서 언제든 나는 미련 없이 자살해 버리고 말겠습니다…….

그러나 웬지 자살해 버릴 수가 없었다. 다만 도무지 잠이 오지 않다가 가까스로 어쩌다 잠이 들면 타인에게 목죄어 살해당하는 꿈을 꾸었다. 더러는 머리카락이 무더기로 빠져 버리거나 손톱 발톱이 썩어드는 꿈도 꾸었다.

잠에서 깨어나면 아직도 캄캄한 밤, 사방은 적막하고 외로운데, 왜 그리 날은 새지 않던지, 정말 참담했었다. 그리고 또 날이 새면 도대체 어떻게 시간을 보내어야 할는지, 먹이는 어떻게 구해야만 할는지, 그저 막막하기만 했었다. 방황. 자살 궁리. 방황. 자살 궁리. 방황. 자살 궁리…….

그러나 또 한편으로는 어떻게 해서든 이 겨울을 무사히 견디어내야만 한다고 나는 몇 번이나 스스로에게 당부하곤 했었다. 그러다가 마침내 나는 여자 하나를 찾아 헤매어 보기로 마음먹었다.

아직은 춥고도 추운 겨울, 봄은 요원하기만 한 것 같았다.

봄이 되면 나도 취직이나 한 번 해볼까. 봄이 되면 나도 공장에서 드롭프스 껍데기라도 싸면서 세칭 생활이라는 것에 충실해 볼까. 아니면 묵은 내의를 벗어 무릎 위에 얹어 놓고 햇빛을 쬐며 이나 잡고, 디오게네스 흉내나 내며 살아 볼까. 아 꽃 피는 봄이 되면…….

그러나 영영 봄은 올 것 같지가 않았다.

나는 썰렁한 분위기가 내 전신을 휩싸듦을 의식하면서 역 대합실로 들어섰다.

아직도 개찰은 시작되지 않은 모양이었다. 역 대합실의 매표구와 개찰구 앞에는 사람들이 줄줄이 늘어서서 차례들을 기다리고 있었다. 무표정해 보였다. 이따금 추위에 이리저리 몸을 움직여도 보고 또 더러는 초조하다는 듯 손목시계를 들여다보고 있는 모습들. 그러나 그들은 내가 보기엔 모두 한 공장에서 생산되어진, 개성도 없고 감정도 없는, 똑같은 모양의 인조인간들 같았다.

그들은 지금 에너지가 거의 다 소모되어 있는 것 같았다. 그래서 지금 에너지 보충을 받기 위해 배급표를 타려고 그렇게 줄을 서 있는 것 같았다.

나는 방금 질이 우수한 새 에너지를 전신에 가득가득 채워넣고 나온 듯 당당하고 생기에 찬 모습을 그들에게 한 번 보여 주고 싶었다. 나는 그들처럼 쫓기거나 묶이지 않고 싶었다. 영원한 자유인이 되고 싶었다.

나는 찬찬히 시선을 정리해서 그들을 훑어보기 시작했다. 여자 하나를 찾아내기 위해서였다. 만약 내가 찾는 여자가 그들 중에 섞여 있다면, 그것은 칙칙하게 색바랜 플라스틱 조화들 속에서 방금 갓 피어난 달맞이꽃 한 묶음을 찾아내기 만큼이나 쉬운 일일 것 같았다.

그러나 내가 찾는 여자는 거기에 섞여 있지 않은 모양이었다. 매표구 앞에 서 있는 사람들 속에서도 개찰구 앞에 서 있는 사람들 속에서도 한 묶음의 달맞이꽃으로 보이는 여자는 발견되어지지 않았다. 그들을 배웅 나온 사람들 속에서도 마찬가지였다. 나는 약간 맥이 빠짐을 의식했다. 그때였다.

"맞지, 틀림없이 만덕동 도라이지."

매표구 앞에 늘어선 줄의 중간쯤에서 낮은 목소리가 내 귀에까지 들려왔다. 고등학생쯤으로 짐작되어지는 녀석들 둘이 나를 곁눈질로 흘끔거리며 은밀한 표정으로 이야기를 주고받고 있었다.

"도라이?"

"짜식. 아직 그것도 모르냐. 머리가 돌아 버린 사람이라는 뜻이야."

"저 사람이 도라이라구? 뭐 멀쩡한 것 같은데."

"들쭉날쭉한다구."

"화, 저 사람 구두 좀 봐. 갑오경장 때 신던 구두 같은데."

"쉿, 조용히 햄마. 우리 쪽을 빠개고 있잖암마."

그러나 나는 그들을 노려보다가 말고 한 번 더 매표구와 개찰구 앞에 늘어서 있는 사람들을 찬찬히 훑어 나가기 시작했다.

잠시 후 한 여자가 발견되어졌다. 그녀는 개찰구로 이어진 줄의 뒷부분에서 무슨 책인가를 골똘히 읽고 있었다. 그녀의 모습을 발견하고 나서부터 나는 조금씩 가슴이 설레이기 시작했다. 자주색 코트를 입고 있었다. 하얀 목도리가 그녀의 목을 감돌아 자주색 코트의 어깨 너머로 약간 길게 드리워져 있었다.

나는 긴장하며 그녀에게로 다가갔다. 자꾸만 내 낡은 가죽구두에 신경이 쓰여졌다.

그녀는 골똘히 책을 읽고 있었기 때문에 고개가 숙여져 있었고, 따라서 긴 머리카락이 드리워져 그녀의 옆얼굴을 가리고 있었다. 이마와 눈과 코만 아주 조금 드러나 있을 뿐이었다. 그래서 나는 그녀의 얼굴을 좀더 자세히 보기 위해 그녀의 앞쪽으로 두어 걸음 자리를 옮겨, 허리를 숙이고 그녀의 얼굴을 쳐다보았다. 역시 보이지 않았다. 책에 가려서였다. 그리고 그 책의 제목 또한 《황야의⋯⋯》라고 밖에는 확인해 볼 수가 없었다. 접질러 받쳐든 한쪽 면에 가리워져 있었기 때문이었다.

황야의⋯⋯.

　무엇일까. 황야의 말뼉다구. 그건 아닐 것이다. 그건 고등학교 때 영어를 담당하셨던 우리 담임 선생님의 별명이었다. 너무 깡마른 체구 때문에 붙여진 별명이었고 그 선생님의 별명이 책 제목으로 선정될 리는 없을 거였다. 그렇다면 도대체 황야의 무엇일까. 황야의 은화 1불. 황야의 삼총사. 황야의 무법자. 황야의 7인. 이건 모두 영화 제목들이다. 그렇다면, 그렇다면…….

　비로소 나는 그 책의 《황야의……》 다음에 붙는 단어가 무엇인가를 대충 짐작해낼 수가 있었다. 그건 아마도 《황야의 이리》일 거였다. 헤르만 헤세가 쓴. 그렇다면 다행스러운 일이 아닐 수가 없었다. 나도 언젠가 그 책을 읽은 기억이 있었다.

　나는 그녀에게 말을 붙여 보기로 마음먹었다. 그러자 다시 가슴이 몹시 설레이기 시작했다.

　나는 잠시 설레이는 가슴을 진정시켰다. 그리고 어떻게 말을 붙여서 어떻게 끌고 나가야 할지를 궁리해 보기 시작했다. 아무래도 헤르만 헤세 쪽에서부터가 제일 만만할 것 같았다. 그쪽이라견 나도 쥐꼬리만큼은 알고 있었다.

　"저어, 아가씨."

　그러나 그녀는 나를 의식하지 못한 모양이었다. 여전히 고개를 숙인 채 책만 들여다보고 있었다. 내 목소리가 너무 작았던 탓일 거였다. 나는 침을 한 입 모아 삼켜서 목구멍을 축여 주고는 다시 아까보다는 약간 큰 소리로 그녀를 불러 보았다.

　"저어, 아가씨."

　그제야 비로소 그녀는 고개를 들었다. 그리고 고개를 약간 젖히면서 손가락으로 가벼이 머리카락을 걷어서 등뒤로 넘기고는 무슨 일이냐는 듯한 표정으로 나를 빤히 쳐다보았다. 비로소 나는 그녀의 얼굴을 확실하게 볼 수가 있게 된 셈이었다.

껍질을 여러 겹 벗겨낸 뒤의 양파의 속살처럼 깨끗한 얼굴이었다. 눈과 코와 입이 비교적 단정해 보였고 해맑은 이마가 상쾌한 느낌을 주고 있었다. 스물세 살쯤의 나이일 거였다.

"말씀해 보세요."

명랑한 목소리였다. 표정 속에서 경계의 빛이나 불쾌해하는 기색을 전혀 찾아볼 수가 없는, 누구에게나 상냥하고 친절한 태도로 대할 것 같은 그런 인상을 가진 여자였다. 나는 혹시 이 여자일는지도 모른다, 라는 생각을 하면서 잠시 망설이던 끝에 다시 입을 열었다.

"아가씨, 아가씨께서는 혹시 바퀴벌레를 잡숴 보신 적이 있으신지요."

그리고 그녀가 내 질문에 불쾌감을 느끼게 되지 않기를 빌면서 그녀의 표정을 눈여겨 살펴보았다. 그러나 오히려 그녀는 내게 약간 웃어 보였다. 희고 고운 치아가 조금만 드러나 보였고, 나는 갑자기 세포가 모두 깨끗해지는 듯한 느낌이었다.

"바퀴벌레라면 저도 먹어 본 적이 있기는 있어요."

꾸밈 없는 표정으로 그녀는 말했다.

"이 도시 변두리에 있는 어느 중국집에서였어요. 잡채밥을 먹다 보니까 바퀴벌레가 한 마리 잡채 가닥 사이에 섞여 있었어요. 그 바퀴벌레를 발견하기 전에 나는 이미 잡채밥을 몇 숟갈 먹었더랬거든요. 근데 뭔가 어금니에 지끈 하고 씹히는 게 있었어요. 맛도 좀 이상하고 감촉도 영 좋지 않았었어요. 하지만 무슨 양념 따위이겠거니 생각하고 그냥 삼켜 버렸었죠. 하지만 그건 분명히 바퀴벌레였을 거예요."

　말하고 나서 그녀는 다시 한 번 머리카락을 어깨 너머로 가벼이 걷어 넘겼다. 그리고 손목시계를 한 번 들여다본 다음 역 대합실 유리문 밖을 한참 동안 내다보았다. 이 여자는 제법이다, 라는 생각이 들었다. 처음 보는 사람 앞에서 그렇게 낭랑한 목소리로 구김살 없이 이야기할 수 있는 여자는 우리 대한민국 땅에서는 그리 흔치 않다.

　여자의 아름다움이란 백화점에서 사서 가지는 것이 아니라 그 여자 스스로 속에서 만들어내는 것이다. 이 여자는 벌써 오래 전부터 그것을 알고 있었는지도 모른다. 쉽게 가까와질 수는 있으나 쉽게 흔들리지는 않을 것 같은 여자. 어디로 잠시 여행이라도 떠나려는 것일까. 나는 그녀에게 자신있게 말했다.

　"오늘도 기차는 연착입니다."

　"맞아요."

　그녀가 맞장구를 쳐주었다. 몹시 기분 좋은 일이었다. 나는 이제 완전히 그녀와의 말길이 열렸다고 판단했다. 그래서 다시 그녀에게 하나 더 질문을 던져 보았다.

　"그럼 아가씨, 아가씨는 혹시 루트 벵거라는 여자를 아시는지요."

　그러나 그녀는 전혀 모르겠다는 듯한 표정을 지었다. 나는 신바람이 나서 그 루트 벵거라는 여자에 대해 그녀에게 설명해 주기 시작했다.

　"바퀴벌레 같은 여자였는데 말입니다."

　나는 잠깐 뜸을 들여 놓고는 호주머니 속에서 담배를 찾아 입에 물고 천천히 불을 붙였다. 꽁초였다.

　"독일의 한 유명한 작가가 마흔일곱 살에 데리고 살았답니다. 이십

년이나 연하였대요. 그러나 그 젊은 여자는 전혀 그 유명한 작가를 이해
해 주지 않았었죠. 아무리 몸이 아파 신음해도 진심으로 걱정해 주는 기
색이 하나도 없었고, 아무리 주옥 같은 글을 써서 보여 주어도 알기를
개떡같이 알던 여자였던 모양이에요. 밤새도록 써놓은 원고에다 코나
풀지 않으면 다행일 정도로 형편없는 여자였는지도 모르죠. 돈이 떨어
지면 금방 질식해 버리는 시늉을 하고 허영과 사치 없이는 도저히 세상
을 살아 갈 재미를 못 느끼는 여자였는지도 모릅니다. 내가 기거하고 있
는 만덕동 산 삼십육 번지의 하숙집 주인 여편네처럼 말입니다. 어쩌다
남편이 술이라도 만취되어 돌아오면 후라이팬으로 남편의 머리통을 후
려쳐서 전치 이 주의 상해를 입히거나, 손톱으로 남편의 얼굴에다 밭고
랑을 파놓는 그런 여자였는지도 모릅니다. 하여튼 그 루트 벵거라는 여
자는 웬지 우리 마누라와 비슷한 생각이 자꾸 듭니다. 아니 우리 마누라
라뇨. 당치도 않습니다. 나는 만덕동 산 삼십육 번지의 하숙집 주인 여
편네를 말하고자 했던 것입니다. 나는 우리 하숙집 주인 여편네만큼 그
루트 벵거인가 루트 벙거진가 하는 여자를 혐오합니다. 어느 책에선가
읽은 적이 있어요. 루트 벵거인가 루트 벙거진가 하는 여자가 그 대문호
를 전혀 이해해 주지 못했기 때문에 그 대문호가 심한 고민 끝에 작품도
제대로 못 쓰다가 결국 이혼해 버리고 말았다는 얘기를."

"비극을 읽으셨네요."

"비극이고말고요. 자기를 이해해 주지 않는 여자와 한집에서 같이 살
아 간다는 것은 비극 중에서도 가장 못 말리는 비극입니다. 물론 여자
쪽에서 볼 때는 이해할 수 없는 남자가 희극으로 보일 때도 있겠지만,
하여튼 후에 그 대문호는 노벨 문학상을 수상했습니다. 하지만 그 작가

의 일생 중에서 그 여자와 보내었던 시간들이 가장 조잡하고 치사했었습니다. 그 여자는 문학으로 닦아 놓은 한 인간의 청량하고 투명한 정신의 그릇 속에 빠진 지저분하고 노린내나는 한 마리 바퀴벌레였음이 분명합니다. 우리 하숙집에도 바퀴벌레가 시글시글합니다. 그건 모두 우리 마누라, 아니 하숙집 주인 여편네의 분신입니다. 그때 이 도시 변두리 중국집에서 아가씨의 어금니에 지끈 씹혔던 그 바퀴벌레는 아마 그 여자의 변신일 겁니다. 잘 씹어 잡수셨어요. 암요, 백 번 씹혀도 무방하죠."

"그 위대한 작가의 이름이 뭐죠?"

"헤르만 헤세."

그녀는 다시 한 번 손목시계를 들여다보고는 아까처럼 역 대합실 유리문 밖을 내다보았다.

"연착일 겁니다. 틀림없어요."

"알고 있어요. 언제나 그랬으니까요."

"근데 아가씨, 아가씨가 들고 계신 그 책은 혹시 헤르만 헤세가 쓴 《황야의 이리》가 아닌지요?"

그러나 그녀는 아닌데요, 라고 간단히 대답했다. 전혀 뜻밖의 일이었다. 나는 그 책이 그럼 황야의 뭐라는 책이냐고 다시 물어보았다.

"별이에요. 황야의 별, 최근 미국에서 가장 잘 팔리는 동화 작가가 쓴 동화책이래요. 물론 이건 번역판이지만. 읽어 보셨나요?"

"모, 못 읽어 봤습니다."

나는 이 예상 밖의 일에 몹시 당황하고 있었다. 황야의 이리니 헤르만 헤세니는 순전히 착각에서 비롯된 내 화제의 대상이었던 것이다. 루트 벵거인지 루트 벙거지인지도 마찬가지였다.

나는 갑자기 말문이 막혀 버리고 말았다. 그러나 서먹서먹하게 서 있을 수는 없는 노릇이었다.

나는 이제 이야기를 본론으로 끌고 들어가야 할 필요성을 느꼈다.

"아가씨, 나는 지금 여자 하나를 찾아 헤매고 있는 중입니다. 그 여자는 아마 노란 옷을 입었을 겁니다. 아가씨, 솔직히 말씀해 보세요. 아가씨는 지금 자주색 코트 속에 노란 옷을 감추어 입고 있지요. 그렇지요? 솔직히 말씀해 보세요."

그러나 그녀는 아니라고 대답했다. 그리고 자기는 코트 속에 짙은 청보라색 원피스를 입고 있다고 말했다. 나는 거짓말일 거라고 생각했다. 그래서 도저히 믿을 수 없다고 말했다. 그저 여자들이란 거짓말을 악세사리 붙이고 다니듯 수시로 몸에다 붙이고 다니면서 거짓말도 자기를 예뻐 보이게 만드는 장신구의 일종이라고 착각해 버리는 수가 있으니까.

그러나 나는 그녀의 자주색 코트 속을 좀 보여 줄 수 없겠느냐고 묻고 싶은 충동을 가까스로 참아내면서 다시 새로운 이야기 하나를 끄집어 내었다.

"아가씨, 내가 수수께끼를 하나 낼 테니 한 번 알아맞혀 보십시오. 이 수수께끼는 재미있습니다. 내가 찾아 헤매는 그 노란 옷을 입은 여자를 만나면 그 여자에게도 이 수수께끼를 내어 볼 작정이었습니다. 이 수수께끼는……."

그때였다. 잠깐만요, 라고 그녀가 내 말을 가로막았다. 얼굴에는 약간의 장난기가 새롬새롬 피어오르고 있었다.

"말씀 도중에 죄송한데요. 저어, 선생님께서는 목욕을 몇 달 간격으로 한 번씩 하시나요."

당돌하고도 엉뚱한 질문이었다.

"수수께끼입니까?"

"아니에요. 그냥 궁금해서 물어본 거예요."

"세계 올림픽이 열리는 해마다 한 번씩 합니다."

나는 정직하게 대답해 주었다.

"갑갑하지 않으세요."

"연습을 많이 해서 괜찮아요."

대통령 선거가 있는 해마다 한 번씩 목욕을 한다는 사람도 나는 만나 본 적이 있었다. 그는 18년 동안이나 목욕을 한 번도 못해 봤다고 투덜 거렸었다. 하지만 나는 세계 올림픽이 4년마다 한 번씩 열리다가 갑자 기 40년마다 한 번씩 열리게 되었다고 해도 결코 투덜거리지는 않을 것 이다. 목욕 따윈 아무래도 좋으니까.

"한 남자가 있었습니다."

나는 천천히 수수께끼를 끄집어내기 시작했다.

"그 남자는 큰 회사의 사장이었습니다. 돈만 있으면 이 세상에서는 안 되는 게 없다고 생각하는 사람 중의 하나였죠. 그는 돈만 있으면 처 녀 불알도 살 수 있다는, 죄송합니다. 하여간 살 수 있다는 한국 속담을 자주 입에 올리곤 했습니다. 그리고 그때마다 자기는 실지로 처녀 불알 을 이미 몇 가마니쯤 예약해 둔 사람처럼 자랑스럽고 행복한 표정을 짓 곤 했었습니다. 그는 인간을 절대로 신뢰하지 않았습니다. 그 회사에 있 는 고성능 컴퓨터만이 오직 신뢰의 대상이 될 수 있을 뿐이었습니다. 그 어떤 어려운 문제든 자료를 정리해서 집어넣어 주기만 하면 거기에 대 한 해답을 신속하고 정확하게 뽑아내어 주는 컴퓨터였죠. 사원 몇십 명이 며칠 동안 땀을 뻘뻘 흘리며 해도 못 다할 업무량을 그 컴퓨터는 하루 만에 거뜬히 해치워 버리는 겁니다, 땀도 흘리지 않고. 그래서 사장님께서는 사원들에게 주는 월급이 아까와서 죽을 지경이었어요. 마치 공돈을 날려 버리는 것 같은 기분이었던 거죠. 하지만 어느 날 갑자기 사장은 뛸 듯이 기뻐하며 회사에 출근했습니다. 전날 밤 문득 기발한 생각이 떠올랐었던 겁니다. 단돈 십 원을 밑천으로 하루 만에 십억을 벌 수 있는 방법을 마침내 사장은 생각해내었던 것입니다. 사장의 생각으로는 이제 온 천하의 황금이 모두 자기 것임에 틀림없었습니다. 그러나 한 푼이라도 아껴야 한다는 생각에서 전사원을 모두 해고시켜 버렸습니다. 그리고 컴퓨터만은 팔지 않았습니다. 컴퓨터를 팔아 버리면 단돈 십 원을 밑천으로 십억을 벌 수가 없었기 때문입니다. 사장은 어떤 어려운 문제든지 쉽게 해답을 뱉아내어 주는 컴퓨터에게, 단돈 십 원을 밑천으로 십억을 벌 수 있는 방법을 바로 그 컴퓨터에게 물어볼 생각이었으니까요. 인간을 절대로 신뢰하지 않고 오직 그 컴퓨터 하나만을 신뢰하고 있던 그 사장은 여러 가지 데이터를 작성하기 시작했습니다. 그리고 그것을 컴퓨터의 아가리에다 밀어넣어 주었습니다. 단돈 십 원으로 하루 만에 십억을 벌 수 있는 방법은 무엇이냐……."

그녀가 손목시계를 무심코 한 번 들여다보았기 때문에 나는 여기서 잠깐 이야기를 중단했다. 그녀의 시선은 다시 역 대합실 유리문 밖으로 옮겨져 갔다. 밖은 아직도 어둠이 짙게 누적되어 있었다. 아직도 개찰은 시작되지 않고 있었다. 사람들이 많이 늘어나 있었다. 한참은 더 기다려야 할 것 같았다. 이 역에서 열차가 2,30분씩 연착을 하지 않는다는 것은 마치 승객을 배반하는 일이라고 생각하는 모양이었다. 언제나 연착이었다.

나는 수수께끼를 계속하기 시작했다.

"어디까지 했더라……."

"컴퓨터의 입 속에다 데이터를 집어넣어 주었어요."

"그랬죠. 네. 단돈 십 원으로 하루 만에 십억을 벌 수 있는 방법은 무엇이냐. 데이터가 적힌 카트를 집어넣자마자 컴퓨터는 갑자기 헐떡거리며 분주히 무엇인가를 계산하기 시작했습니다. 여러 가지 기억 장치들이 맹렬히 눈알들을 반짝거리며 신경질적으로 이 어려운 문제의 답을 산출해내기 시작했습니다. 헐떡거리면서 십 분, 땀을 뻘뻘 흘리면서 이십 분, 컴퓨터는 모든 것을 총동원하여 허겁지겁 계산을 계속하고 있었습니다. 사장은 긴장감으로 전신이 콩알만하게 오그라드는 듯한 느낌 속에서 손에 땀을 쥐고 집요하게 기다리고 있었습니다. 전신이 좁쌀알만하게 오그라들어도 좋다. 돈만 많이 벌게 해다오. 아직 한 번도 답이 틀려 본 적이 없는 나의 컴퓨터여. 그리고 마침내 한 시간 남짓 컴퓨터는 이윽고 기진맥진한 상태로 작동을 멈추었습니다."

"망가져 버렸나요?"

"아닙니다. 답을 산출해내었습니다. 모든 계산이 끝났다는 오케이 신호에 불이 들어왔고 컴퓨터는 지친 상태로 혀를 빼물 듯 카드 한 장을 입 밖으로 빼물어내었습니다."

"그 카드엔 뭐라고 씌어 있었죠?"

"네. 아가씨, 그게 바로 문젭니다. 한 번 알아맞혀 보십시오."

그녀는 약간 비스듬히 고개를 옆으로 기울이면서 답을 생각하는 듯 잠시 손가락으로 아랫입술을 매만지고 있었다. 그러다가 자신 없는 투로 이렇게 말했다.

"강냉이 튀기는 기계에다 넣고 튀기면 돼요."

나는 웃으면서 아니라고 대답해 주었다. 다시 그녀는 생각에 잠겼다.

"그럼 이스트를 넣고 십 원짜리를 빵처럼 찌면 되겠군요."

나는 재차 아니라고 대답해 주었다. 그녀는 몇 가지 더 답을 안출해 내었으나 모두 애교만 있을 뿐 정답과는 좀 거리가 먼 편이었다.

"아가씨는 돈을 어떻게 생각하십니까."

내가 힌트를 주기 위해 그녀에게 물었다.

"민족의 숙원이라고 생각해요."

그녀는 약간 한숨 섞인 어투로 대답했다. 나는 웬지 그녀가 몹시 사랑스럽게 생각되어져서 다시 한 번 혹시 이 여자일는지도 모른다, 라는 생각을 했다.

"정답이 뭐예요, 도대체."

그녀는 궁금하다는 듯 내게 물어 왔다. 나는 가르쳐 줄까말까 망설이고 있었다.

그때였다. 갑자기 장내가 술렁거리기 시작했다. 개찰이 시작된 모양이었다. 아까는 에너지를 모두 소모해 버린 인조인간들처럼 무표정하던 사람들이 순식간에 어떤 경쟁의식 같은 것이 번들거리는 얼굴로 눈빛을 곤두세우기 시작했다. 그들은 서로 밀치고 밀리면서 꾸역꾸역 좁은 개찰구를 빠져 나가고 있었다.

"정답을 가르쳐 드리죠. 단돈 십 원으로 하루 만에 십억을 벌 수 있는 방법이 무엇이냐를 알아내기 위해 한 시간 남짓 땀을 뻘뻘 흘리다가 마침내 기진해서 컴퓨터가 뱉아낸 그 카드에는, 이렇게 간단한 해답이 적허 있었습니다.”

“어떻게요.”

“개새끼, 웃기구 있네, 라고.”

이제 그녀는 개찰구까지 거의 다 와 있었다. 그저 나는 까닭도 없이 가슴이 막막해져 옴을 의식했다. 불현듯 이 여자가 B-로 내가 찾아 헤매던 여자라는 착각이 앞섰다. 놓쳐서는 안 된다, 라는 생각도 들었다.

“덕분에 지루하지 않게 시간을 보낼 수가 있었네요. 고마워요. 그럼 아가씨, 이제 그만 안녕.”

그녀는 밝은 얼굴로 내게 가벼이 손을 한 번 흔들어 보였다. 나는 어떻게 해야 좋을는지 알 수가 없었다. 그래서 그녀가 마악 표를 꺼내어 개찰원에게 내미는 것을 보는 순간 나도 모르게 황급히 그녀의 팔소매를 움켜잡았다.

그녀는 약간 당황해하는 것 같은 표정이었다. 그러나 곧 태연한 자세로 돌아와 나를 달래는 듯한 목소리로 이렇게 말했다.

“이러심 안 돼요. 선생님, 빨리 집으로 돌아가 아침 식사를 하셔야죠. 사모님께서 기다리고 계실 거예요. 그리고 선생님의 아이들도.”

그러나 나는 단호한 목소리로 이렇게 말했다.

“나는 집도 아이들도 마누라도 없어요. 단지 하숙집과 하숙집 여편네와 하숙집 여편네의 아이들과 함께 생활하고 있을 뿐입니다.”

“왜 그렇게만 자꾸 생각하세요. 선생님은 절 모르시겠지만 전 선생님을 알고 있어요. 만덕동에 살고 있거든요. 선생님이 사시는 집 부근이에요. 만덕동 사람들은 모두 다 선생님을 미쳤다고들 하지만 전 그렇게만은 생각하지 않아요. 선생님은 외로운 분이에요. 하지만 힘을 내세요.

좀더 밝은 마음으로 사세요. 아시겠죠. 보세요, 전 이렇게 다리를 절고 있지만 아무렇지도 않은 표정이잖아요."

그녀는 태연히 내 곁을 벗어나 저만큼 걸어갔다가 다시 걸어와 보여 주었다. 정말로 그녀는 다리를 가끔씩 절름거리고 있었다.

"애인을 만나러 가는 길이에요. 그럼 선생님 또 만나요."

다시 그녀는 내게 밝게 웃으며 가벼이 손을 한 번 흔들어 주었다. 그리고 개찰구를 빠져 나가 절름거리며 바삐 플랫폼을 향해 걸어가기 시작했다. 그녀의 앞으로 뒤로 옆으로 온전한 두 다리를 가진 사람들이, 마치 오래도록 굶주려 온 피난민들이 배급표를 들고 빵을 타러 달려가 듯, 열차가 거대한 식빵으로나 보이는지, 삽시간에 모조리 뜯어먹어 버릴 듯한 기세로, 맹렬히 달려가고 있는 것이 보였다.

그래, 또 만나겠지, 이 도시는 어린애 손바닥만하니까…….

그녀는 비록 밝은 표정이기는 했었지만, 절며 플랫폼으로 바삐 걸어 가던 뒷모습이, 웬지 쓸쓸해 보인다고 나는 생각했다.

어느새 역은 텅 비어 썰렁하기 그지없었다. 나는 낡은 가죽구두를 끌며 대합실을 나왔다. 가급적이면 빠른 시일내에 구두를 하나 훔쳐 신기는 신어야겠다고 한 번 더 각오를 굳혔다. 발이 얼어서 깨지려고 하는 것 같았다. 몹시 춥고 떨렸다.

거리를 걸으며, 아까 그 여자는 아니야, 라고 나는 혼잣소리로 중얼거리고 있었다. 내가 찾는 여자는 애인이 없을 거였다. 그리고 반드시 노란 옷을 입고 있을 거였다. 만약 찾지 못하면 자살하는 수밖에 없을 거라는 생각이 들었다.

도시가 조금씩 꿈틀거리며 잠을 깨고 있었다. 나는 오늘도 하루종일 그 여자를 찾아 헤맬 계획을 마음 속으로 정리하면서, 슈퍼마켓이 문을 열면 우선 계란부터 한 개 훔쳐먹어야 되겠다는 생각을 했다.

다시 함박눈이 내리고 있었다. 도시는 함박눈 속에서 떠내려가고 있었다.

나는 여전히 헤매었고, 그러나 헛일이었고, 이미 열한 시가 가까와지고 있었으므로 이제 그만 오늘의 방황을 철수해야겠다고 생각하며 하숙집을 향해 발길을 옮겨 놓고 있었다.

호주머니 속에는 약간의 돈이 남아 있었다. 하숙집 주인 여편네가 한 달에 한 번씩 내게 주는 용돈에서 쓰고 남은 돈이었다. 용돈은 언제나 쥐꼬리였다. 쥐꼬리 중에서도 생쥐꼬리였다. 망할 놈의 여편네. 내가 뼈 빠지게 일해서 벌어 놓은 돈으로 그만큼 형편이 좋아졌으면 그만이지 또 뭐가 부족해서 밤낮 돈타령만 하는지, 그리고 내 용돈은 또 왜 고만큼밖에 안 주는지, 한 달치 용돈이라는 게 사흘 동안 거리를 헤매면서 하루 짜장면 세 끼 사먹고 차 한 잔씩 마시고 소주 몇 병 홀짝거리면 그만 동이 나버리는 액수였다.

내일부터는 또 슈퍼마켓 신세를 지는 수밖에 없다는 생각이 들었다. 술 생각이 났다.

하숙집으로 돌아가는 도중 싸구려 선술집을 하나 만났다.

한 사내가 남루한 모습으로 선술집 목로의자에 앉아 소주를 마시고 있을 뿐, 술집 안은 썰렁하기 그지없었다.

선술집 주인 아낙은 이제 그만 폐점해 버려야겠다는 듯 피곤한 얼굴로 술잔이며 안주들을 주섬주섬 챙기고 있는 중이었다. 내 수중에 있는 돈은 오늘 이 선술집에서 소주 몇 잔으로 바닥이 나버릴 거였다.

나는 소주 한 병과 곰장어 약간을 주문했다. 어딘지 모르게 아직 술장사에 익숙치 못한 듯이 보이는 선술집 주인 아낙이 커튼을 치고 밖으로 불빛이 새어 나가지 않도록 방비한 다음, 빨리 드시고 가셔야 해요, 라고 염려스러운 목소리로 내게 말했다.

연탄불이 마지막 가슴을 활짝 열어 놓고 벌겋게 달아 있는 화덕에다 석쇠를 걸쳐 놓고, 거기에 토막난 곰장어 몇 점을 올려 놓자 갑자기 선술집 안은 풍성해지기 시작하는 것 같았다. 그 곰장어 토막들은 맹렬히 뭐라고 씨부렁거리며 자욱한 연기를 뿜어올리고 있었다.

"선생, 아직도 밖에는 비가 내리고 있던가요."

나보다 먼저 선술집 목로의자에 앉아 홀로 소주를 마시고 있던 사내가 내게 묻는 말이었다. 사내는 내 바로 옆 목로판을 차지하고 있었는데 나와는 나이가 비슷해 보였고 약간 취해 있는 것 같아 보였다.

"눈이 내리고 있습니다. 비가 아닙니다."

나는 친절한 목소리로 대답해 주었다.

"그렇지요. 눈이지요."

사내는 다시 소주를 한 잔 들이켠 다음, 선생도 한 잔, 자연스럽게 내게로 잔을 건넸다.

나는 사양하지 않고 잔을 받았다. 이런 선술집 같은 데서 옆사람이 건네는 잔을 사양한다는 것은 예의가 아니다. 우리는 모두 유랑민, 목마른 마음으로 잠시 여기 들러 한 잔의 술을 마시면서 뼈를 달랜다. 곧 우리는 떠나야 하고, 그러나 우리는 가슴들이 따스하다. 네 술값은 네가 내고 내 술값은 내가 낸다는 더치페이인지 더티페이인지 하는 계산법은

저 문명의 도시, 돈 많은 친구들이나 하는 계산법이지 이런 선술집에서
함께 만난 우리들 유랑민들의 계산법은 아니다.

우리는 서로 통성명을 했다. 그리고 그로부터 잠시 후는 합석을 해서
서로의 잔과 잔을 주고받았다.

"밖에 비가 아직도 내린다면 나는 못 가지……."

사내가 취해서 혼잣소리로 중얼거렸다.

"빨리들 마셔야 해요. 열한 시 반이나 됐어요."

선술집 주인 아낙이 초조한 표정을 짓고 있었다.

"선생, 선생께서는 연애를 해보신 적이 있으십니까?"

갑자기 사내가 고개를 쳐들며 내게 물었다. 나는 없다고 대답해 주었다.

"저는 연애에 무려 열세 번을 실패했어요. 연필 한 다스에서 한 자루
가 더 남는 숫자입니다. 실패 끝에 마침내 제가 알아낸 것은 여자란 할
머니로 변해 버릴 희망밖에는 못 가지고 있다, 라는 것입니다."

사내가 슬픈 목소리로 말했다.

"저도 연필을 한 자루 가지고 있기는 있어요. 그런데 심이 곯아서 글
씨를 쓰려고 하면 영락없이 부러져 버리고 맙니다."

내가 말했다.

"선생은 그 연필로 무슨 글씨를 쓰려고 했었는데요."

"사랑……."

"선생, 지금이 어느 시대라고 그런 글씨를 쓰려고 든단 말입니까? 선
생은 좀 웃기시는 편이로군요."

"네, 저는 좀 웃깁니다."

이때 선술집 주인 아낙이 빨리들 마시세요, 라고 다시 외치듯 말했다.

"밖에는 비가 내리고, 아 나는 끝끝내 떠나지 못하리라. 뼈아픈 사랑도 버리고 뼈아픈 시도 버리고, 모든 것 다 버렸는데, 그래도 밖에는 비가 내리고, 아 나는 끝끝내 떠나지 못하리라⋯⋯."

사내가 작은 술잔을 높이 들고 슬픈 목소리로 읊조렸다. 슬픈 목소리는 아마 사내의 버릇인 모양이었다. 나는 차츰 사내의 그 구김살 없는 태도를 마음에 들어하기 시작했다.

"비가 오든 눈이 오든 빨리 마시고 일어서세요. 통금시간이 다 됐다니까요. 걸리면 오늘 번 거 말짱 다 헛거예요."

선술집 주인 아낙이 애원섞인 목소리로 우리에게 말했고, 그러나 아직 우리는 일어서고 싶지 않은 기분이었다.

"비가 내리면, 아, 비가 내리면⋯⋯."

사내는 다시 혼잣소리로 중얼거렸다.

"비가 내린다고 왜 못 가요."

우산이라도 빌려 줄 테니 어서 가달라는 듯 사내의 중얼거림을 선술집 아낙이 가로막았다.

"비가 아니고 눈입니다. 눈이라니까요, 아주머니."

나는 조금도 취하지 않았다는 듯 잘못을 바로 정정해 주었다. 그러나 나는 전신에 취기가 범람해 옴을 의식했다.

잠시 후 좀더 취해서야 비로소 우리는 일어섰다.

눈은 아까보다 뜸하게 내리고 있었다. 취기 속에서도 천지가 완전히 청결해져 있는 듯한 기분을 느낄 수가 있었다.

"헤어지고 싶지 않군요."

사내가 여전히 슬픈 목소리로 말했다.

"저도 마찬가집니다."

사내가 고개를 숙인 채 무엇인가를 잠시 생각하더니 번쩍 고개를 쳐들었다. 그리고 내게 이렇게 말했다.

"선생, 우리 함께 여자를 사러 가실까요. 제게 돈이 좀 있습니다. 선생께도 여자를 한 명 사드리고 싶습니다. 이런 날은 창녀도 깨끗해요. 모든 여자의 살이 백설이 됩니다."

나는 사내의 이 뜻하지 않은 제의에 약간 난처한 기색이 되어 있었다.

"혼자 있기가 싫습니다. 저는 언제나 혼자 있었어요. 이제 혼자 있기가 무서워졌습니다."

사내는 애원조로 이야기를 계속하고 있었다.

"저는 시인입니다. 이름도 없는 시인이죠. 하지만 시 하나만 믿고 오늘날까지 살아 왔어요. 시인은 가난합니다. 시인이 시를 써서 돈을 번다는 것은 부자가 돈의 힘으로 시를 쓰는 일보다는 한결 힘든 노릇입니다. 그러나 제게도 돈이 좀 생겼습니다. 시인의 명예를 더럽히고 번 돈입니다. 비참합니다. 빨리 써버리고 싶어요."

나는 망설이고 있었다. 이런 날은 창녀도 깨끗합니다. 과연 그럴까. 정말 그럴 것 같다는 생각이 들었다. 하숙집으로 돌아가고 싶지 않다는 생각이 들었다. 거기엔 언제나 어둠, 더이상 헤어날 수 없다는 폐쇄감만 내 가슴을 옥죄어들고 아무리 살아 있어 보아도 별 낙이 없을 거라는 회의와 권태감이 눅눅한 이불처럼 무겁게 방 구석 자리에 쌓여 있었다. 내 삶의 죽은 비듬들이 가득히 떨어져 있는 방바닥, 봄은 아직 멀었는데 누우면 춥기만 하고 곁에서 말동무삼을 사람 하나도 찾아와 주지 않았다. 노란 옷을 입은 여자여. 노란 옷을 입은 여자여. 우리는 영원히 만날 수 없을는지도 모른다…….

나는 사내를 따라 나서기로 작정해 버리고 말았다.

창녀촌은 가까운 거리에 위치하고 있었다. 우리는 눈을 맞으며 입영 전야의 외로운 장정들처럼 야화夜花의 시장으로 가고 있었다.

"저는 이제 시인이 아닙니다."

사내가 창녀촌 가까이에 다다라 비감한 어투로 내게 말했다.

"무슨 얘깁니까. 창녀와 동침하면 시인의 자격을 박탈해 버리는 법률도 없는데요."

"그게 아닙니다."

"그게 아니라면……."

"돈 때문입니다. 나는 돈에 졌습니다. 더이상 시만 믿고 굶으면서 살아 갈 수가 없었기 때문에 시를 버렸습니다. 세상은 돈을 사랑하는 것만큼의 만분지 일조차도 시와 시인을 사랑하지 않습니다. 옛날엔 시가 보석보다 값진 것으로 평가되어지고 돈은 똥처럼 더러운 것으로 평가되어졌었는데 지금은 정반대입니다. 돈이 시가 되고 시는 똥이 되었습니다. 이젠 끝장입니다. 썩었어요. 모조리 썩었습니다……."

"그래도 시인은 영원히 시인입니다."

"때는 이미 늦었어요. 저는 영원히 시를 쓸 수 없습니다. 시인의 이름을 똥으로 더럽혔기 때문입니다."

사내는 약간 흥분해 있는 것 같았다.

"시인의 이름을 더럽혔다니 무슨 말씀이신가요."

"어느 날 뱃가죽에 지방질이 겹겹으로 붙어 있는 무식한 놈 하나가 저를 찾아왔습니다. 양조장을 경영해서 돈깨나 벌어들인 놈이었습니다.

제 이름자도 제대로 쓰지 못하는 주제에 분에 넘치게도 어떤 감투까지 쓰고 있었지요. 제게 찾아와서는 자기의 자서전을 써 달라는 것이었습니다. 거액의 돈을 싸들고 왔더군요. 그 돈을 보는 순간 저는 갑자기 눈이 뒤집혀 버리고 말았습니다. 그래서 그만 그 일을 수락하고 말았지요. 그 동안 저는 너무 많이 굶어 왔었습니다. 탈진 상태였어요. 저는 누이동생과 단둘이 셋방살이를 하며 살고 있었습니다. 누이동생이 언제나 불쌍하게 생각되어지곤 했었습니다. 날마다 미안했어요. 좋은 옷 한 벌도 못 사입히고 날마다 고생만 시켰어요. 저는 썼습니다. 땀을 뻘뻘 흘리며 썼습니다. 오직 돈만 생각하고 말입니다. 정신 없이 쓰고 나니 어느새 겨울이었어요. 곧 책이 나올 겁니다. 그러나 저는 졌습니다. 영원한 패배입니다. 아, 눈도 참 억수로 쏟아지고 있군요. 옘병할…….”

우리는 어느새 창녀촌 입구까지 다다라 있었다. 거리에 눈을 하얗게 뒤집어쓴 여자들 몇이 입구에서 손님을 기다리고 있다가 너 잘 왔다는 듯 우루루 우리에게로 달려들었다.

우리는 더이상 골목 안으로 들어갈 사이도 없이 그녀들에게 각각 사냥되어졌다.

그녀들이 우리를 껍질벗기기 위해 들어간 집은 음침하고 을씨년스러워 보였다. 비록 함박눈이 내리고 있기는 했지만, 그리고 이런 날은 창녀들의 살도 백설같이 깨끗해진다고 사내가 말하기는 했었지만, 이제 나는 완전히 그런 기대감을 가질 수가 없었다.

“선생, 부디 즐거운 시간을 보내시기 바랍니다.”

사내가 나를 사냥한 여자에게 화대를 지불해 주고 나서 내 어깨에 가볍게 손을 얹고 말했다.

"웬지 쑥스럽고 미안한데요."

나는 나를 사냥한 여자의 방문 앞에서 몹시 거북한 태도로 머뭇거리고 있었다.

"적어도 여기서만은 우리 당당해집시다."

그럼 내일 아침에 다시 함께 해장술이나 마시자는 말을 남기고 사내는 자기 여자와 함께 흐릿한 불빛이 번져 흐르는 복도를 걸어 어느 방으론가 들어가 버렸다. 그러나 결코 사내도 당당해 보이지는 않았다.

"왜 그렇게 멍청히 서 있는 거야. 자, 우리도 빨리 들어가서 한탕 뛰자구. 옘병할 거."

나는 더욱더 난감해져 가고 있었다. 도저히 마음이 내키지 않는 일이었다. 그러나 무작정 이렇게 밖에서 떨고 서 있을 수만은 없는 노릇이었다. 나는 부득이 여자를 따라 방으로 들어가는 수밖에는 별다른 도리가 없었다.

방은 생각보다는 비교적 깨끗한 편이었다. 전축도 있고 침대도 있었다. 그리고 훈훈했다.

"자, 이거 쓸 테면 쓰라구."

여자가 화장대 서랍 속에서 무엇인가를 꺼내 내게로 내밀었다. 그것은 은박지로 포장되어 있었고 납작하고 네모 반듯한 모양이었다.

"이게 뭐요."

"괜히 순진한 척하구 있네. 뭐긴 뭐야. 장화지."

콘돔이 들어 있는 모양이었다. 콘돔, 콘돔, 콘돔과 고모라라고 하는 영화가 있었던가. 없었던가. 없었던가. 없었던가. 없었……다. 소돔과 고모라였다.

이 고무제품과 사랑이라는 말 사이에는 상당한 희극이 가로놓여 있다는 생각이 들었다. 여자는 아무 거리낌 없이 옷을 훌훌 벗어던지고는 침대 위에 반듯이 드러누웠다. 대단히 사무적인 태도였다.

"빨리빨리 해!"

여자가 신경질적으로 내게 말했다. 그러나 나는 아무런 감정도 느낄 수가 없었다. 도대체 내가 이 여자와 왜 그 짓을 해야 하며, 게다가 빨리빨리까지 해야 하는지, 잘 납득이 가지 않았다. 나는 그대로 멍청하게 방 안에 서 있었다. 그러자 여자가 다시 소리쳤다. 역시 신경질적인 목소리였다.

"고자야 뭐야. 왜 그러구 서 있는 거야, 안해?"

나는 그냥 자겠노라고 말했다. 여자는 침대에서 내려와 다시 옷을 주섬주섬 챙겨입었다. 그리고 멋쟁이 멋쟁이, 자기 멋쟁이, 호들갑을 떨며 간드러지는 동작으로 내 어깨를 떠다밀었다.

"침대에서 자요. 난 잠깐 나갔다 올 테니까. 알았지."

그리고 여자는 밖으로 나가 버렸다. 나는 혼자 멍하니 침대에 걸터앉아 있었다. 밤이 깊어 가고 있었다. 사방은 고요했다.

여자는 새벽이 되어도 돌아오지 않았다. 그러나 화가 나는 것은 아니었다. 오히려 마음이 편안했다. 이제 그야말로 올 때까지 와버렸다는 생각이 들기도 했다. 완벽하게 밀어붙여져 있는 듯한 느낌이었다.

내게 있어 세상은 잘 설계된 하나의 미로상자 같은 것이었다. 그 미로상자는 출구도 먹이도 없었다. 끊임없는 시행착오와 좌절을 거듭하다가 결국은 그대로 기진해서 숨을 거두어야 하는 복잡한 무덤의 골목들, 나는 그 무덤의 골목들 속을 날마다 헤매면서 한 여자를 찾아내어 함께 탈출하는 꿈을 꾸곤 했었다.

충분한 월급, 과장이라는 직책, 안정된 의자, 내가 그 모든 것을 내던지고 회사를 탈출한 것은 미로상자 속의 골목 하나를 벗어난 것에 불과했었다. 나는 하루에도 몇 번씩 막다른 골목에 부딪혔고 하루에도 몇 번씩 좌절했다.

나는 자유롭게 살고 싶었다. 나는 인간답게 살고 싶었다. 그러나 단한 번도 자의에 의한 삶을 살아 갈 수가 없었다.

나는 언제나 외톨이었다. 사람들은 어느새 돈이나 기계나 제도 따위와 한패가 되어 나와는 전혀 다른 시간들을 경영하며 살아 가고 있었다.

사랑하는 반 고흐. 나도 한쪽 귀라도 자르고 싶다.

회사를 박차고 나와 나는 줄곧 그림을 그려 보려고 노력했었다. 그림에 소질이 있었던 것도 아니고 특별한 취미가 있었던 것도 아니었다. 다만 그 무엇엔가 열심히 미친 듯이 나 자신을 불태워 보고 싶어서였다. 그러나 나는 그 아무것에도 나를 불태워 볼 수가 없었다. 나는 이미 가슴이 너무 많이 녹슬어 있었던 것이다. 회사에다 모가지를 묶어 놓고 굽신거리고 쫓기고 밟히는 동안 내 가슴에 배어든 그 타성의 녹물. 나는 어느새 기계가 되어 있었던 것이다.

나는 다시 살아나고 싶었다. 나는 내 가슴에 배어든 그 녹물을 닦아내고 싶었다.

회사를 박차고 나왔을 때 나는 모두에게 비웃음을 받았다.

내가 다니던 회사는 보험회사였다. 사표를 던지고 돌아서는 내게 실장이 물었었다.

"그래도 먹고 살 만한 돈은 있어야 할 텐데요. 앞으론 그래 어떻게 살아 가실 작정입니까?"

나는 대답했다.

"권총을 하나 구해서 보험회사라도 털겠습니다."

"그 많은 돈을 다 어디다 쓰시려고. 내가 알기론 김 과장은 대단히 검소한 양반이신데."

"다시 보험에 가입해서 그 보험금을 지불하는 데 쓰지요."

나는 그로부터 조금씩 자유로와져 가기 시작했다. 그러나 내가 자유로와지면 자유로와질수록 타인들은 나를 미친 놈으로 생각했다. 심지어는 내 아내와 자식들조차도였다.

나는 자유로와지기는 했다. 그러나 나는 외톨이가 되었다. 나는 차츰 삭막한 세상이 싫어지고 삭막한 인간이 싫어지고 그들과 함께 영원히 화해할 수 없는 나 자신이 가련하다고 생각되어지기 시작했다. 어디를 가든 삭막한 대화, 녹슨 가슴뿐, 나는 더이상 견디어낼 수가 없었다.

그러나 오늘 내가 만난 이 사내는 어딘지 모르게 나와는 뜻과 대화가 통할 것 같은 느낌을 주고 있었다.

사내는 미처 날이 밝기도 전에 내 방문을 노크했다. 다섯 시쯤일 거였다. 인연이 있으면 또 만나겠지, 손바닥만한 세상인데, 라는 생각을 떠올리며 내가 막 노란 옷을 입은 여자를 찾아 나서기 위해 침대에서 몸을 일으켜 세웠을 때였다. 몇 번의 노크 소리, 이어 내가 대답했었다.

"난 괜찮으니까 다른 손님한테 가서 편히 자요."

나는 아까 나갔던 여자인 줄 알았었다. 그러나 뜻밖에도 방문을 연 것은 사내였다.

"선생도."

사내는 내가 혼자 있었음을 확인하자 이렇게 말했다.

"저도 줄곧 혼자 잤었던 셈입니다. 일을 치르고 잠든 사이 계집이 도망쳐 버렸던 모양입니다. 잠결에도 허전한 생각이 들어 곁을 더듬어 보았더니 허탕이었어요. 아마 여관뛰기를 하러 갔을 겁니다. 우린 배반당한 거예요. 세상이 하도 추워서 이런 데 와서만이라도 잠시 따스해 보고 싶었는데 우라질, 안 되는군요."

사내는 해장을 하러 가자고 내게 말했다. 자기가 새벽에 문을 여는 해장국집 한 군데를 알고 있다는 거였다.

"해장국을 말아 놓고 막걸리라도 한 사발 쭈욱 들이켭시다."

그러나 나는 사양하기로 마음먹었다. 이 사내와 함께 술을 마시면 마냥 붙들려 있게 될 것만 같았다.

"저는 오늘 하루종일 해야 할 일이 있습니다. 제게 있어서는 그 무엇과도 바꿀 수 없는 중요한 일이죠."

"선생도 그럼 직장에 나가십니까?"

사내는 적이 실망했다는 듯한 표정이었다. 나는 내가 찾는 노란 옷을 입은 여자에 대해 대충 설명을 늘어 놓았다.

"그랬군요. 역시 내 눈은 정확합니다. 저는 어제 술집에서 선생을 보았을 때부터 뭔가를 눈치챘었습니다. 멋집니다. 선생, 꼭 찾아내시기를 빌겠습니다."

그러나 사내는 조금 쓸쓸해졌다는 듯한 표정이었다.

우리는 나란히 창녀촌 골목을 빠져 나오기 시작했다. 눈은 그쳐 있었다. 밤 사이 내린 눈 위로 쌀쌀한 새벽 냉기가 날을 세우며 스쳐가고 있었다.

“제 누이동생을 선생께 보여 주고 싶습니다. 노란 옷을 입혀서 말입니다. 제 누이동생은 착하고 예쁩니다. 하지만 요즘 연애중에 있습니다. 제 누이동생은 불쌍하게도…….”

무슨 말인가를 하려다 말고 사내는 그만 입을 다물어 버렸다.

“정말 헤어지기가 섭섭하군요. 모처럼 뜻이 통하는 분이었는데.”

시내로 나와 헤어지며 사내는 말했다.

“비가 내리면, 겨울비라도 내리게 되면, 어제의 그 선술집으로 나오십시오. 그땐 제가 한 잔 사드리지요. 정말 고마왔습니다.”

라고 내가 말했다.

나는 사내와 악수를 나누었다. 또다시 오늘 하루의 방황이 문을 열고 있었다. 몹시 춥고 발이 시렸다.

나는 며칠 동안 심한 독감으로 내 방에 드러누워 있었다.

나는 아무것도 해낸 것이 없었다. 노란 옷을 입은 여자도 찾아내지 못했고 구두도 훔쳐 신지 못했고 도둑질도 변변히 못하 보았다. 오히려 슈퍼마켓에서 계란을 훔치다가 들켜 감시원에게 따귀만 몇 대 얻어맞고 쫓겨났었다. 그래서 이젠 내 식당이 하나 없어져 버린 셈이 되었다.

“요샌 어쩐 일로 계속 방구석에만 자빠져 누워 있지. 참 별꼴이야. 이 그 저 웬수!”

밥상을 들여 놓고 하숙집 여편네가 문을 닫으며 밖에서 긁어대는 바가지 소리였다.

“저런 위인을 남편이라고 데리고 사는 나도 미친 년이지.”

이런 소리도 들려왔다. 망할 놈의 여편네!

언제나 저 모양이었다. 결혼한 지 3년이 지나고 나서부터는 완전히 하숙집 주인 여편네로 변해 있었다. 남편이 어디가 아파도 아픈 줄을 모르고 회사에서 언짢은 일이 있어서 울적한 기분으로 집에 돌아와도 기분 한 번 전환시켜 줄줄 몰랐다. 언제나 내 신세를 남과 비교하면서, 월급이 적다느니 가정일엔 조금도 신경을 써주지 않는다느니 옷 하나 가지고 3년을 입었다느니 따위의 말로 내 신경을 긁어 놓곤 했었다.

나는 하숙생에 불과했었다. 돈 갖다 바치고 밥이나 얻어먹는 하숙생에 불과했었다. 양복 소매단추 같은 게 떨어졌을 경우 말을 안하면 1년 내내 모르고 지내는 여자. 나는 그런 여자의 남편이라고 생각하고 싶지가 않았다.

출근을 할 때도 가슴이 무거웠고 퇴근을 할 때도 가슴이 무거웠다. 어느새 나는 발기불능의 남자가 되어 있었다. 밤이면 언제나 경멸을 받아야만 했었다. 그리고 심한 열등감에 사로잡혀 몇 번이고 미안해, 소리를 연발해야만 했었다.

그러나 이젠 만사가 귀찮았다. 미안해고 뭐고가 문제가 아니었다. 그렇다. 나도 이젠 당당하게 살 작정이었다. 돈과 기계와 제도에서 해방되어 무한하게 자유롭고 싶었다. 그러다가 정 살 수 없는 상태에 이르면 농약이나 마시고 자살해 버릴 작정이었다.

아, 그러나 노란 옷을 입은 여자…….

그 완전한 여자를 한 번만이라도 만나 보고 싶었다.

나는 빨리 겨울이 끝나 주기를 빌고 있었다. 그리고 빨리 독감이 끝나 주기를 빌고 있었다. 문자 그대로 정말 지독한 감기 〈독감毒感〉이었다. 목구멍이 아프고 골이 쑤시고 코는 코대로 전부 막혀서 숨을 쉬기가 몹시 거북했다. 심하게 열이 나고 뼈마디가 쑤시고 가래도 끓었다.

그러나 아무도 걱정해 주는 사람은 없었다. 약을 사 먹기 위해 여편네에게 돈을 좀 달라고 했다가 일언지하에 거절당해 버렸다.

"빈둥빈둥 놀고만 있으니 뼈마디가 쑤시고 골이 아프지. 하다못해 노동판에 나가서 자갈짐이라도 짊어져 보구랴. 어디 아플 새가 있는가. 남들은 취직을 못해서 눈이 벌개 가지고 날뛰는데 그 좋은 직장을 팽개치고 미친 놈 흉내나 내면서 돌아다녀? 아파도 싸지 싸."

그래서 나는 감기가 절로 나아 주기를 기다리는 수밖에 없다는 생각을 했다.

밤이면 기침이 심하게 쏟아져 나오고 가래도 끓었다. 이러다간 더 큰 병이라도 생겨 고생만 하다가 쥐도 새도 모르게 개죽음을 당할 것만 같았다.

애들 역시 나를 거들떠도 안 보는 게 예사였다. 아빠 때문에 동네 애들 보기가 창피해서 못 살겠다는 거였다.

애들은 애들대로 완전히 즈이 어멈에게 물이 들어서 차라리 아빠 따위 없는 편이 더 낫다는 식의 얘기를 내 앞에서도 곧공연하게 떠들어댈 정도였다. 다른 애들의 아빠와 비교해 볼 때 우리 아빠는 형편없이 쪼다라는 거였다. 여편네가 나를 괄시할 때는 그런 대로 참아낼 수도 있었지만 애들에게서까지 그런 얘기를 듣고 나면 공연히 울고 싶어지고 당장 손이 호주머니 속에 들어 있는 농약병으로 이끌려지곤 했다.

그러나 봄이 되면, 또는 노란 옷을 입은 여자라도 만나게 되면, 혹시 내가 이 세상을 좀더 길게 살아 가야 할 이유가 발견되어질는지도 모를 일이었다. 참아야지. 어떻게 해서든 무사히 이 겨울을 넘겨야지. 나는 마음 속으로 혼자 다짐을 하곤 했었다.

여편네는 낮이면 언제나 외출해서 밤 늦게야 귀가하는 버릇이 있었고 더러는 술에 만취되어 내게 주정까지 할 정도가 되어 있었다. 춤바람이 났는지 도박에라도 미쳤는지, 하여간 막말로 개판 5분 전이 되어 있었다. 더러는 차라리 이혼이라도 해버리자고 쨍쨍거리기를 서슴지 않기도 했다.

당연히 나는 비애감만 더해 갈 뿐이었다.

바람이 몹시 불고 있었다. 나는 심하게 기침을 하며 메리야스 공장 정문 앞에 서 있었다. 누우런 먼지들이 하늘 가득히 몰려다니고 있었다. 그 누우런 먼지들이 몰려다니고 있는 하늘 저 끝, 봄이 예감처럼 서려 있었다.

기침을 도저히 참을 수가 없었다. 가래를 뱉으면 피가 조금씩 섞여 나오기도 했다. 아무래도 심상치가 않은 것 같았다.

나는 초조해지고 있었다. 봄이 오기도 전에, 그 노란 옷을 입은 여자를 만나 보기도 전에 뜻하지 않은 병으로 죽고 말 거라는 불안감이 앞섰다.

병으로 죽어서는 안 된다. 죽으려면 차라리 농약을 먹고 떳떳하게 죽어야 한다. 나는 몸을 웅크리고 메리야스 공장 정문 앞에 서서 여공들이 나타나 주기를 기다리고 있었다. 이른 아침이었다.

이제 그 노란 옷을 입은 여자가 있을 만하다고 짐작되어지는 곳이면 거의 다 뒤적거려 본 셈이었다. 과연 그 노란 옷을 입은 여자가 메리야스 공장에 와서까지 일해야 할 정도로 형편이 각박할 것인지 어떤지에 대해서는 확실한 판단을 내릴 만한 처지가 못 되는 게 지금의 내 입장이었다. 우선 최선을 다해서 찾아보아야겠다는 생각뿐이었다.

자꾸만 기침이 나를 괴롭혔다. 바람은 바람대로 내 옷섶을 열어젖히며 살갗 깊이 싸늘한 칼날로 와닿고 있었다.

잠시 후 한 무리의 여공들이 버스에서 내려 도시락을 들고 이쪽으로 재잘거리며 오고 있는 것이 보였다. 나는 긴장하기 시작했다. 그러나 점잖게, 그리고 침착한 태도로 말을 걸어야 한다고 스스로에게 타일렀다.

바람이 너무 심하게 불고 있었으므로 그 한 무리의 여공들의 모습은 저마다 펄럭거리며 내 앞으로 걸어오고 있는 것 같아 보였다. 마른 땅바닥에서는 끊임없이 모래알 쓸려다니는 소리가 싸르락싸르락 들려오고 있었다. 바람에 불려 온 휴지 나부랑이 따위들이 메리야스 공장 담벼락 밑에 모여 못 살겠네, 못 살겠네, 몸살들을 앓고 있었다.

"공주님들."

이윽고 여공들이 완전히 내 앞에까지 왔을 때, 나는 비행기처럼 양쪽 날개를 활짝 펴고 그녀들 앞을 막아섰다.

"말씀 좀 물읍시다. 죄송하지만 말입니다."

여공들은 뜻하지 않은 이 진로 방해에 대해 적잖이 흥미롭다는 태도들을 보이며 왜 그러시냐는 듯 발길들을 멈추었다. 그녀들을 〈공주님들〉로 호칭한 건 참 잘한 일이라는 생각이 들었다.

"사람을 하나 찾으려고 하는데요. 나이는 공주님들 또래라고 해도 좋겠고. 얼굴은 밝고 깨끗해요. 마음씨는 아주 착합니다. 겨울 내내 찾아 헤매던 여자예요. 꼭 찾아야 합니다. 노란 옷을 입은 여자지요. 네, 그 노란 옷이 중요합니다. 쿨럭쿨럭 쿠울럭……."

나는 횡설수설 단숨에 말해 버리고 기침을 연발하기 시작했다.

"그 여자애의 이름이 뭔데요?"

"이름은 모릅니다."

"키가 커요?"

"여자로서는 적당한 키예요. 머리가 내 턱 밑에 닿을 정도의 킵니다."

"예뻐요?"

"예쁩니다. 나비처럼."

"이 공장에 다니고 있대요?"

"모르겠어요. 무작정 찾아 헤매고 있습니다."

여공들은 저마다 한 마디씩 질문을 던졌고 나는 되는 대로 대충대충 대답을 해주었다.

"이름도 성도 모르고 어디 있는지도 모르면서 어떻게 그 여자를 찾겠다는 거죠?"

"글쎄 말입니다. 하지만 이렇게 찾아 헤매다 보면 우연히 만날 수 있을는지도 모르죠. 혹시 이 공장 공주님들 중에 노란 옷을 입고 다니는 공주님을 본 적이 없으신지, 한 번 잘 생각해 봐 주십시오."

"노란 옷. 꼭 노란 옷이라야 되나요? 노란 머리핀은 안 되나요? 노란 머리핀만 꽂고 다니는 여자애는 있어요."

"아닙니다. 머리핀이 아닙니다. 노란 옷입니다."

"그 여자앤 아저씨하고 어떤 사이인데요?"

"뭐, 거 뭐랄까. 애인……."

내가 어물어물 말꼬리를 흐려 버리자 여공들 중의 하나가 자기들끼리 이야기하는 투로 이렇게 한 마디를 던졌다.

"저 사람 약간 돌은 거 같지 않니? 틀림없이 돌았을 거야."

그리고 이어 몸집이 뚱뚱하고 성격이 활달해 보이는 여공 하나가 내 앞으로 가슴을 쓰윽 내밀며 당당하게 나섰다.

"아저씨, 애인이 없으세요? 그럼 전 어때요."

그러자 모여섰던 여공들 사이에서 양철판 위에 호도알 굴러가듯 땍대구루루 웃음이 굴러갔고 나는 차츰 놀림감이 되어 가기 시작했다.

"공순이들을 보고 공주님들이라고 하는 걸 보면 제 정신은 아닌가봐. 자길 무슨 거지왕자로나 생각하고 있나봐. 애, 뚱자야. 니가 공주님 행세를 하면서 저 거지왕자님하고 약혼식이라도 올리렴."

그리고 다시 웃음, 웃음…….

잠시 후 그녀들은 시간됐다 애, 어쩌구저쩌구 와자지껄 떠들면서 공장 안으로들 몰려 들어가 버렸다. 나는 역시 잘못 왔다는 생각이 들었다. 그 노란 옷을 입은 여자가 메리야스 공장에서 저런 여자애들과 함께 실밥이나 뜯고 앉아 있을 것 같지는 않았다.

나는 다시 발길을 돌렸다. 바람은 계속해서 세차게 불고 있었고, 내 허파는 계속해서 펄럭거리고 있었고, 기침이 자꾸만 터져 나왔고 터져 나왔고 터져 나왔, 쿨럭쿨럭쿨럭 쿨럭쿨럭 제기랄!

나는 이제 또 어디로 가서 노란 옷을 입은 여자를 찾는 광대 노릇을 할 것인지, 과연 오늘은 그 여자를 찾아낼 수가 있을 것인지, 막연하기만 했다. 구멍가게 문짝이 바람에 쓰러지고 있는 것이 보였다. 세워져 있는 문짝에는 세련되지 못한 글씨체로 3자가 그려져 있었다. 쓰러진 문짝의 번호는 2일까 4일까. 아마 2일 거였다.

구멍가게 옆에는 미장원. 미장원 문짝은 완전히 엎어져 있었다. 나는 짚이는 게 있어 미장원으로 걸음을 옮겼다.

"실례합니다."

미장원 문을 열자 더운 기운이 곧 내 얼굴로 묻어 옴을 느낄 수가 있었다.

두 명의 미용사가 한 명의 손님을 의자에 앉혀 놓고 머리카락 튀김을 만들고 있는 중이었다.

"어떻게 오셨어요."

두 명의 미용사 중 키가 좀 작은 미용사가 내게 물었다. 나는 다시 노란 옷을 입은 여자에 대해 간단히 설명해 주었다. 그리고 이 미장원 단골 손님 중에 혹시 그런 여자가 없는가를 물어보았다. 만약 있다면 한 달이고 두 달이고 이 미장원 앞에서 기다려 볼 심산이었다.

"커트머리 아가씬가요. 파마머리 아가씬가요. 아니면 디스코머리 아가씬가요."

이번에는 키가 좀 큰 미용사가 내게 물었다. 약간 빈정거리는 듯한 어투였다.

"글쎄요. 뭐 잘은 모르지만 비교적 단정한 머립니다."

"학생이에요?"

"꼭 학생이랄 것까지야 없지만 비발디 정도는 알고 있는 여잡니다. 뭉크나 보들레르 정도는 알고 있는 여자죠."

"그게 뭔데요."

역시 빈정거리는 어투.

"먹는 거죠, 과일 종류입니다."

나는 아무렇게나 대답해 버렸다. 이번에도 헛짚었구나 싶은 생각이 들었다.

"손님들 식성까지 우리가 일일이 다 어떻게 알아낼 수가 있나요. 그리고 우리 미장원엔 그렇게 어린 여자분들보다는 좀 부티나는 귀부인족들이 많이 오는 편이에요. 이래봬도 기술은 누구한테도 떨어지지 않는다구요."

나는 그만 돌아서기로 마음먹었다.

"아, 지금 생각하니까 그 노란 옷을 입은 여자는 생머리였습니다. 아름다움을 가꿀 줄은 알지만 허영을 좋아하지는 않는 성미죠."

나는 실례했노라는 말을 남기고 미장원을 나왔다.

내 하숙집 여편네는 조금만 신경질이 나도 머리카락을 가지고 농간을 곧잘 부린다. 꽁지 빠진 씨암탉처럼 만들어 보기도 했다가 바글바글 볶아 보기도 했다가 지글지글 튀겨 보기도 했다가…… 하여간 변덕스러운 성격만큼이나 헤어스타일도 변화무쌍하다. 1년에 최소한 헤어스타일이 여덟 번은 바뀐다. 그러니까 한 계절에 최소한 두 번씩은 바뀌는 셈이다.

한 번씩 바뀔 때마다 얼굴도 생판 다르게 보인다. 영락없는 갯놀이 여편네 같기도 했고 무슨 요정이나 다방의 가오마담 같기도 했으며 바람난 과부상 같기도 했다. 따라서 나는 1년에 최소한 여덟 번씩은 그런 식으로 여자를 바꿔 가며 하숙을 하는 셈이 된다. 즉 1년에 최소한 여덟 번씩은 하숙집 여편네가 바뀌게 되고 그 눈치와 비위 맞추기 속에서 주눅이 들어야 하는 것이다.

그렇다. 내가 미장원엘 들러 노란 옷을 입은 여자를 찾으려고 했던 것은 오산이었다. 그 노란 옷을 입은 여자는 결코 변덕이 팥죽 끓듯 한다거나 성질난다고 머리카락이나 못 살게 구는 따위의 자제력 없는 여자는 아닌 것이다.

이제 또 어디로 가서 찾아보아야 할 것인지…….

나는 곰곰이 그 노란 옷을 입은 여자를 찾을 수 있을 만한 장소를 생각해 보기 시작했다. 간헐적으로 기침이 쏟아져 나왔고, 자꾸만 숨이 가빠져 왔으며, 어디 가서 단 10분이라도 따스하고 편안하게 잠들고 싶다는 생각이 들었다. 바람은 도시 곳곳을 누비며 행패를 부리고 있었다. 대개의 사람들이 정면으로 바람을 맞으며 걸어다니지 못하고 비스듬히 옆으로 자세를 바꾸어 걷거나, 완전히 등을 돌려 바람을 막으면서 주춤주춤 걷다가는 다시 자세를 바로잡곤 하는 모습으로 거리를 오가고 있었다.

나는 문득 양장점을 찾아 들어가 물어보는 것이 빠르지 않을까 하는 생각을 했다.

그럴 듯한 생각인 것 같았다. 왜 진작 양장점을 생각지 못했을까. 나는 기침을 하며 사방을 두리번거려 보았다. 그러나 양장점은 눈에 띄지 않았다. 좀더 걸었다. 그리고 비로소 양장점 하나를 발견했다.

"무슨 일로 오셨는데요."

내가 양장점 안으로 들어서자 크로키북에다 무엇인가를 끄적거리고 있던 30대 초반 나이쯤의 여자가 상냥한 목소리로 내게 물었다. 그러나 그 상냥한 목소리는 그녀가 오랫동안 옷장사를 하면서 어쩔 수 없이 꾸며낸 목소리일 뿐이지 그녀 본래의 목소리라고는 생각되어지지 않았다.

나는 그녀에게 최근에 노란 옷을 마춰입고 간 여자가 혹시 없느냐고 물어보았다. 희디흰 피부, 청순한 자태, 착한 마음씨, 나지막한 목소리…….

"최근에라구요?"

무엇인가를 잠시 생각하더니 양품점 여자가 말했다.

"최근에는 없는 것 같군요."

나는 적이 실망하지 않을 수 없었다. 그러나 곧 쵝근 말고 좀 오래 전에는 있었느냐고 다시 물어보았다.

"있었을 거예요."

양장점 여자의 자신있는 대답이었다. 그녀는 양장점 한편에 드리워져 있는 커튼을 향해 김군아, 하고 누군가를 불렀다. 그리고 곧 커튼을 젖히고 김군이라는 20대의 청년이 나타났다. 손에는 가위 하나가 들려 있었다.

"쟤한테 한 번 물어보세요."

양장점 여자는 다시 크로키북을 집어들며 내게 말했다. 그녀는 이미 내가 자기의 장사와는 전혀 상관없는 용무로 이 양장점을 들어섰음을 간파해 버렸음이 분명해 보였다. 그러나 나는 염치불구하고 다시 그 노란 옷을 입은 여자에 대해 김군이라는 청년에게 대충 설명을 해주었다.

"작년 가을에 두 벌을 만들었어요. 노란 옷은 노란 옷이었지요."

김군이라는 청년이 내 얘기를 듣고 우선 이렇게 서두를 끄집어내었다. 나는 갑자기 머릿속이 확 밝아져 버리는 듯한 느낌이었다. 그래서 그 여자의 이름과 주소를 알 방도가 없겠느냐고 다급히 말했다.

"주소는 모르지만 이름은 알 수 있을 거예요. 영수증철을 뒤적거려 보면 말입니다. 하지만 아저씨가 찾는 여자는 아닌 것 같은데요. 작년 가을에 옷을 마춘 그 여자는 우리 양장점 단골이기 때문에 제가 잘 기억하고 있죠. 서른네 살 정도나 되는 여자예요. 남편이 아마 주유소를 경영할 거예요. 까다롭고 오만한 성격이죠. 요즘은 우리 양장점에서 옷을 마추지 않아요. 아마 단골을 바꾸었을 겁니다…….”

　나는 전신에 맥이 빠져 옴을 의식했다. 그러나 포기할 수는 없었다. 나는 가까운 양장점이 어디에 있으며 그 양장점 이름이 무엇인가를 물어보고 난 다음 실례했노라는 말을 남기고 밖으로 나왔다.

　양장점마다 찾아다녀 볼 심산이었다. 물론 노란 기성복을 사입을 수도 있기는 있을 거였다. 그러나 웬지 나는 그녀가 자기의 모습에 잘 어울리는 디자인과 치수로 아름답게 만들어진 마춤복을 입고 있을 거라는 생각이 들었다.

　나는 바람에 점령당한 도시의 아침을 추위와 외로움에 떨며 걷고 있었다. 간판만 보며 걷고 있었다.

　그러다가 양장점을 만나면 노란 옷을 입은 여자에 관한 프로필을 말해 주고, 혹시 이 양장점에서 그런 여자가 옷을 마추어입지 않았는가를 물어보고, 거듭 실망하고, 거듭 기침을 하고, 또 더러는 미친 놈 취급을 받기도 하면서 하루 낮을 모두 보내어 버렸다.

　이윽고 밤. 밤에도 바람은 심하게 불고 있었다. 낮에보다 더욱 심하게 불고 있었다. 목놓아 마른 나뭇가지를 붙들고 울기도 하고, 난폭하게 건물들의 창문을 뒤흔들어 놓기도 하면서 무슨 일인가가 일어나고야 말지도 모른다는 예감까지 들 정도로 심하게 심하게 불고 있었다. 허공을 쓸려다니는 먼지들이 얼굴을 스치는 감촉까지 느낄 정도였다.

　그러나 마침내 나는 찾아내고야 말았다. 열흘 전에 노란 옷을 마춰입은 한 여자의 이름을.

　시작한 지 얼마되지 않았다는 어느 양장점에서였다. 내가 말한 여자와 아주 흡사한 여자가 옷을 마춰입었다는 거였다. 그것도 노란 옷을.

"바로 이 천입니다. 아주 밝고 예쁜 색이죠. 그 아가씨한테 썩 잘 어울리는 원피스였어요. 잠깐 기다려 보세요. 그 아가씨의 이름을 가르쳐 드리죠. 영수증철에 있을 거예요. 어디 보자…… 아 여기 있군요. 권병희."

"주소는, 주소는 적혀 있지 않습니까?"

"애석하게도 주소는 적혀 있지 않아요."

"그럼 대략 어디 사는 여자인지 짐작될 만한 일이라도……."

"글쎄요."

"잘 좀 생각해 봐 주십시오."

"가만 있자…… 교선동, 그래요. 교선동에 산다는 애길 들은 적이 있어요. 언덕배기여서 수돗물이 잘 나오지 않는다고, 그 아가씨의 친구와 함께 가봉을 하러 와서 서로 불편을 털어놓는 소릴 들은 기억이 있어요."

그 양장점 주인 여자의 얘기를 들으면서 비로소 나는 가슴이 환하게 밝아옴을 의식했다. 기침이 어느새 사라져 버리는 것 같은 느낌이었다. 그러나 기침은 여전히 내 몸 속 어딘가에 쌓여 있다가 채 5분도 못 되어서 다시 터져 나왔다. 쿨럭쿨럭 쿨럭쿨럭…….

"대단히, 대단히 고맙습니다. 만약 찾게 되면 반드시 이 은혜는 잊지 않겠습니다."

"어떻게 되는 사인데요?"

"말로는 도저히 설명하기가 곤란합니다. 상징의 여자니까요. 하여튼 제 생명과도 관계가 있는 여잡니다."

"어려워서 잘 모르겠네요, 전. 다만 꼭 찾으시길 빌겠어요."

"고맙습니다. 정말 고맙습니다."

권, 병, 희.

나는 신음하듯 입 속으로 되뇌이고는 혹시나 잊어버리지나 않을까 염려되어 황급히 수첩을 꺼내 크게 그녀의 이름을 적어넣었다. 감격스러워서 눈물이 다 날 지경이었다. 나는 시작한 지 얼마되지 않는다는 그 양장점 여주인이 오래오래 그렇게 아무 사람에게나 친절하고, 또 오래오래 창창하게 양장점을 경영해서 부디 자손만대까지 복되게 살기를 진심으로 빌었다.

나는 세찬 바람을 한 모금씩 울컥울컥 들이켜며 교선동 동사무실을 향해 내달리기 시작했다. 가슴이 뛰고 있었다. 무슨 소리든 외치고 싶었다.

중앙극장을 지나 행원동을 벗어나서 교선동으로 접어들면서 나는 완전히 어떤 희망으로 뒤범벅이 되어 있었다. 마치 그 여자와 만날 약속이라도 있는 것처럼, 그래서 그 여자가 지금 노란 옷을 입고 교선동 언덕배기 어디쯤에서 바람 속에 옷깃을 여미며 초조히 나를 기다리고나 있는 것처럼, 전신에 노오란 꽃물이 배어들고 있는 듯한 기분이었다.

그러나 구두가 문제였다. 내 낡은 가죽구두가 문제였다. 좀처럼 빨리 달릴 수가 없었다. 그리고 기침도 문제였다. 달리다가 멈추어서는 기침을 해야만 했다. 목구멍이 아프고 뼈마디도 쑤시고 현기증도 났다.

그리하여 내가 교선동 동사무실 앞에까지 당도했을 때 나는 탈진 상태가 되어 있었다. 숨이 너무 가빠서 질식해 버릴 것만 같았다. 이마를 짚어 보니 열이 불덩어리 같았다.

나는 가까스로 정신을 가다듬었다. 그리고 내가 해야 할 다음 행동을 생각해 보았다.

동사무소 사무실 안은 캄캄하게 불이 꺼져 있었다. 현관문도 채워져 있었다. 나는 건물 뒤쪽으로 돌아가 보았다. 예상대로 숙직실에는 불이 켜져 있었다. 나는 잠시 망설였다. 그리고 생각들을 정리해 보았다. 정직하게 이야기해서는 쉽게 집을 가르쳐 줄 것 같지 않았다. 나는 상황에 따라 거짓말도 불사하겠다는 결심을 굳혔다.

"계십니까."

나는 목소리를 가다듬어 몇 번 계십니까를 연발했다. 바람 소리 때문에 밖의 인기척이 잘 들리지 않는 모양이었다. 한참 만에야 문이 열렸다.

"무슨 일로 오셨는지요?"

40대 정도의 남자 목소리였다. 남자의 뒤로 엿보이는 방바닥에는 서류들이 어수선하게 널려 있었다. 바쁜 모양이었다. 디안한 생각이 들었다. 나도 밤새워 여관방에서 회사의 서류를 정리해 본 경험이 있었다. 삶에 대한 회의는, 이렇게 바람부는 날 밤 한 잔의 슬이라도 마시고 싶다는 충동을 참고 사무적인 일로 혼자 밤을 새우는 드중 느닷없이 찾아온다는 사실도 나는 경험을 통해 잘 알고 있었다. 이런 상태에서 뜻밖의 방문객이 나타나 또 하나의 일거리를 맡기게 된다면 그건 정말 귀찮고 신경질나는 노릇이었다.

"죄송합니다."

나는 몸둘 바를 몰라하며 몇 번 허리를 굽신거렸다. 그리고 찾아온 용건을 말했다.

"집을 하나 찾으려고 합니다. 어려우신 줄 압니다만 좀 도와 주시면 고맙겠습니다. 정말 죄송합니다."

"주소를 말씀해 보시죠."

"주소는 모릅니다. 그냥 사람 이름 하나만 알고 있습니다. 권병희라고 스물두 살쯤 되는……."

"그래 가지곤 좀처럼 찾을 수가 없습니다. 거의 불가능이죠. 내일 한 번 사무실로 찾아와 보십시오."

나는 그냥 돌아서는 수밖에 없었다. 그러나 곧장 하숙집으로 들어가지는 않았다. 밤 늦게까지 교선동 문패들을 읽으면서 돌아다니다가 통금 직전에야 하숙집으로 돌아왔다.

열이 펄펄 끓어오르고 심하게 호흡이 가빠지면서 자꾸만 기침이 터져나왔다. 새벽까지 잠을 이루지 못하고 홀로 내 방에서 끙끙 앓고 있었다. 그러나 땅 속 깊이에서 여린 싹 하나가 발아하듯 내 가슴 속 깊이에서도 어떤 기쁨의 싹 하나가 가만히 눈을 뜨고 있었다.

이튿날 아침. 나는 동사무실에서 몇 시간이나 기다린 끝에 기어이 권병희라는 여자의 주소를 알아내었다.

교선동 산 14번지 7통 2반.

쌀가게에서 한 번, 부식가게에서 한 번, 단 두 번만 물어보고도 쉽게 그녀의 집을 찾아낼 수가 있었다. 권씨 성이 그리 흔치 않은 탓도 있었겠지만 그녀의 집 마당에 유난히 큰 오동나무 한 그루가 서 있다는 사실도 내가 그녀의 집을 쉽게 찾도록 만드는 데 중요한 역할을 해준 것 중의 하나였다.

중산층에 속하는 가정집 같았다. 오동나무는 잎이 모두 져버리고 가지만 앙상하게 뻗어 있었다. 조립식 담장 담벼락엔 〈아버지 만세, 5+4=9, 참새, 태극기, 우리집이다. 경호 자지 크다〉 따위의 낙서들이 아기자기한 크레파스 글씨로 무슨 풀들처럼 번식하고 있었다.

바람은 어제보다 약간 기세를 죽이고 있기는 했지만, 그래도 여전히 도시의 하늘 위를 황사와 함께 누우렇게 몰려다니고 있었다. 봄이 오리라. 조금만 더 참고 기다리면 봄이 오리라. 그러나 먼 산에는 아직도 눈이 쌓여 있었고 땅은 딱딱하게 얼어 있었다.

나는 잠시 노란 옷을 입은 여자가 살고 있을 교선동 산 14번지 7통 2반 대문 앞을 떨리는 가슴으로 서성거리고 있었다. 나의 모든 세포들은 신선하게 재생되어지고 사춘기의 어느 한때처럼 설레임의 물소리에 자욱하게 젖어들고 있었다.

나는 한참 동안을 서성거리고 난 다음에야 초인종을 누를 수가 있었다.

"누구세요."

안에서 들려오는 어린애의 쨍쨍한 목소리, 곧 대문이 열리고 조그맣고 귀여운 얼굴 하나가 대문 밖으로 내밀어졌다. 그리고 내 아래위를 샅샅이 훑어보기 시작했다. 수상하다는 듯한 표정이었다.

"꼬마야, 이 집에 혹시 권병희라는 여자가 살고 있지 않니?"

나는 갑자기 대문이 닫혀 버릴 것 같은 불안감으로 가슴을 죄며 조심스럽게 물어보았다.

"우리 누난데요. 아저씨는 누구시죠?"

약간 도전적인 목소리였다.

"겨울 나라에서 온 사람이야. 누나를 만나기 위해서 바람을 타고 왔지."

나는 동화적인 분위기로 아이에게 말해 주었다.

"공갈."

"공갈이 아냐."

"그럼 증거를 대 보세요?"

"봐라. 아저씬 지금 계속 기침을 하고 있지 않니. 겨울 나라는 너무 춥기 때문에 모두들 감기에 걸려 있다구."

"아저씨가 살고 있는 나라엔 왕자님 같은 것도 있어요?"

"있지. 꼭 너처럼 씩씩하고 귀엽게 생긴 왕자야. 왕자는 결코 감기에 걸리는 법이 없지."

"권투도 잘해요?"

"그럼 누구든 한 방이면 나가떨어져 버리고 말지."

"햐, 신나는데."

"축구도 잘한단다. 순전히 바나나킥으로만 골인시켜."

"근데 왜 한 번도 텔레비전에 안 나오죠?"

"겨울 나라 사람들은 텔레비전을 아주 싫어하거든."

"어, 왜 텔레비전을 싫어하지? 만화 영화도 해주고 연속극도 해주고 권투 중계도 해주고 별거별거 다해 주는데."

"하지만 기침을 멈추게 해주지는 못하거든."

"병원에 가면 되잖아요. 병원에 가서 기침을 멈추게 하고 집에 와서 텔레비전을 보면 되잖아요."

"겨울 나라 사람들의 기침은 의사가 고치는 게 아니에요."

"그럼 왕자님이 고치나요?"

"아니야, 노란 옷을 입은 여자가 고쳐. 이 세상엔 단 한 명뿐이지. 그런데 꼬마야, 누난 집에 없니?"

"있어요."

"있으면 좀 불러다 주렴."

그러나 아이는 안 된다고 고개를 완강히 가로저었다. 지금 누나는 엄마에게 매를 맞고 있다는 거였다. 왜 매를 맞느냐고 물으니까 자기도 모르겠다는 거였다.

아까는 전혀 의식치 못했는데 귀를 모아 자세히 들어 보니까 그런 것
도 같았다. 이따금 꾸짖는 듯한 여자 목소리, 거기에 따라 낮은 여자 울
음 소리도 들려오고 있는 것 같았다. 그러나 여간 신경을 쓰지 않으면
들을 수 없을 정도였다.

"누나는 노란 옷을 입고 있니?"

나는 아이에게 물어보았다.

"아뇨, 까만 옷을 입고 있어요."

"노란 옷이 있기는 있지?"

"있어요. 며칠 전에 양장점에서 찾아왔어요. 하지만 그 옷은 봄에 입
을 거래요."

"누나는 책을 좋아하니?"

"네, 누나 방엔 책이 많아요."

"나이는 몇 살?"

"스물두 살."

"직장에 다니냐?"

"아뇨, 대학생이에요. 어구 춰라. 아저씨, 빨리 집에 가세요. 대문 닫
고 내 방에 들어갈래요."

"그래. 하지만 꼬마야, 아저씬 누날 꼭 좀 만나야 할 일이 있는데 어
떻게 했으면 좋을까."

"낼부터 누난 대문 밖으로 한 발자국도 나갈 수가 없을 걸요."

"그건 또 왜지?"

"몰라요. 엄마가 아까 그랬어요."

"그럼 너라도 좀 만났으면 좋겠구나. 누나에게 편지나 전해 줄 수 있도록 말이지."

이때였다.

"바로 댁이시로군요."

어느새 나타났는지 중년 부인 하나가 아이 곁으로 불쑥 나서며 대뜸 내게 그렇게 말했다. 바로 댁이시로군요.

첫눈에 아이의 어머니라는 것을 짐작해낼 수가 있었다. 교양 있어 보이는 얼굴이었다. 그러나 무슨 이유에선지 그녀는 나를 분노에 찬 시선으로 노려보고 있었다. 당황하지 않을 수 없는 노릇이었다.

"무엇이 부족해서 또 찾아오기까지 했어요. 우리 병희를 도대체 어떻게 할 셈이에요."

나는 영문을 몰라 어리둥절한 채로 그녀의 얼굴만 물끄러미 쳐다보고 있었다. 아이는 자기 어머니와 내 눈치를 번갈아 가며 살펴보다가, 넌 들어가 있어, 라는 명령을 받고 슬그머니 뒤로 빠져 버렸다. 나 역시 어디로든 슬그머니 빠져 버릴 수만 있다면 슬그머니 빠져 버리고 싶었다.

"그 어린 게 뭘 안다고 그 모양 그 꼴로 만들어 놓았어요. 그러고도 여기까지 찾아와 또 꾀어내려고 하는 걸 보면 댁은 정말 철면피예요. 가세요. 어서 가세요. 책임을 지실 필요도 없어요. 다시 병희를 만날 생각조차 하지 말아 주세요."

나는 무슨 얘기든 해주어야만 될 것 같았다. 심하게 목이 말랐다.

"아무 말씀도 하지 말고 돌아가 주세요. 부탁이에요."

어느새 여인의 목소리는 애원조로 변해 있었다. 바람이 여인과 나 사이를 파도처럼 넘나들고 있었다. 그리고 그 바람은 어쩌면 여인의 마음

속에서 지금 내게로 한아름의 어떤 탄식을 던져 오고 있는 것 같기도 했
다. 그러나 나는 도무지 그 탄식의 내용을 이해할 수가 없었다. 무엇엔
가 홀려 있다는 기분까지 들었다.

"그애가 도대체 어떻게 키운 자식인데……."

여인은 이제 손등으로 가만히 눈물까지 찍어내고 있었다.

"세상에, 나이 든 양반이, 고우면 고운 대로 아끼고 잘 보살펴 줄 생
각은 않고 그 어린 것을 임신까지……."

아…….

나는 아무 말도 할 수가 없었다. 그리고 더이상 여인의 이야기를 들으
며, 거기 묵묵히 서 있을 수도 없었다.

"부인. 용서하십시오, 부인."

나는 한 마디를 던지고 묵묵히 돌아섰다. 돌아서면서 여인의 머리 위
에서 빙판보다 더 시린 겨울 하늘을 문득 본 것 같았다. 그리고 그 겨울
하늘에 뻗어 있는 오동나무 앙상한 어느 가지 끝에서 마른 잎 하나가 뚝
떨어져 어디론가 한없이 불려 가는 것도 문득 본 것 같았다.

그러나 하늘에는 황사, 이제 겨울은 끝나가고 있었다. 오히려 하늘은
흐려 있었고 아까 보았지만 오동나무 가지에는 단 한 개의 이파리도 보
이지 않았다.

나는 교선동 산 14번지 비탈진 길을 내려오면서 봄이 되어도 영영 입
지 않을 노란 원피스 한 벌이 벽에 걸려 있는 광경을 연상하고 있었다.
역시 권병희라는 여자도 내가 찾던 여자는 아니었다. 나는 다시 농약병
을 매만져 보았다.

비가 내리고 있었다. 이 비가 마지막 겨울비일 거였다.

나는 방 안에 드러누워 빗소리를 듣고 있었다. 내 몸이 어디론가 떠내려가고 있다는 느낌이었다. 문득 어느 시인의 시 한 줄이 생각났다.

밤이면 가문비나무 숲이 울드라
무덤풀은 우거지고 쓰러지고
반딧불 한 점 불려 가드라
먼 강물 자욱히 물 넘는 소리
모두가 빈 집이드라
다만 자정 무렵 한 사내가
절룩절룩 젖은 양말로 돌아와
램프의 심지를 죽이며 낮게 울드라.

시를 생각하니까 다시 사내의 얼굴이 떠올랐다. 함박눈 내리던 어느 날 밤 선술집에서 홀로 술을 마시고 있던 사내. 연애에 열세 번이나 실패했다던 사내. 시를 포기하고 말았다던 사내. 누이동생에게 언제나 미안하게 생각하며 살아 왔다던 사내……

우리는 한 순간만이라도 외롭지 않기 위해 입영 전야의 장정들처럼 밤늦게 창녀촌을 찾아갔었다.

그래…… 우리는 비가 내리는 날 만나기로 했었다.

나는 불현듯 그 사내가 보고 싶어지기 시작했다. 그것은 어떤 충동이 되어 내 가슴을 움직이기 시작했다. 사내는 이 삭막한 겨울을 어떻게 보내었을까. 그날 아침 해장국을 함께 하지 못한 것을 후회스럽게 생각하면서 나는 그 선술집에서 지금 그 사내가 그때처럼 홀로 술을 마시고 있을 것인지를 한 번 추리해 보았다. 어떻게 생각하면 있을 것도 같고 어떻게 생각하면 없을 것도 같았다.

나는 한 번 더 그 사내를 만나 보고 싶었다. 한 번 더 그 사내와 술을 마셔 보고 싶었다. 나는 약속했었다. 비가 내리면 그 선술집에서 내가 한 잔 사겠노라고.

나는 자리에서 일어났다. 그리고 서둘러 하숙집 여편네의 방으로 들어갔다. 아이들은 잠들어 있었고 여편네는 아직 귀가하지 않은 모양이었다.

나는 닥치는 대로 여편네의 방을 뒤적거려 보기 시작했다. 경대 서랍도 뒤적거려 보고 옷장 속도 뒤적거려 보고 옷들 속도 뒤적거려 보고…….

그러다가 드디어 나는 부엌에 엎어 놓은 항아리 밑에서 한 묶음의 돈을 발견해내었다. 곗돈일 거였다. 만약 이 돈을 모두 다 들고 나가면 나는 틀림없이 여편네로부터 고발당하고 말 거였다. 텔레비전을 훔쳤을 때도 그랬었다. 여편네가 경찰을 데리고 와서 나를 유치장에 부디 며칠간만이라도 집어넣어 달라고 말했었다.

나는 유치장이라는 소리만 들어도 가슴에 길로틴이 철컹 하는 소리로 무겁게 떨어져내림을 의식할 정도였다. 나는 항아리 밑에다 감추어 두었던 여편네의 돈 중에서 집히는 대로 조금만 뽑아내었다. 그러나 충분히 술에 취할 수는 있는 액수였다. 만약 비싼 술, 비싼 안주만 아니라면 취한 끝에 여자라도 잠깐 사볼 수가 있을 것도 같았다.

나는 우산도 쓰지 않은 채 호주머니 속에 돈을 쑤셔넣고 선술집으로 향했다. 마지막 겨울비. 시리고 아픈 겨울비에 가슴을 적시며 나는 생각했다. 이 비만 견디고 나면 곧 봄이 온다고, 봄이 오면 모든 것 다 버리자고.

문둥이도 옷을 벗는 생금가루 봄햇빛, 나도 차라리 문둥이나 되리라. 문둥이나 되어서 소록도로 가리라. 바다 쪽으로만 바다 쪽으로만 가슴을 열어 놓고, 봄바다의 봄바람에 울며 취하며, 맨살 가득 매독 같은 버짐이나 꽃피우며 살리라.

이제 거리는 녹고 있었다. 아직도 춥기는 추웠지만 그래도 물러가는 겨울의 발자국 소리를 들을 수가 있었다.

나는 사내를 만나면 한정없이 술을 마실 수가 있을 것 같았다. 아가리가 벌어진 구두 사이로 빗물이 새어 들어와 양말은 완전히 젖어서 질벅거렸고 발가락은 발가락대로 사금파리를 밟은 듯 시려 왔다.

그러나 내가 술집에 들어섰을 때, 사내의 모습은 보이지 않았다.

몇 명의 남자들이 목로판을 차지하고 앉아 큰 소리로 떠들어대면서 술을 마시고 있을 뿐, 내가 원했던 분위기는 간 곳이 없었다. 그러나 나는 혹시나 싶어 목로판 하나를 차지하고 주저앉았다. 그리고 술과 안주를 시켜 혼자 마시기 시작했다.

열 시가 넘어서까지도 사내는 나타나지 않았다. 하나 둘 손님들이 자리를 뜨고 있었다. 이제 남은 손님이라곤 나와 구석 자리에서 마시는 두 사람뿐, 술집 안은 텅 비어 있었다. 아마 그때 비가 내리면 여기서 다시 만나자고 내가 말했던 것을 건성으로 들어넘겼는지도 모를 일이었다.

밖에는 비가 내리고 나는 떠나지 못하리라…….

나는 사내의 말을 생각하며 홀로 소줏잔을 비워 나가고 있었다. 구석 자리에서 술을 마시고 있던 두 사람도 이제 그만 일어서야겠다는 듯 큰 소리로 주인 아낙을 불러 술값을 묻고 있었다.

이때였다. 한 사내가 흘러간 옛노래 한 소절을 흥얼거리며 문을 열고 들어섰다. 비 맞은 들개 같은 모습이었다.

웃고 오는 인생이냐
울고 가는 나그네냐
대장군 마루턱에
고향집이 그립구나
짓궂은 운명 속에
떠다니는 뜨내기 몸
돌부리 사나운데
눈물 속에 길은 멀다.

바로 그 사내였다. 사내는 내 쪽으로 등을 보이고 앉아 그 흘러간 옛노래를 끝까지 다한 다음 다시 되풀이하다가 말고 갑자기 주인 아낙을 향해 이렇게 외쳤다.

"아줌마, 술!"

많이 취해 있는 것 같았다. 나는 마시다 남은 술과 안주들을 챙겨들고 사내에게로 다가섰다.

"제 술 한 잔 받으십시오."

그러자 사내는 정신을 차리려는 듯 몇 번 머리를 세차게 흔들어 술기운을 떨어내고, 죄송함다, 괜찮습다를 연발하다가 갑자기 나를 알아보았다는 듯 벌떡 자리에서 일어났다. 그리고 와락 나를 끌어안았다.

"선생, 정말로 오랜만임다."

사내의 몸은 빗물에 흠씬 젖어 있었다. 얼굴도 많이 수척해져 있는 것 같았다.

우리는 다시 옛날처럼 한자리에 앉아 술잔들을 주고받기 시작했다. 밖에는 비가 내리고 술집 안은 텅 비어 있는데, 우리들의 의식 깊숙이에는 외로움의 터널이 길게 뚫리고, 우리들은 함께 술잔들을 주고받으며 그 터널 속을 나란히 걸어가기 시작했다.

"선생, 제 누이동생 얘기를 하고 싶군요."

사내는 여전했다. 언제나 슬픈 목소리였다.

"하십시오. 듣고 싶습니다. 연애중이라고 하셨지요 아마."

"지금은 아닙니다. 며칠 전에 실패했어요. 남자 쪽에서 변심한 겁니다."

"저런 죽일 놈이 있나."

"첫사랑이었는데 말입니다. 하지만 어쩔 수가 없었습니다. 제 누이동생은 불쌍하게도……."

사내는 한참 동안 입을 다물고 있었다.

"말씀하십시오."

나는 술잔을 건네며 사내에게 말했다.

"그만둡시다. 매우 슬픈 얘기니까요. 저는 그 얘길 하고 나면 울어 버릴지도 모릅니다."

사내의 목소리 속에는 정말로 울음이 섞여 있었다. 우리는 다시 화제를 바꾸었다. 석유를 이야기하고 하나님을 원망했다. 꽃을 이야기하고 시인들을 사랑했다. 겨우내 사람이 얼마나 그리웠는가를 이야기하고 서로 악수들을 나누었다. 이윽고 우리는 몹시 취했다. 그리고 선술집 주인 아낙이, 시간됐어요. 어서들 나가세요, 라고 몇 번이나 외쳤음은 두말할 여지가 없었다.

우리는 밖으로 나왔다. 우리는 비틀거리고 있었다. 여전히 비는 차디차게 목덜미를 적시고 있었다.

"밤새도록 마십시다, 우리."

나는 말했다. 창녀촌으로든 여관으로든 들어가서 내장이 썩어 문드러질 때까지 마시고 싶었다.

우리는 비를 맞으며 골목을 빠져 나가기 시작했다. 그러나 골목은 끝이 없었다. 사방은 캄캄했고 이미 우리는 몹시 취해 있었다. 어디가 어딘지 도무지 짐작조차 할 수가 없었다. 아무리 골목을 헤어나려고 애를 써보았지만 헛일이었다. 사방은 빗소리뿐, 쥐죽은 듯 고요했다. 밤이 상당히 깊어 있는 것 같았다. 막막했다.

이제 우리는 완전히 골목 속에 갇혀 버린 듯한 기분이었다. 그 어떤 거대한 힘이 골목의 끝부분을 모조리 막아 버린 모양이었다. 아무리 헤매어도 큰 길로 나갈 수가 없었다. 우리는 빗속에서 술취한 채로 지쳐 있었다. 막다른 골목 담벼락 앞에서였다.

"선생, 저는 오늘 밤 자살해 버리고 말겠습니다."

사내가 담벼락에 몸을 기댄 채 내게 말했다.

"제 누이동생은 불쌍하게도……."

사내는 어느새 울고 있었다.

"제 누이동생은 불쌍하게도 다리를 절었더랬습니다. 그리고 그 이유 때문에 실연당했습니다. 놈은…… 처음엔 호기심으로 제 동생과 사귀어보았을 겁니다. 제 동생은 예뻤습니다. 그리고 시를 썼었습니다. 얼굴이 예쁘고 다리를 약간 절고 시를 쓰는 여자. 그런 여자에게 호기심을 가지는 놈들도 많이 있을 겁니다. 하지만…… 다리가 하나 짧은 사람들보다는 두 다리의 길이가 똑같은 사람들이 더 많이 살고 있는 것이 현실입니다. 제 동생은 현실에는 불편한 존재였지요. 놈은…… 더이상 불편하고 싶지 않았던 겁니다. 하지만 제 동생에게는 그것이 크나큰 충격이었습니다. 선생, 제 동생은…… 만덕동에서, 아니 이 도시에서 아니 전세계에서 제일 아름답던 제 누이동생은…… 죽었습니다. 자살을 했습니다.”

갑자기 나는 술이 확 깨버리는 듯한 느낌을 받았다. 다리를 저는 여자, 만덕동, 연애…… 그렇다면, 생각나는 여자가 하나 있었다. 어느 날 새벽, 역 대합실에서 만났던 여자. 황야의 별이라는 제목의 책을 보고 있던 여자. 애인을 만나러 가는 길이라며 내게 밝은 표정으로 가벼이 손을 한 번 흔들어 주던 여자. 그 여자도 다리를 절었었다.

“혹시 자주색 코트에 하얀 목도리를 하고 다니지 않았는지요.”

나는 다급하게 사내에게 물어보았다.

“어떻게, 어떻게, 그걸 알고 계셨습니까.”

사내가 흠칫 놀라는 시늉으로 담벼락에서 몸을 일으켜 세웠다.

나는 이 엄청난 우연 앞에서 잠시 망연히 서 있었다. 그야말로 충격적인 사실이 아닐 수 없었다.

“선생…….”

이제 사내는 마음 놓고 큰 소리로 울어대기 시작했다. 비는 여전히 추적추적 땅바닥을 적시고 있었다. 나는 다시 심하게 기침이 터져 나오기 시작했다.

불현듯 죽고 싶다는 충동이 치솟았다. 나는 젖은 호주머니 속에다 손을 집어넣고 농약병을 만지작거리기 시작했다. 죽고 싶다는 충동은 더욱 심해져 가고 있었다. 아니다, 나는 사내를 죽여 주고 싶었다. 사내가 나로 내가 사내로 자꾸만 뒤바뀌어져 내 의식을 혼란시키고 있었다. 나는 더이상 죽음에 대한 충동을 참아낼 수가 없었다. 그때였다.

"거기서 뭣들하구 계쇼."

플래시를 희번덕이며 두 명의 남자가 우리 앞으로 다가왔다. 방범대원들이었다.

우리는 어쩔 수 없이 그들을 따라 비에 젖으며 비에 젖으며 파출소로 끌려가기 시작했다.

이윽고 봄이 왔다. 나는 햇빛이 박살난 언덕 위에 앉아 있었다. 내려다보이는 도시의 머리 위로 끊임없이 아지랑이들이 피어오르고 있었다. 고요했다. 모든 시간이 정지해 있는 것 같았다. 도시는 인간 저쪽에 놓여 있었고, 다시는 그리로 돌아갈 수 없을 것 같았다.

바른편 언덕에는 복숭아꽃들이 화창한 햇빛 속에 몸살나게 피어 있었고, 그 변두리 밭뙈기마다에는 무슨 싹들인가가 파릇파릇 연두빛으로 돋아나고 있었다. 사방이 너무나 고요했으므로 나는 필름이 잠시 끊기어진 무성영화의 한 장면 속에 들어앉아 있는 듯한 느낌이었다.

그러나 잠시 후 필름은 다시 움직이기 시작했다. 그리고 말소리도 다시 들리기 시작했다. 한떼의 아이들이 왁자지껄 떠들면서 언덕을 기어오르기 시작했던 것이다.

"여기서부터 시작해 보자."

그 한떼의 아이들 중의 하나는 무슨 기계인가를 앞가슴에다 받쳐안고 있었는데 가까이 왔을 때 확인해 보니 그 기계는 바로 고철 탐지기라는 것이었다. 이 도시는 6·25 때 격전지로 소문이 나 있었다. 그래서 그때 땅 속에 파묻힌 탄피나 폭발물 따위를 캐내기 위해 그 기계를 메고 다니는 사람들을 언젠가도 몇 번 본 적이 있었다.

"한 트럭만 나와 주라."

"여기보단 저기가 더 많을 것 같은데."

"새꺄, 아무 데면 어떠냐. 어차피 다 훑을 건데."

"맞았어. 우린 오늘 왕창 돈을 버는 거라구."

"얌마, 김치국부터 마시면 부정탄다구."

"자루가 너무 작은 건 확실해. 하나 더 가져왔어야 하는 건데."

"꺼럼. 분명히 그 자루에 다 담을 수 없을 정도로 고물이 쏟아져 나올 거야."

아이들은 저마다 한 마디씩 떠들어대면서 고철 탐지기를 가진 아이 뒤를 따라가고 있었다. 그리고 고철 탐지기를 가진 아이는 기다란 막대기를 이리저리 휘저으면서 마치 지질학자나 된 것 같은 태도로 엄숙하고 심각하게 걸음을 옮겨 놓고 있었다.

나는 내가 보낸 겨울의 그 견딜 수 없었던 시간들을 생각하고 있었다. 그리고 그 견딜 수 없었던 시간들이 꿈만 같다는 생각을 하고 있었다.

"와아!"

갑자기 아이들 쪽에서 환성이 터져 나왔다. 아마 무엇인가를 발견한 모양이었다. 아이들 몇이 곡괭이질을 시작하고 있었다.

나는 여전히 겨울만 생각하고 있었다. 겨울에 만난 사람들을 생각하고 겨울에 만난 사건들을 생각하고 겨울에 만난 눈과 비와 바람을 생각하고 있었다.

언덕을 이리저리 돌아다니던 아이들이 내 쪽으로 가까이 다가오고 있었다. 어느새 자루는 아랫배가 약간 불러 있었다.

“또 있다!”

내가 있는 곳에서 약 2미터 정도밖에 떨어져 있지 않은 거리에서 다시금 환성이 터져 나왔다. 그리고 아이들은 분주히 곡괭이로 땅을 파헤치기 시작했다. 신바람이 난다는 듯한 행동들이었다.

“걸렸다. 곡괭이 끝에 뭐가 걸렸어. 안 빠지는데.”

갑자기 곡괭이질을 하던 아이 하나가 동작을 멈추었다.

“굉장히 큰 걸지도 몰라. 신나는데. 다같이 한 번 잡아당겨 보자구.”

아이들 몇이 우루루 곡괭이 자루 하나에 달라붙었그, 영차 여엉차, 안간힘이 시작되었고, 그래도 곡괭이 자루는 빠져 나오지 않았다.

“아저씨, 좀 도와 주셔요.”

한 아이가 나를 향해 구원을 청해 왔다. 나는 일어섰다. 곡괭이 자루를 잡고 구덩이를 들여다보니 공교롭게도 곡괭이의 한 끝은 돌 밑에 박혀 있고, 또 다른 한 끝은 무슨 금속 물체인가에 박혀 있었다. 나는 아이들과 함께 곡괭이 자루를 몇 번이고 힘껏 잡아당겼다. 금속 물체가 있는 쪽의 땅이 몇 번 들썩들썩 허물어지더니 마침내 어떤 물체 하나가 끌려 나왔다.

“어? 이게 뭐지?”

“기분 나쁜데.”

그것은 철모였다. 심하게 녹슨 철모였다. 그리고 그 철모 속에는 흙과 함께 시커먼 머리카락이 담겨 있었다. 섬뜩한 느낌이 들었다.

“그래도 계속 파보자구. 혹시 또 모르잖아.”

“탐지기를 한 번 대봐.”

그러자 구덩이 속에 막대기가 드리워졌다. 그 막대기에는 전선이 연결되어져 있었다. 곧 탐지기에서 삐이이 하는 신호가 울렸다.

"와아!"

아이들은 다시 환호성을 질렀다. 그리고 역시 신바람나게 곡괭이질을 시작했다.

덜그덕!

몇 번 곡괭이를 휘두르지도 않았는데 구덩이에서 어떤 반응이 전달되어졌다. 그리고 잠시 후 그 물체는 아이들에 의해 구덩이 밖으로 끌어내어졌다. 둥그스름한 물체였다. 흙투성이가 되어 있었다.

"흙을 털어내 봐."

한 아이가 심상찮다는 듯한 목소리로 말했다. 곧 몇 명의 아이들이 달라붙어 그 물체의 흙을 털어내었다.

"해골이다!"

한 아이가 겁먹은 목소리로 외쳤다. 일시에 아이들이 확 흩어져 물러났다.

아이들은 모두 입을 다물고 아무 말도 못하고 있었다. 갑자기 사방이 더욱 고요해지면서 햇빛만 눈부시게 밝아 보였다. 눈부신 햇빛 속에 몸살나게 피어 있는 복숭아꽃, 파릇파릇한 연두색 풀잎, 그러나 시간은 정지해 있었다. 다시 무성영화 같은 분위기가 계속되고 있었다.

그리고 잠시 후 그 무성영화 속으로 노랑나비 한 마리가 팔랑팔랑 날아오고 있는 것이 보였다. 그 노랑나비는 아이들의 머리 위를 지나 봉숭아꽃이 만발한 과수원 쪽으로 가고 있는 듯했다. 그러나 아니었다. 아이들의 머리 위를 벗어나 과수원 쪽으로 잠깐 날아갔다가 다시 방향을 되돌렸다. 그리고 아이들의 머리 위를 몇 번 왔다갔다 하더니 낮게 내려와 날개를 팔랑거리며 날아다니기 시작했다.

죽음에도 향기가 있다고 했던가, 그 노랑나비는 이제 해골 주위를 맴돌면서 앉을 듯 말 듯 안타까운 날개짓을 하고 있었다. 그러다가 이윽고는 해골 위에 가만히 내려앉아 조용히 날개를 접었다. 아주 선명해 보였다.

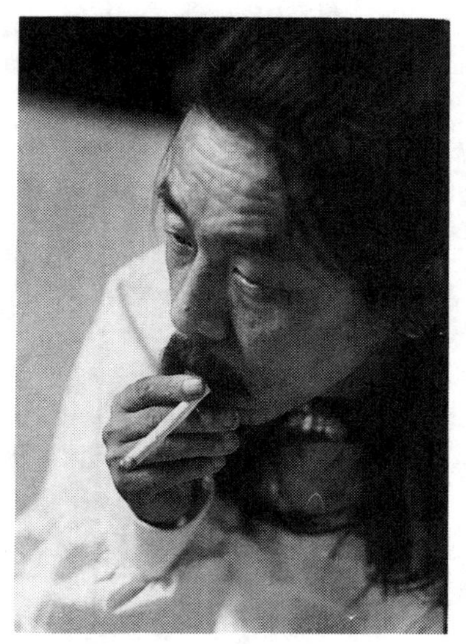

고

수

노름에 관심이 많은 사람이라면 아마 〈참꾼〉이라는 말을 들어 본 적이 있을 것이다. 속임수를 전혀 쓰지 않는 사람을 일컬을 때 쓰는 말이다. 참꾼의 무기는 염력이다. 오직 마음의 힘만으로 승부를 가늠하는 것이다. 그러나 아무리 속임수가 뛰어난 〈야마시꾼〉이라 해도 이 참꾼을 당할 재간은 없다고 들은 적이 있다.

우리는 기다리고 있었다. 당구장 한쪽에 준비되어 있는 임시 휴게실 소파에 앉아 기다리고 있었다. 당구장 주인의 말에 의하면, 당구장은 세금을 제대로 내지 않았다는 이유로 한 달간 영업정지 처분을 받은 상태였다. 출입문과 창문에는 각각 검은 커튼들이 드리워져 있었고 벽에 나란히 정리되어 있는 큐대와 점수판, 텅 빈 당구대, 그것들은 모두 깊은 잠에 빠져 있는 것 같았다.

우리는 현재 모두 네 명이었다. 계획대로라면 앞으로 한 명이 더 올 거였다. 우리는 어느 중개인의 비밀한 주선으로 이곳에 함께 모이게 된 사람들이었고 우리는 서로 초면이었다. 우리를 이곳에 함께 모이도록 주선했던 그 중개인이 아까 대충 한 사람, 한 사람을 소개시켜 주기는 했었지만 그건 벌써부터 엿이나 먹어라였다. 이런 일이나 하러다니는 사람들이 딱지 덜 떨어진 시골 면서기 도청에 월말 보고하듯 곧이곧대로 자기에 관한 일들을 중개인에게 밝혀 주었을 턱이 없었고, 그렇다면 아까 중개인의 소개 내용은 편의상 제멋대로 꾸며낸 것들임이 틀림없을 거였다. 우선 나 자신에 관한 소개부터가 황당하기 짝이 없는 것들이었으니까.

우리는 아까부터 서먹서먹한 상태로 그저 침묵만 지키고 있었다. 침묵이란 자타의 약점을 감추기에는 매우 편리한 도구일 것이다. 잠시 후면 우리는 서로 적이 되어 숨막히는 암투를 벌여야 할 것이고, 그때는 저절로 입들이 벌어지게 될 것이다. 미리 얕잡힐 필요는 없다. 모두들 그렇게 생각하고 있는지도 모를 일이었다.

그러나 나는 따분했다. 나머지 한 명이 빨리 도착해 주었으면 싶었다. 손목시계를 보았다. 약속 시간은 이미 20분이나 지나 있었다. 나는 담배를 한 대 피워 물었다. 그리고 문득 의식했다. 내 왼편에 앉아 있는 여자가 자꾸만 곁눈질로 나를 흘끔거리고 있다는 사실을. 유한 마담 기질이 다분히 있어 보이는 여자였다.

"담배 피우시겠습니까?"

나는 그녀에게 담배를 권해 보았다.

"담배 피울 줄 몰라요."

그러나 그녀는 화난 듯한 목소리로 담배를 사양했다. 사양하고 나서도 곁눈질로 나를 흘끔거리기를 잊지 않았다. 도무지 무슨 일로 이러는지 모를 일이었다.

"심심한데 당구나 한 게임 치실까요."

나는 앞에 앉은 사내에게 동의를 구하듯 말을 건네 보았다. 턱이 유난히 긴 사내였다. 만약 이 사내가 널뛰기 대회에라도 출전하게 된다면 미처 세 번도 뛰어 보지 못하고 턱이 모조리 땅바닥으로 흘러내려 버릴 것만 같았다. 나는 사내의 턱을 손바닥으로 받쳐 주고 싶은 충동을 느끼며 당구나 치자는 데에 대한 대답을 기다리고 있었다. 사내는 그 긴 턱을 들썩이며 몇 번 히죽히죽 웃었다. 그리고 이렇게 대답했다.

"혼자 치쇼. 난 당구 칠 줄 몰라요."

개애새……끼. 거짓말일 거였다. 이런 일이나 하러다니는 주제에 그 나이까지 당구를 아직 칠 줄 모르다니. 아마 사내는 내가 신경전이라도 벌이려 드는 줄 알았던 모양이었다.

나는 소파에서 혼자 일어섰다. 당구장 주인은 카운터에다 머리를 박고 코를 골며 자고 있었다. 어제도 날밤을 새운 모양이었다. 나는 그에게서 당구알들을 얻어내어 초록빛 라사 위에 와르르르 쏟아 놓았다. 깊이 잠들었던 당구대와 큐대, 그리고 점수판들이 한꺼번에 눈을 뜨고 잠속에서 깨어났다. 나는 혼자 심심풀이 당구를 치기 시작했다.

내가 큐대로 당구알의 뒤통수를 찍어댈 때마다 당구알은 계산했던 코스대로 정확하게 굴러가서 맞아 주곤 하였다. 나는 그것으로 오늘 벌어질 일을 점쳐 보고 있었고 이만하면 충분한 행운을 잡을 수도 있으리라는 생각이 들었다. 자세히 보니 아까 내 곁에 앉아 있던 여자는 아직도 계속 곁눈질로 나를 흘끔거리고 있었다.

나는 한참 동안 당구를 치다가 그만 시들해져서 다시 창가로 걸어갔다. 걸어가서는 커튼을 걷고 창 밖을 내다보았다. 바다가 보였다.

바다는 짙은 군청색이었다. 하늘이 회색으로 낮게 내려앉아 있었다. 군청색 바다가 허연 거품을 게우며 기절하고 있었다. 눈이 올 것 같았다.

"이거 보세요."

등뒤에서 여자 음성이 들려왔다. 돌아다보았다. 내 곁에 앉아 있던 바로 그 여자였다. 여자는 다시 입을 열었다.

"댁은 형사 끄나불이지요?"

약간 겁먹은 듯한, 그리고 경계의 빛이 역력해 보이는 얼굴이었다. 너무 긴장한 탓인지 가슴이 심하게 움직일 정도로 크게 숨을 몰아쉬고 있었다. 어이없는 일이었다.

"생사람 잡지 마쇼."

나는 한 마디로 일축해 버리고는 다시 고개를 돌렸다.

"시침떼지 말아요. 경찰서에서 본 적이 있어요."

그러나 여자는 비웃는 듯한 어투로 내게 말했다. 피해망상증이라도 있는 모양이었다.

"맘대로 생각하쇼."

나는 귀찮은 듯 창 밖만 내다보고 있었다. 한참 후 무슨 생각을 했는지 여자도 조심스럽게 내 곁으로 와서 창 밖을 내다보기 시작했다. 무언지 불안한 기색만은 감추지 못하고 있었다.

"경찰서에서가 아니라면 또 어디서 보았을까……."

여자는 혼잣소리로 중얼거렸다. 그러다가 느닷없이 이렇게 물었다.

"뱀고기 좋아하세요?"

참으로 엉뚱한 질문이 아닐 수가 없었다.

"뱀고기라뇨?"

"뱀 말이에요. 정력에 좋다는."

"네, 더러 먹어 본 적이 있습니다만."

"맞군요. 경찰서에서가 아니라 거기서 봤을 거예요. 우리 옆집이 바로 뱀을 파는 집이었어요. 불로원집 아시죠."

"아, 저도 부인을 한 번 본 기억이 납니다. 그런데 부인께선 왜 거길 드나드셨던가요. 곗돈 때문이었나요?"

나는 아무렇게나 대답해 버렸다.

"아니에요. 난 그저 우리 가게 앞에 의자를 내다놓고 앉아 거기 드나드는 남자들을 유심히 보아 왔을 뿐이에요."

여자는 비로소 약간 안심이 된다는 표정이었다. 불로원집? 금시초문이었다.

멀리 해안선을 따라 검고 기다란 뱀 한 마리가 느릿느릿 이 도시를 향해 기어 들어오고 있는 것이 보였다. 16시 10분에 도착한다는 완행 열차인 모양이었다.

"참 아니꼬와서 못 보겠어요."

여자가 다시 입을 열었다.

"누구 말입니까."

"저 여자 말이에요."

여자는 소리를 낮춰 말해 놓고는 흘깃 뒤를 한 번 눈으로 가리켰다. 소파에 앉아 있는 우리들 넷 중 또 다른 한 명의 여자를 보고 하는 소리인 모양이었다.

"이런 데나 나돌아다니는 주제에 거만하기는."

혼잣소리 끝에 여자는 칫, 하고 비웃었다.

우리들 넷 중 또 다른 한 명의 여자는 사실 약간 거만해 보이는 데가 있기는 있었다. 그녀는 전형적인 고급 관리의 본부인처럼 보이는 여자였다. 그 여자는 시종일관 입을 다문 채 오히려 우리를 깔보고 있는 듯한 눈초리를 이따금 보내 오곤 했었다. 게다가 제법 근엄한 표정까지 짓곤 했었다. 그것은 정말 웃기는 노릇이었다. 여자의 근엄한 표정이란 집에서 자식을 타이를 때나 겨우 어울려 보이는 장신구지, 밖에 나오면 쥐뿔도 아닌 것이 되어 버린다는 사실을 그 여자는 모르고 있는 모양이었다.

아마도 그 여자의 근엄한 표정은 무슨 기념행사 따위에 자주 참석해서 근엄한 표정 하나로 의자를 지키다 돌아오는, 그 여자의 남편인 고급 관리에게서 모방한 것일 터였다. 하지만 우리들 중의 그 누구도 지금 다른 사람을 헐뜯을 만한 처지가 못 되는 셈이었다. 왜냐하면 우리는 피차 똑같은 목적으로 피차 세상 눈을 피해서 이곳에 모인 사람들이므로.

"뱀고기를 잡수시고 나서 정말 정력이 좋아지셨나요?"

여자는 이제 화제를 바꾸고 있었다.

"흐흐흐……."

나는 그냥 그렇게 웃어 주었다. 말해 놓고 나서 여자는 약간 무안한 표정이 되어 있었다.

열차는 이제 두어 번 길게 동물적인 괴성을 발한 다음 도시의 사타구니 속에다 대가리를 쑤셔박고 있었다. 꼬리가 다 먹혀 들어간 다음에도 잠시 열차의 헐떡거리는 소리는 계속되었다. 나는 소파로 다시 돌아왔다. 여자는 여전히 창가에 남아 있었다.

"어머나, 눈이 와요!"

그리고 잠시 후 그렇게 탄성을 발했다. 전형적인 고급 관리의 본부인 같이 생긴 여자는 못마땅한 눈초리로 그쪽을 한 번 돌아보고는 경멸하는 투로 이렇게 말했다.

"여자가 왜 저렇게 천박하게 구는지 모르겠네 참."

　잠시 후 중개인이 다시 당구장에 나타났다. 그리고 우리가 기다리던 나머지 한 명이 조금 전에 도착한 열차편으로 이 도시 안에 발을 들여놓았다는 소식을 전했다.

　전화를 받았다는 거였다.

　"그런데 왜 여태 안 나타나는 거요."

　턱이 긴 사내가 불만섞인 목소리로 말했다.

　"아마 오징어를 사러 돌아다니고 있을 겁니다."

　"오징어라니, 무슨 뜻이오?"

　"저도 잘 모르겠습니다. 전화로 그렇게 말했어요. 오징어를 좋은 놈으로 꼭 몇 축 사야 하겠으니 이왕 기다리시던 김에 조금만 더 기다려 달라고 말입니다."

　"기가 막혀!"

　그러나 중개인은 습관화된 유들유들함을 올리브처럼 전신에 번들번들하게 처바르고는 우리를 쉴새없이 구슬리기 시작했다. 판이 깨져 버리면 곤란한 것이다.

　내가 보기엔 중개인과 당구장 주인, 그리고 턱이 긴 사내는 한 패거리임이 분명했다.

　두 명의 여자는 솜씨가 그리 놀라운 편은 아닐 것 같았다. 그저 아마튜어로서는 제법 뛰어난 편이라고나 할까, 이런 곳에까지 덤벼들 만큼 밝은 눈의 소유자들은 아닌 것 같았다. 계획적으로 던져 주는 미끼를 받아먹고 덫 속에 철없이 한 발을 집어넣고 있는 여자들, 그녀들은 오늘 저 턱이 긴 사내에게 모조리 돈을 빨려 버리게 되도록 계획되어 있을 거였다. 턱이 긴 사내는 여자들보다는 한결 담요때가 손등에 반들거리는 편이었다.

화투.

그것을 하러 오늘 우리는 이곳에 모인 것이다. 여자들은 중개인이 붙여 주는 사람들에게서 심심찮게 재미를 보았겠지만 그건 어디까지나 미끼였을 것이다. 게임은 오늘부터다. 따도 잃어도 꼭 한 번만 더 손을 대 보고 싶어지는 게 화투다. 이제 여자들은 볼장 다 본 셈인 것이다.

그러나 턱이 긴 사내여, 중개인이여, 그리고 당구장 주인이여, 당신들은 오늘에야 비로소 임자를 바로 만났다. 당신들은 모를 것이다. 내가 얼마나 기막힌 손재주를 가지고 있는가를. 조선 팔도 화투판을 다 돌아다녀 보아도 내 속임수를 눈치채는 사람은 단 한 사람도 없었다. 바둑은 집내기할 때, 화투는 문지방 넘을 때 안색을 보면 대번에 자초지종을 알게 된다던가.

화툿장에 미쳐서 쓸어박을 건 모조리 쓸어박고 나서야 나도 겨우 터득했다. 직감과 눈치와 속임수를. 다만 나머지 한 명에 대해서만 나는 아직 확신을 못 가지고 있었다. 화투를 하러 와서 오징어를 찾아 헤매다니, 무슨 꿍꿍이속이 있는 것일까.

꾼들은 대개 타부들을 가지고 있었다. 여자의 음모를 귓속에다 한 오라기 감추어 놓고 화투를 하면 반드시 따게 된다든가, 발등에다 오줌을 누게 되는 실수를 저지른 다음날은 반드시 잃게 된다든가, 여자에겐 약하고 남자에겐 강하다든가 등등. 우리가 기다리는 나머지 한 명도 오징어와 관계된 타부 하나를 가지고 있는 것이나 아닌지.

노크 소리가 들리고 있었다.

똑똑똑똑. 똑똑. 똑똑. 똑똑. 똑. 똑.

약속되어진 신호였다. 당구장 주인이 벌떡 일어나 문 쪽으로 가고 있었다. 드디어 나머지 한 명이 도착한 것이다.

우리는 일제히 호기심에 찬 눈초리로 문 쪽을 바라보고 있었다.

가방을 들고 청년 하나가 들어섰다. 머리와 어깨에 눈이 하얗게 얹혀 있었다. 제법 많은 눈이 내리고 있는 모양이었다.

"죄송합니다."

청년은 정중하게 허리를 굽히며 늦었음을 우리에게 사과했다.

"예상외로 열차가 늦게 도착한 데다가 볼일이 좀 겹쳐서……."

라고 청년은 덧붙이고 있었다. 청년 곁에는 꼬마가 하나 딸려 있었다. 국민학교 4학년쯤 되어 보이는 계집애였다. 한 마디로 지독하게 못생긴 용모를 가진 계집애였다. 그애의 머리카락은 성질 나쁜 식모애가 함부로 남비 바닥을 문질러대다가 아무렇게나 팽개쳐 버린 수세미처럼 너저분하게 헝클어져 있었다. 땟국물이 졸아붙은 얼굴, 들창코에다 주근깨에다 너부죽한 입에다―못난이 3형제라는 인형들 중에서 가운데 인형과 흡사해 보였다.

"여긴 뭣하러 왔니, 꼬마야. 집에서 애들하고 눈깔이나 하며 놀잖구."

당구장 주인이 그애의 헝클어진 머리카락을 쓰다듬어 주며 말했다.

"화투를 치러 왔어요."

계집애는 갈라지는 목소리로 말했다. 계집애답지 않게 건조하고 탁한 목소리였다. 그애는 게걸스럽게 오징어 다리를 물어뜯고 있었는데 청년의 또 한 손에는 큼지막한 오징어 꾸러미가 들려 있었다. 오징어에 대한 타부를 가지고 있을지도 모른다는 내 짐작을 나는 여기서 일단 틀린 것으로 간주해 두는 수밖에 없었다.

청년의 용모는 계집애와는 완전히 대조적이었다. 해맑고 귀티나는 얼굴, 짜임새 있는 자세, 단정한 옷차림, 그러나 약간 차가운 인상을 주고 있었다.

나는 청년을 찬찬히 훑어보며 약간 안심을 하고 있었다. 팔씨름이 도사인 사람들이 상대편의 손목을 한 번 잡아 보는 것으로도 이미 이길 수 있는 상대인지 아닌지를 대번에 알아낼 수 있듯이, 나는 그 청년에게서 풍겨 오는 분위기 하나로써도 그 청년이 어느 정도의 꾼인지를 짐작할 수 있을 만큼은 닳고닳아 있었던 것이다.

"빨리 시작합시다들."

턱이 긴 사내가 서두르고 있었다. 우리는 각자 중개인에게 약정한 금액을 떼주었다.

"고맙슴다. 재미 많이들 보쇼."

중개인은 유들유들하게 인사를 치르고 나가 버렸다. 그러자 당구장 주인이 다시 우리에게 다가와 손바닥을 내밀었다. 비밀 도박장은 이 당구장 바로 밑 지하실에 있는데 지금 자기에겐 지하실 문을 열 열쇠가 없다는 거였다.

"그럼 누구한테 있습니까."

청년이 물었다.

"건물 주인한테 있어요. 임대료를 먼저 줘야만 열쇠를 내줍니다."

"얼맙니까?"

"일인당 삼만 원씩입니다."

우리들은 각자 돈가방을 열었고 당구장 주인은 건물 주인에게 전화를 걸기 시작했다.

오징어를 계속해서 게걸스럽게 물어뜯고 있던 꼬마가 청년에게 말했다.

"여긴 현찰 박치기로 하나봐, 삼촌."

청년은 왜 저런 꼬마를 이런 데까지 데리고 다니는지 모를 일이었다.

건물 주인이 열쇠를 가지고 올 때까지 청년은 아까 내가 치던 당구대에서 말없이 당구를 치고 있었다.

좋은 자세다…….

처음 나는 그렇게만 생각했었다. 그러나 차츰 치는 횟수가 거듭됨에 따라 나는 조금씩 긴장하기 시작했다. 자세를 가지고 따질 문제가 아니었기 때문이다.

딱!

시종일관 청년이 큐대로 공을 찌르는 동작은 가볍고 상쾌했다. 그러나 그때마다 공이 움직이는 속도와 방향은 판이했다. 마치 가위로 반듯하게 오려다 놓은 초록 풀밭같이 산뜻한 라사 위에서 희고 빨간 공들은 뇌를 가진 생명체들처럼 움직이고 있었다. 그것들은 완전히 청년이 마음 속으로 내리는 명령에 따라 멈칫 섰다가 다시 앞으로 굴러가기도 하고 다른 공을 멀리 밀어내고는 재빨리 뒤로 빨려들기도 하는 것 같았다. 확 흩어져 버리는가 하면 다시 고스란히 한 자리에 모이고. 도저히 맞을 가망성이 없는가 하면 또 귀신이 곡할 노릇으로 급격한 포물선을 그으며 날아가 맞아 주곤 하는 거였다. 별로 힘도 들이지 않고 그저 장난삼아 청년은 그런 묘기를 풀어 놓고 있었다. 나는 그에게로 다가섰다.

"이것 한 번 쳐보시겠습니까?"

언젠가 친구 녀석이 사람의 힘으로는 도저히 쳐낼 수 없을 거라던 모양이 생각나서였다.

"글쎄요. 어디 한 번 놓아 보시죠."

청년이 흥미있는 눈을 하고 내게 말했다.

나는 우선 흰 당구알 하나를 쿠션에 갖다 붙였다. 그리고 빨간 당구알 두 개를 그 흰 당구알에다 마저 갖다 붙인 다음 흰 당구알이 옆으로도 앞으로도 빠져 나갈 수 없도록 배치했다. 뒤는 쿠션에 막혀 있었다. 속칭 쿠션 쌍떡이었다.

"쳐볼까요?"

그러나 청년은 말하면서 빙긋 웃었다. 갑자기 벽에 붙어 있는 점수판이며 큐대들이 숨을 딱 멈추고 청년을 바라보기 시작했다.

청년은 큐대를 천천히 수직으로 곧게 세웠다. 일순 세상의 모든 시계도 딱 움직임을 멈춰 버리는 것 같았다.

팍!

큐대가 무서운 빠르기로 내리꽂혔다. 그러자 놀랍게도 하얀 공은 당구대 난간 위로 사뿐히 올라섰다. 그리고 급격히 회전하며 잠깐 난간 위에 멎어 있더니 스르르 굴러 내려가 두 개의 빨간 공을 흩뜨려 놓았다. 입이 다물어지지 않을 노릇이었다.

"속임숩니다."

잠시 후 청년이 웃으면서 말했다. 나로서는 왜 그게 속임수인지조차도 모를 노릇이었다.

"실례지만 얼마 치십니까?"

"보시고 판단하세요. 드리쿠션입니다. 자, 칩니다."

처음으로 빠르고 세차게 청년은 큐대로 하얀 공 하나를 튕겨보냈다. 그러자 그 하얀 공은 쏜살같이 쿠션을 먼저 한 번 치고 나가서는 빨간 공 하나를 매끄럽게 스치더니 다시 쿠션을 두 번 탄력있게 박찬 다음 다른 빨간 공의 어깨를 가볍게 짚고 나서 무서운 속도로 청년을 향해 굴러 오기 시작했다. 청년은 그 공을 향해 민첩하고 정확한 동작으로 큐대를 일직선이 되게 비스듬히 갖다댔다. 그러자 더욱 놀랍게도 그 공이 큐대를 타고 두르르 굴러왔다. 나는 완전히 귀신에 홀린 듯한 기분으로 멍청히 그 자리에 서 있을 수밖에는 없었다. 청년은 공을 가볍게 위로 던졌다가 받으면서 내게 이렇게 말했다.

"별것도 못 됩니다. 내 위로 고수들이 얼마든지 많이 있으니까요."

건물 주인에게 임대료를 지불하고 여럿이서 지하실 계단을 내려오면서 나는 완전히 기가 팍 죽어 있었다.

그러나 화투는 별볼일 없는 실력일 것임이 틀림없다. 아직 내 직감은 살아 있다. 그리고 내 솜씨도 녹슬지는 않았다. 녹슬기는커녕 스스로 놀라움을 금치 못할 정도로까지 무르익어 있다. 당구를 잘 친다고 해서 화투까지 잘 친다는 법칙은 없다. 인정사정 없이 긁어 버리는 것이다. 안면몰수, 끗발 유지, 개평 사절, 화투의 3대 원칙대로 새벽까지 줄기차게 밀어붙이는 것이다.

나는 스스로를 그렇게 격려해 주고 있었다.

"정말입니다. 노름꾼은 저애지 제가 아닙니다."

오징어를 게걸스럽게 물어뜯고 있는 계집애를 가리키며 청년이 거듭 거듭 그렇게 말했다. 정말 어이없는 노릇이었다.

"장난인 줄 아쇼?"

턱이 긴 사내가 화난 듯한 목소리로 청년에게 말했다.

"장난이라뇨. 저애에게 돈을 딸 수만 있다면 한 번 따보십시오. 저앤

저래봬도 화투엔 귀신입니다."

턱이 긴 사내는 화투를 뒤적거려 다섯 장을 맞추고는 계집애에게 펼쳐 보였다.

"꼬마야, 이게 몇 끗이냐."

계집애가 재빨리 대답했다.

"콩콩팔 짓구, 덜비!"

"그럼 이건 몇 끗이냐."

"알삼육에 일곱 끗!"

"그럼…… 이건."

"못 져요."

"그럼…….."

사내는 국화꽃 두 장과 매화꽃 두 장, 그리고 목단꽃 한 장을 펼쳐 보였다. 계집애는 히죽 한 번 웃었다.

"누가 구구니로 지을 줄 알구. 구구니로 지으면 덜비밖엔 안 돼. 니니육 짓고 구땡이지!"

"좋시다."

사내가 청년에게 말했다.

"좋시다. 우린 어차피 돈을 따러 온 사람들이니까. 누구한테 따든 상관없시다."

사내는 그 기다린 턱을 들썩거리며 혼자서 일방적으로 그 못난이 3형제 인형 중 가운데 애와의 도리짓고땡을 결정해 버리고 말았다. 처음부터 뭔가 잘못되어 간다 싶더니 별 희한한 노름판을 다 벌여 보게 된 셈이었다.

"그럼, 시작해요."

우리는 노잡이를 정하기 위해 뒤집어서 흩뜨려 놓은 화투 중에서 각각 한 장씩을 집어들었고, 첫 노잡이는 내게 뱀고기를 좋아하느냐고 물었던 여자로 결정되어졌다.

이제부터 완전히 다른 세상이 전개되는 것이다. 나이도 무시되고 신분도 무시되고 근엄한 표정도 무시되고 긴 턱도 무시되고 무시될 수 있는 것은 모조리 무시되고 다만 무시되지 않는 것은 끗발과 돈뿐이다. 지하실 밖에 있는 도덕과 법률은 이제 개떡도 못 되는 것이다. 담배 한 갑에 무조건 2천 원, 커피 한 잔에 무조건 1천5백 원, 통닭 한 마리에 무조건 2만 원으로 대폭 인상된다. 배짱 좋은 놈은 맨몸일지도 모르지만 품속에 나이프 하나쯤은 모두 간직하고 있으리라.

인생은 도박이라는 말이 있다. 그러나 그건 멋있는 말이기는 하지만 진리는 아니다. 도박을 할 때만큼 뼛속까지 녹아들 정도로 진지하게 인생을 살아 본 사람은 이 세상에 그 아무도 없을 것이기 때문이다. 드디어 패가 돌기 시작했고 사람들의 눈동자가 음흉하고 교활한 빛을 띠며 움직이기 시작했다.

초저녁부터 턱이 긴 사내가 돈줄을 팽팽하게 당겨대기 시작했고 그의 무릎 앞에는 상당한 액수의 돈이 쌓여 있었다. 그 동안 노는 내게로 와 있었다. 그러나 아직 속임수를 쓸 때가 아니라고 나는 판단했으므로 정직하게 노잡이를 해주고 있었다. 잃은 건 나와 고급 관리의 본부인같이 생긴 여자였고 나머지는 그저 본전치기 정도였다.

고급 관리의 본부인 같은 여자는 간만 컸지 눈치가 좀 모자라는 편이
었다. 그러나 또 다른 한 여자는 눈치가 아주 재빨라서 패가 좋지 않거
나 끗발이 남에게 계속적으로 고개를 들기 시작할 때는 슬그머니 손을
빼곤 했다. 그리고 못난이 3형제 중의 한 애는 오징어로 완전히 배를 채
우고 나서 화투를 하겠다는 셈인지 침까지 흘려대면서 오징어를 물어뜯
는 데만 열중해 있었다.

끗발이 불로원집 옆에 산다는 여자에게로 넘어가기 시작하면서 노도
내 손을 벗어났다.

당구장 주인은 장사에 열중해서 이것 좀 드시면서 하십시오, 저것 좀
드시면서 하십시오를 간헐적으로 연발했고 청년은 벽에 가만히 기대앉
아 말없이 나이프로 손톱을 다듬는 데 열중해 있었다.

밤중이 되면서부터 판은 점차로 열기를 더해 갔다. 실내에는 팽팽한
긴장감이 감돌고 있었고 보이지 않는 화투의 칼날들이 여기저기서 번뜩
이고 있었다. 턱이 긴 사내는 따놓았던 돈을 조금씩 잃어가고 있었다.
새벽이 되기를 기다리면서 스테미너를 조절하고 있는 것일 터였다.

불로원집 옆에 산다는 여자는 제법 수북하게 돈을 쌓아 놓고 있었고
연방 좋아서 입을 벙싯거리고 있었다.

"난 정말로 어젯밤에 돼지꿈을 꿨었어요. 내 이럴 줄 알았다니까요.
어마 또 죽어요, 죽어. 보세요, 갑오잖아요. 밋치겠네."

그녀는 완전히 이성을 잃은 듯한 모습이었다.

"우리 중에 기자나 형사 끄나불은 없겠지요?"

가끔 그런 소리로 불안의 뜻을 나타내 보이기도 했다.

고급 관리의 본부인처럼 생긴 여자는 여전히 근엄한 표정으로 그러나 이따금 절망적인 그늘이 이마에 드리워지기도 하면서 배짱 좋게 듬뿍듬뿍 돈을 걸고 있었다. 따도 왕창 따고 잃어도 왕창 잃겠다는 속셈 같았다.

자정이 조금 지나서 다시 노가 내 손에 잡혔다. 나는 놋돈을 듬뿍 얹었다. 그리고 마침내 속임수를 쓰기 시작했다. 물론 매번 속임수로만 패를 돌릴 수는 없는 노릇이어서 두 번의 속임수에 한 번의 정직한 화투로 패를 돌리기 시작한 것이다.

만약 슬로우 비디오로 내 손의 움직임을 보게 된다면 아마도 사람들은 이렇게 생각할 것이다. 뼈가 없구나!

그만큼 나는 손에 대해서 자신이 있었다. 나는 조금씩 돈을 긁어 오기 시작했다. 한 번 잃어 주고 두 번 긁어 오는 장사인 것이다. 손해 볼 턱이 없는 것이다.

높은 끗수를 주고 트게 만들어 먹고 낮은 끗수를 주고 갑바, 덜비, 질곱으로 잡아 오면 된다. 계속해서 반 시간 정도만 노를 잡고 있으면 지금 놓아둔 놋돈의 네 배는 쉽게 채워질 것이고 노는 다음 사람에게로 넘어가게 된다. 그러고도 한두 번 정도의 노잡이 기회는 올 것이다. 그때는 끝장이다. 완전히 바닥을 긁어 버리는 것이다.

화투가 겨울에 성행하는 이유는 무엇인가. 겨울은 밤이 길기 때문이다.

이제 실내는 담배 연기로 가득 차 있었고 여기저기 버려져 있는 꽁초, 닭뼈들, 음료수 병들도 어지럽기 짝이 없었다. 교양 따위는 이미 없어진 지 오래였다. 소변이 마려우면 여자들은 옆에 있는 음료수 병을 집어다가 치마 밑으로 가져가곤 했다.

어디서 들었는지 내 앞에 앉아 있는 불로원집 옆집 여자는 내 끗발을 죽이기 위해 아슬아슬하게 허벅지를 걷어붙이기 시작했다.

스팀 파이프 꼭지가 그녀의 허벅지를 곁눈질하며 치익 칙 소리와 함께 침을 흘리고 있었다.

30분이 조금 지나서 나는 예상대로 놋돈의 네 배를 채우고 다른 사람 손에 노를 옮겨 놓았다. 다시 팽팽한 긴장감 속에서 엎치락뒤치락이 계속되었다. 계집애의 손을 떠나서 턱이 긴 사내의 손으로, 턱이 긴 사내의 손을 떠나서 고급 관리의 본부인 같은 여자의 손으로, 고급 관리의 본부인 같은 여자의 손을 떠나서 노는 다시금 내게로 왔다.

기회다!

나는 이제 지금까지 수련해 온 모든 기술을 총동원해서 화투를 버무리기 시작했다. 떡이 되든 고물이 되든 그건 내 마음 하나에 달려 있었다. 이미 화투는 내 손과 합일되어 있는 상태였다. 물론 자기만이 아는 표시를 화투 뒷면에다 해둘 것을 염려하여 화투목을 자주 갈아치우기는 했었지만 이미 내겐 그 아무 화투로건 자신이 있었다. 화투 뒷면에 표시를 해두는 따위의 속임수는 하수들이나 쓰는 수였고, 나는 주로 섞어치면서 내 뜻대로 화투를 주무르고 상대편 패에 화투를 빼던지면서 적당히 끗수를 조합하고 있었다.

나는 몇 번 실수 없이 돈 무더기를 긁어 왔다. 그러나 그것이 오래 가지는 않았다. 내가 마악 속임수가 들어 있는 화투패를 돌리려고 했을 때 계집애가 날카롭게 소리쳤던 것이다.

"이젠 야마시 고만 쳐요."

그 갈라지는 목소리와 함께 무엇인가 내 눈썹 언저리를 반짝하고 스치며 내리꽂히는 물체, 나이프였다.

팍! 팍!

나이프는 이어 두 개가 더 날아와 정확하게 내 바지 가랑이를 양쪽 다 방바닥에 묶어 놓았다.

청년이었다.

"조심해. 개자식!"

그의 손에는 아직도 몇 개의 나이프가 번뜩번뜩 빛나고 있었다. 나는 식은땀을 흘리며 다시 정직하게 화투패를 돌리지 않을 수 없었다. 이제 새벽이 가까와져 오고 있었다.

비로소 계집애가 활기를 띠고 있었다.

"좀 덤벙대지 말고 해, 이 예펜네야. 이걸로 어떻게 쳐? 새, 오, 장, 한 끗 모자라잖아!"

턱이 긴 사내가 폭발해 버릴 것 같은 얼굴로 고급 관리의 본부인같이 생긴 여자에게 소리질렀다.

"저 씨팔 놈이 어따 대구 욕질이야, 욕질이!"

이제 못난이 3형제 중의 한 애를 닮은 것 같은 계집애를 제외하고는 모두 그런 식이 되어 있었다. 엄청난 욕지거리들이 튀어 나왔고 별의별 비굴한 방법들이 행해졌다. 그러나 그 어떤 비굴한 방법도 계집애에게 만은 통하지 않았다. 지을 수 없는 걸 지었다고 속이거나 재빨리 화투장 을 옆사람과 바꿀 때마다 계집애는 영악스럽게 상대편의 손등을 할퀴어 버렸고, 급기야는 모두들 식은땀만 삐진삐진 흘리면서 속수무책으로 돈 을 잃어 가고 있었다. 계집애는 히죽히죽 웃으면서 돈을 따고 있었다.

"쌈에 갔어. 백!"

자신만만하게 계집애는 돈을 찔러넣었고 언제나 그것은 적중했다. 노를 잡건 안 잡건 계집애는 따기만 했다. 계집애는 잠시 방바닥에 깔린 석 장의 화투를 물끄러미 내려다보곤 했었는데 이상하게도 그 눈은 회색으로 흐리멍덩해져 갔고, 그러다가 찰나적으로 한 번 반짝 빛나고는 다시 흐려졌었다. 그리고 그 다음 돈을 찌르는 것이다.

"삥에 갔어. 천!"

마침내 사람들은 귀기를 느끼기 시작하고 있는 것 같았다. 얼굴이 뻣뻣하게 굳어져 있는 건 실내가 추워서가 아니었다. 화투를 집으러 가는 손들이 부들부들 떨리고 있었다. 저건 귀신이다!

모두들 그렇게 생각하고 있는 것 같았다. 계집애는 히죽히죽 웃으면서 어른들의 표정을 재미있다는 듯 살펴보고 있었다. 내 앞에 치마를 걷어붙이고 화투를 하던 불로원집 옆집 여자가 이상하게 표정이 일그러지더니 갑자기 떠나갈 듯한 통곡을 터뜨렸다.

나는 여기서 미리 손을 빼기로 작정해 버렸다. 그래도 본전에서 10분의 1은 건진 셈이었다. 더 견뎌 봐야 결과는 뻔할 뻔자였다.

"다 빨렸시다, 망할."

나는 손바닥을 탁탁 털면서 자리에서 일어섰다. 그때였다.

"이 웬수 같은 놈!"

고급 관리의 본부인같이 생긴 여자가 갑자기 턱이 긴 사내에게로 달려들었다. 그리고 사내의 머리카락을 두 손으로 움켜잡고는 고래고래 악을 쓰기 시작했다. 모두들 제 정신이 아닌 것 같았다.

"네 놈 때문에, 내 돈 다 잃었다. 이놈아. 천만 원! 천만 원 내놔! 이놈아, 그 돈이 어떤 돈인 줄 알고, 그 돈이!"

머리카락을 움켜잡힌 사내는 사정 없이 여자의 배를 발길로 걷어차고 있었으나 여자는 찰거머리같이 달라붙어 떨어지지 않고 있었다.

"내 남편이 불같이 뜨거운 중동 땅에서 피땀 흘려 모아보낸 돈이다. 이놈아! 이 웬수 같은 놈아! 네 놈한테 몸 바치고 돈 바치고 다 바쳤어, 이번엔 모조리 긁어서 반타작하자더니 이놈 손 좀 벌려 봐라, 얼마나 땄니!"

"미쳤나, 이년이!"

사내는 다시 있는 힘을 다해서 여자의 가슴팍을 걷어찼다. 픽! 하는 소리와 함께 여자는 눈을 까뒤집고 기절해 버렸다.

날이 훤하게 밝아 올 시간이었다. 먼저 울음을 터뜨리고 나자빠졌던 여자는 가슴팍과 머리카락을 집어뜯으며 짐승 같은 모습으로 몸부림치고 있었다.

"마저 합시다."

사내가 비굴한 웃음을 보이며 계집애 앞으로 어기적거리며 걸어가 앉았다.

"판은 다 끝났어!"

청년이 싸늘한 어투로 말했다. 청년은 어느새 바닥에 깔려 있던 돈무더기들을 모조리 가방 속에 쓸어넣고 있었다.

"새파랗게 젊은 놈이 겁도 없구나. 이 도시는 내 터야."

사내는 천천히 일어섰다. 당구장 주인이 쇠파이프를 꺼내들고 어느새 사내에게 합세했다.

"좋지."

청년은 빙긋 웃었다. 그러나 그 웃음은 뱀처럼 싸늘했다.

휙, 파이프가 날았다.

그러나 청년의 몸은 새처럼 가벼워 보였다. 두 명의 공격을 재빠르게 피하면서 돈가방과 계집애를 끼고 지하실 계단을 오르고 있었다. 그러나 지하실 문은 채워져 있었다. 그것을 확인했는지 비로소 청년은 나이프를 재빨리 꺼내들었다.

획. 획.

그것들은 날카로운 빛살이 되어 그들의 팔과 다리에 날아가 꽂혔다. 청년이 당구장 주인에게 소리쳤다.

"어이, 이젠 그만하자구. 앤 돈에 욕심이 나서 노름판엘 돌아다니는 게 아니라 어른들이 돈을 잃고 비굴해지는 꼴을 보고 싶어서 노름판엘 돌아다니는 애야, 애하고 난 둘 다 피도 눈물도 없다구."

청년 곁에서 계집애는 여전히 오징어 다리를 우물거리며 함께 소리치고 있었다.

"덤벼. 덤벼. 야 새꺄, 덤벼 보란 말야!"

눈이 내리고 있었다. 세상은 눈에 덮여 완전히 다른 풍경으로 변해 있었다. 나는 역에서 기차를 기다리고 있었다.

실성한 듯한 모습으로 한 여자가 내 곁으로 다가와 잠결의 목소리처럼 횡설수설 이야기를 시작했다.

"사장님, 불로원집 옆집 아시지요. 갚아 드리겠어요. 제 몸을 바칠께요. 차 좀……."

"부인, 저는 불로원집이 어느 도시에 있는지조차도 모릅니다. 아깐 거짓말을 했던 거예요."

"제 몸을 바칠께요. 사장님, 불로원집 옆집……."

나는 갑자기 노름꾼 특유의 피가 전신에 엄습해 옴을 의식했다. 나는
비정해지고 싶었다.

"내 차비도 없시다."

나는 여자를 떨쳐 버리고 방금 개찰이 시작된 개찰구를 향해 천천히
걸음을 옮겨 놓았다.

꽃과 사냥꾼

박동하朴東河. 괴물 색시가 있는 술집 외동아들로 태어나 어릴 때부터 여러 가지 현기증나는 일들만 보며 살았음. 국민학교 때는 유행가에, 중학교 때는 짓고 땡에, 고등학교 때는 수음에, 그리고 대학을 가서는 절망에 열중하였음. 자칭 위대한 천재시인天才詩人. 또한 자칭 선천적 습관성 모든 결핍증 환자. 선천적 습관성 애정 결핍, 선천적 습관성 금전 결핍, 선천적 습관성 희망 결핍 등등. 선천적 습관성으로 여자가 반드시 필요하다고 생각하는 남자. 신학대학을 3학년까지 다님. 그러나 아직 한 번도 하나님이 위대하다고 생각해 본 적이 없음. 1학년 말에는 대낮에 술을 마시고 많은 학생들이 주시하는 가운데 대학 본관 건물 위에 솟아 있는 대형 십자가를 향해 팔뚝질을 했다는 죄로 하마터면 퇴학 맞을 뻔했다가 가까스로 정학을 맞음. 2학년 때는 기숙사를 탈출하여 일 주일 동안 창녀와 동거, 결국 들통이 나서 다시 정학을 맞음. 그러나 3학년에 이르러서는 데모 주동자로 누명을 쓰고 마침내 퇴학 처분을 당함. 결핵을 무려 3년간에 걸쳐 앓고 있으며 성병이라면 곤지름에서 매독까지 모두 당해 보았음. 부친은 남들이 안 믿겠지만 소주 많이 마시기를 하던 끝에 4홉들이 열한 병 반을 마시고 절명한 주색 호걸. 부친의 절명 후 부친보다는 한결 젊은 그의 어머니는 본격적으로 불륜에 몸을 던짐. 던짐. 던짐. 살맛이 안 나는 일, 그리고 뼈에 금이 가는 듯한 고독, 뭐 그런 것뿐임. 정말 여자가 필요함. 진심으로 사랑할 것임. 오늘 마지막 가을비 싸늘하게 내렸음. 갑자기 살갗을 휩싸는 겨울 예감. 혼자 보내는 겨울이 가장 쓰라림. 여자를 하나 가지고 싶음. 여자를 하나 가지게 되면……. 나는 여기서 끄적거리기를 멈추었다. 그리고 함, 임, 음 따위로 끝나는 문장의 낙서 한 장을 아무렇게나 구겨 바바리 코트 주머니 속에 쑤셔넣었다.

지금은 밤 열 시. 여기는 갈포 시내市內 한복판. 죽마동. 모래 다실茶室. 열아홉 번 테이블. 감빛 조명등 흐리게 배어 있는 구석 자리. 나는 매일 아침부터 밤까지 이렇게 죽치고 앉아 있곤 하였다.

여자를 하나 가지고 싶어서였다. 그리하여 이 해의 겨울을 그녀와 함께 추워하며 그녀를 길들이는 일 하나로 모든 어둠을 지탱해 나가고 싶어서였다. 그러나 과연 어느 여자가 이 형편없이 망가져 버린 청년 박동하 곁에 있어 줄 것이냐.

몇 달 전만 해도 내게 사랑해요, 라는 말을 결손처분 양복지 광고처럼 남발하던 여자가 있었다. 돈이 생기면 안경테를 하나 갈아 달라고 조르던 여자. 안경만 벗으면 안개뿐이라던 여자. 나는 그녀를 애완용 강아지처럼 귀여워하였다. 그러나 정말 끝까지 내 곁에 있어 줄 여자는 이 땅에 없는 것이냐. 나는 어느 날 그녀의 어머니를 만났고, 그녀의 어머니는 내게 관해 많은 것을 물어 왔고, 나는 모조리 정직하게 대답해 주었고, 결국 그녀의 어머니는 절망을 한 양동이쯤 들이켠 얼굴로 돌아갔다. 그 다음부터 나는 그녀를 만나기가 무척 힘이 들었다. 그녀의 어머니는 혼신을 다하여 우리를 갈라 놓는 데 성공하였다. 사랑해요, 라는 말을 결손처분 양복지 광고처럼 남발하던 그녀는 결국 그녀의 어머니에게 세

뇌당해서 나와의 관계를 서서히 결손처분해 버렸다.

　그녀와 헤어진 후로 나는 썩어 가는 내 폐를 학대하면서 독한 술을 마시곤 했다. 취하면 헤매었고, 헤매면서 또 다른 여자를 만날 수 있기를 간절히 빌었다. 그러나 누가 다시금 내 곁에 있어 주다가도 쉽사리 나를 포기한 적이 몇 번이더냐.

　"아버지는요?"

　"안 계십니다."

　"어머, 그럼 어머니는요."

　"갈포 시내에서 사랑의 묘약을 팔고 계십니다."

　"사랑의 묘약이라뇨?"

　"술……."

　"네에, 실례지만 학교는?"

　"엉성한 대학을 삼학년까지 다니다가…… 데, 데모 주동자로 누명을 쓰고 잘려 버렸습니다."

　"대학생이면 공부나 하시잖구 데모는 왜 해요. 공부하기가 싫어서였나요?"

　"허허……."

　"지금은 무슨 직장에 나가세요?"

　"노, 놀고 있습니다."

　"안색이 영 좋지 않군요. 어디 편찮으신가부죠?"

　"네, 폐를……."

　"희망이라곤 도무지 안 뵈는 분이시군요. 신청하신 데이트 사양하겠어요. 그럼 먼저 실례해요. 얘 정임아, 나가자."

망할…….

이 황량한 갈포의 여자들. 얼굴과 성기와 현실뿐의 속물들. 희망이라곤 도무지 안 뵈는 분이시라니. 내가 이 위대한 천재시인 박동하가 희망이라곤 도무지 안 뵈는 분이시라니.

오해다.

희망이 어디 예금통장에 적혀 있는 잔금 액수 같은 성질의 것이냐. 시장바닥 저울판 위에 올려 놓고 십 원어치다, 1백 원어치다, 따질 수 있는 멸치대가리 같은 성질의 것이냐. 남자를 볼 때 머릿속은 가뭄의 두레박처럼 말랐어도 호주머니만 기름지면 희망있는 백성이라고 착각 말라. 무식하게스리…….

하여간 지금은 밤 열 시고, 나는 아침부터 지금까지 죽치고 있는 터이고, 여자는 아직 못 꼬신 채로 그저 애매한 성냥개비만 분지르며 한 여자의 옆모습을 주시하고 있다.

그녀는 약 30분 전에 혼자서 이 다방에 들어왔다. 〈하늘색 바바리 코트〉를 입고 〈물방울 무늬의 스카프〉를 머리에 쓰고 있었다. 손에는 젖은 우산을 들고 있었다.

나는 보았다. 잘 정돈된 그녀의 아름다움을. 그녀는 단정한 자세로 걸어와서 나와는 통로 하나를 사이에 둔 건너편 옆자리에 조용히 앉았다. 그녀의 모습은 교양있고 섬세한 어느 귀부인이 수반에 꽂아 놓은 한 송이 백국白菊처럼 단아하였다. 나는 그녀를 보는 순간 저 깊은 가슴 밑바닥이 새벽 강물 소리로 자욱하게 설레어 옴을 의식하였다.

나는 망설이고 있었다. 저 여자에게 어떤 방법으로 말을 걸어 볼 것인가를. 그러나 좀처럼 신통한 말이 떠오르지 않았다. 실내에는 비발디의 겨울이 범람하고 있었다.

그녀는 커피 한 잔을 천천히 마시고 일어섰다. 나는 다시 망설였다. 그리고 그녀가 카운터에서 계산을 끝내고 도어를 미는 것을 보고야 결정을 내렸다. 나는 그녀를 미행하기로 작정해 버린 거였다.

그녀는 다방을 나서서 우산을 펴들고 느리지도 빠르지도 않은 걸음으로 걷기 시작했다. 나는 약 10미터 정도 간격을 두고 그녀의 뒤를 따르기 시작했다. 그리고 마음 속으로 뇌까리기 시작했다.

——나는 망가진 놈입니다. 아침에도 망가지고 저녁에도 망가지고, 봄에도 망가지고 겨울에도 망가지고, 알뜰하게 망가진 놈입니다. 요즘은 오직 비틀비틀 덜컥덜컥입니다. 요즘 젊은이가 비틀거리지도 덜컥거리지도 않는다면 비정상이죠. 왜냐하면 그저 이리저리 머리를 부딪치도록 만들어 놓고는 아무도 깨진 머리를 치료해 주거나 당가진 가슴을 수리해 주지를 않으니까요. 그러나 아직도 썩어 문드러지지는 않았습니다. 썩어 문드러질 지경에 이르면 자살할 작정입니다. 양심적으로. 그러나 아직 희망은 있습니다. 오늘 밤 여자를 발견할 희망. 그 여자에게서 한없는 사랑의 가능성을 발견하고, 그 여자를 길들이는 일 하나로 이 황량한 갈포의 겨울을 견디어 나갈 수 있다는 희망. 또는 내가 새로운 목소리의 시詩를 쓸 수 있다는 희망. 그 시들을 신춘문예에 던지겠다는 희망. 시인에의 희망. 그 기막힌 희망. 상금을 타서 내게 친절했던 사람들에게 발톱이 새빨개지도록 술을 사주고, 술집 여자를 사주고, 술집 여자의 메니큐어까지도 사줄 수 있다는 희망. 나를 즈이 기집애 실 풀어진 스타킹 뒤꿈치만큼도 소중하게 생각지 않았던 놈들에게도 마구 술을 사줄 수 있다는 희망. 당선 소감에 〈아아 나는 몰매를 맞으며 살아 왔어

요. 나는 망가질 대로 망가져 있어요. 하지만〉이라고 쓸 수 있는 희망——
이 얼마나 기막힌 희망입니까. 모르실 겁니다. 시가 얼마나 지독하게 짙
은 아편인가를, 아편꽃을 씹으며 우리가 끌어안는 외로움이 얼마나 저
린 뼈의 형벌인가를. 나는 내 시의 장래를 믿어 주는 몇몇 친구, 몇몇
후배 녀석들의 방을 전전긍긍하면서 우울한 언어言語의 숲 속에 몸을
누이고, 나의 빛나는 시를 위해 날밤을 새우거나 코피를 흘리면서 그야
말로 〈잎새에 이는 바람에도 괴로와〉하였습니다. 나는 내 어머니의 집
으로 돌아갈 수가 없습니다. 주정뱅이들의 횡설수설과 어머니의 악다구
니와 작부들의 유행가 소리가 새벽까지 멍멍하게 떠 있는 집. 그 몰락의
가옥에 내가 발을 끊은 지는 벌써 오래 전입니다. 인색하기가 자린고비
버금가는 하나님이시여. 내게 하등 쓸모없는 가난이나 불행 따위만 주
지 마시고 안팎으로 아름다움 천지인 여자 하나를 주옵소서. 그녀가 있는
한 희망이 있고 희망이 있는 한 나도 당신을 존경해 줄 모양이니까…….
　나는 담배를 한 개비 꺼내어 불을 붙이고 아주 맛있게 연기를 마시면
서 계속 그녀를 미행했다. 추적추적 비가 내리는 갈포 시내를 그녀의 우
산은 저만큼에서 떠다니고 있었다. 나는 그녀의 우산이 떠다니는 대로
비를 맞으며 따라다니고 있었다. 문방구에서 노트 한 권과 과일가게에
서 작은 귤 하나를 사들고서 그녀는 나에게는 전혀 신경도 쓰지 않고 걸
어가고 있었다. 나는 끝까지 따라갈 심산이었다. 그리하여 그녀의 거처
를 알아낼 심산이었다.
　별로 바쁘지 않은 것 같은 그녀의 행동으로 보아 자취를 하는 대학생
이거나, 또는 마음 좋은 아버지를 둔 여자인 모양이라고 나는 적당히 추
리하고 있었다. 가능하면 기회를 보아 오늘 밤 그녀에게 말을 건네어 볼

수도 있을 거였다. 그러나 이 무슨 갑작스런 이변이냐. 횡단보도를 건너 왼쪽으로 몇 걸음을 옮기던 그녀는 지나가는 택시를 향해 까딱까딱 손을 흔들었고, 이어 한 대의 빈 택시가 유유히 빨려들더니, 그녀 앞에 멎은 것이다.

오오, 정말 존경받지 못할 하나님 같으니! 황급히 호주머니를 뒤져 보아도 돈은 한 푼도 들어 있지 않은데 하필이면 그녀로 하여금 택시를 잡게 만드는가 말이다.

당황하는 나를 버려둔 채 〈하늘색 바바리 코트와 물방울 무늬의 스카프〉를 싣고 택시는 멀리 사라져 버렸다. 나는 한참 동안 비를 맞으며 택시가 사라진 쪽을 바라보고 있었다. 멀리 젖은 어둠이 괴어 있는 곳, 거기 수은등 하나만 허공에 은은하게 떠 있었다. 나는 잠자리를 구하기 위해 친구 녀석 집으로 발길을 옮기면서 어떤 일이 있어도 저 여자를 다시 한 번 만나 보아야 될 것 같은 생각에 사로잡혀 있었다.

그후 나는 찾아 헤매기 시작했다. 〈물방울 무늬의 스카프와 하늘색 바바리 코트〉의 그 여자를. 그리고 일 주일 만에 모래 다실 앞에서 그녀를 발견했다. 맑은 걸 수 없었다. 너무나 깨끗해 보였으므로. 그러나 기어코 거처만은 알아내었다.

11월 4일. 금요일. 날씨—지랄.
오늘 내 간호 담당 106호 병실에 대단히 무례한 결핵 환자 한 명이 입실했다. 신학대학을 중퇴했다는 스물다섯 살의 남자였다. 수염도 머리카락도 깎지 않은 들개같이 생긴 남자. 검진해 본 결과 그의 폐에는 여자용 손목시계만한 구멍이 두 개나 뚫려져 있었다.

"비러머그을, 결핵도 병이라고……."

그는 혼자 중얼거리며 여유만만한 태도로 손가락 마디를 똑 똑 꺾고 있었다. 결핵을 폐에 발생한 여드름 정도로밖에는 생각 안해 주는 사람 같았다.

그는 아직 싱싱해 보였다. 폐의 상태가 매우 좋지 않은데도 그의 몸에서는 젖은 바다풀 냄새가 나고 있는 것 같았다. 하나님을 믿는 신학대학생이기 때문일까. 아니었다. 입실 수속을 모두 끝내고 다시 한 번 그의 신상기록 카드를 훑어보던 의사가,

"목사님이 되실 뻔한 분이로군."

하고 말했을 때 그는 이렇게 대답했다.

"죽어도 목사는 안 될 작정입니다. 교주라면 몰라도. 흐흐……."

의사가 약간 정색을 했고, 그는 갑자기 즐거운 표정으로 다시 흐흐…… 웃은 다음 말하기 시작했다.

"사기치고 돈벌고 첩질하는 교주 말입니다. 성경이나 찬송은 대학에서 대충 배웠고 이제 실습만 남았습니다."

그는 하나님 덕분에 그렇게 싱싱해 보인 것이 아니라 교주가 될 희망에 부풀어 그렇게 싱싱해 보인 것일까.

나는 106호실로 그를 안내하며 이 남자는 분명히 완쾌되어 퇴원하리라는 신념을 굳히고 있었다. 그는 마치 이 요양원을 시찰나온 보건사회부 장관처럼 위풍당당하게 복도를 걸어 나갔다. 그는 다른 환자들과는 판이하게 달랐다. 불안의 기색도 초조의 기색도 엄살의 기색도 전혀 보이지 않았다.

결핵환자 간호하기.

지겨워라. 나는 차라리 후딱 시집이나 가고 싶다. 간호원을 백의의 천사라고 최초로 이름붙여 준 사람에게는 대단히 죄송한 일이지만 나는 가운보다는 웨딩드레스가 한결 더 입고 싶다. 물론 내 결혼식날 주례 앞에 나란히 서 줄 남자는 절대로 환자가 아니어야 한다. 환자. 아아 피곤해.

누구든 내가 근무하는 결핵환자 요양원에 와서 죽은 니켈빛 같은 얼굴을 하고 날마다 불안과 초조의 표정으로 살아가는 사람들과 생활해 보라. 체온 재고 체크하고 주사기 삶고, 다시 체온 재고 체크하고 주사기 삶고, 다시 체온 재고 체크하고 주사기 삼고…… 아아 이 지겨운 일과만 매일 되풀이해 보라. 채 1년도 못 견디고 끓는 물에 데쳐낸 시금치 이파리처럼 온몸이 축 늘어져 너덜거릴 테니까. 후딱 시집이나 가 버리고 싶을 테니까.

환자들 중에는 간호원을 가장 완벽한 신부감으로 착각하는 사람이 더러 있다.

미스 정. 평생을 상처투성이로 살겠습니다. 부디 제 인생 전부를 간호해 주십시오. 사랑합니다. 이런 투의 편지를 받은 간호원이 나뿐만은 아니다. 아무리 지식이 수도가 고장난 목욕탕물처럼 철철 넘쳐 흐르는 사람이라 해도 결핵을 앓고 있는 동안만은 〈간호〉라는 말과 〈내조〉라는 말을 혼동하게 되는 모양이다.

약혼 반지보다는 몇 배 소중한 사람의 목숨을 낡은 재봉실처럼 맥없이 끊어지지 않도록 하기 위해서 우리는 화초가 되어야 한다. 잘 익은 사과의 속살처럼 사근사근한 여자가 되어야 한다.

환자들은 〈사랑합니다〉를 구호처럼 간호원에게 걸어 주지만 간호원은 알고 있다. 이미 그들의 〈사랑합니다〉는 탈색되어 있음을.

그들은 기침과 각혈과 가래침과 그리고 죽음에의 예감으로 지쳐 있으며 사랑한다는 주문이라도 외지 않으면 견딜 수가 없는 상태인 것이다. 그들의 사랑이 다시금 중국제 양단처럼 화려하기 위해서는 우선 공동부터 아물도록 힘쓰지 않으면 아니 되는 것이다.

병은 마음먹기에 따라 덜해지기도 하고, 더해지기도 한다는 것은 상식이다. 바라건대 환자들이여, 억지로라도 쾌활하기 바란다. 나는 내일 당신들을 위해 애인처럼 상냥해 줄 테니까. 억지로라도.

그러나 혼자 있는 시간에는 어쩔 수 없이 나는 〈아아 피곤해, 아아 지겨워〉를 구호로 삼을 수밖에 없다.

나는 긴 복도를 걸으며 이따금 한눈을 팔고 있었다. 밖에는 심한 바람이 불고 있었다. 하늘이 암회색으로 내려앉아 있었다. 음산한 날씨였다. 추워지고 있었다.

여기예요. 106호실. 편히 쉬세요. 그리고 필요하시면 언제나 벨을 누르세요. 제가 와서 곧 불편을 덜어 드릴 테니까요.

나는 그를 106호실 환자들에게 소개한 뒤 그렇게 말해 주고 돌아섰다. 그런데, 그런데 그의 당돌하고 무례한 행동을 나는 어떻게 받아들여야 하랴.

나는 그만 아뜩한 현기증을 느끼며 그 자리에서 단 한 발자국도 움직일 수가 없었다. 그는 어이없게도 내 양어깨를 힘주어 움켜쥐고 등뒤에서 낮고 부드러운 목소리로 말하기 시작했던 것이다.

아가씨, 정말 예쁜데요. 퇴원할 때 나하고 우리집에 같이 가요. 엄마한테 뵈 주고 싶으니깐⋯⋯.

겨울, 그리고 봄을 기다리며 산 사람들의 이야기

오, 빌어먹을. 될 수 있는 한 오래 살아남아 있기 위하여 얼마나 눈물겹게 안간힘을 썼던 우리였는가.

파스며 아이나며 영양제를, 그 맛대가리 개뿔도 없는 약들을 한꺼번에 한 웅큼씩이나 목구멍에 집어 처넣고 억지로 꿀꺼덕 삼켜야 하지 않았더냐. 그 약들은 마치 바둑돌처럼 우리의 목구멍을 기분 나쁜 감촉으로 덜거덕거리며 느리게 통고하였다. 매일 식후 30분마다 우리가 겪어야 했던 그 지겨운 고역들.

그러나 우리는 살기 위하여, 치사하지만 살기 위하여 의사의 지시대로 생활하지 않으면 아니 되었다.

술을 마시지 마시오. 담배를 피우지 마시오. 돼지고기를 먹지 마시오. 여자도 먹어서는 안 되오. 제기랄!

여자. 격리받기 이전에 우리는 이미 여자라는 속물들에게 버림받지 않았던가. 그 어느 여자가 결핵환자의 입술에 정열적인 키스를 퍼부어 줄 수 있단 말인가. 우리 중의 누구 아내는 월부 전기 다리미 장수를 방으로 불러들이고 담요를 깔아 놓은 뒤 알몸을 밤새도록 다리미질하고는 그 다음날로 집을 나갔다. 우리 중의 누구 애인은 고작 크리스마스 카드 한 장을 보낸 뒤로 줄곧 종무소식이다가, 봄이 되어 부모님의 반대로 어쩔 수 없군요, 라고 속보이는 절교장을 띄워보냈다. 그래, 모두 잘 먹고 잘 살아라. 아니다. 전기 다리미를 잘못 사용하다가 감전되어서 새까맣게 숯덩어리나 되어 버려라.

하여간 우리도 아직 살아 있다. 여기 요양원에서 의사의 지시대로 약

먹고 햇볕 쬐고 〈마시오〉들을 실천에 옮기며 벌레처럼 꾸물꾸물 살아 있다.

인생이여. 제발 폼나다오. 우리는 다시 한 번 건강하게 살고 싶다. 여자의 맨살도 마음껏 사랑하고, 술과 담배를 두려움 없이 즐기면서 껄껄껄 한 번쯤 후련하게 웃고 싶다. 오후면 어김없이 찾아오는 신열. 뼈마디가 쑤시는 고통 속에서의 잠. 잠 속에서 만나는 악몽과의 뒤척임. 우리는 답답한 가슴으로 까무러칠 듯이 기침을 긁어 올리기도 하고, 불결한 피를 목구멍 밖으로 게워내기도 하며, 우리 주변에 거무스름하게 부유하는 죽음의 어스름을 날마다 본다.

폐.

우리는 그걸 끄집어내서 럭키 하이타이로 깨끗이 잘 빨아 밝은 햇볕에 충분히 말린 다음 정성껏 기워서 제자리에 집어넣어 주고 싶은 심정이다.

행복이니 희망이니 하는 것들이 도대체 어느 무당의 푸닥거리에서 나오는 말들이냐. 우리에게 있어 그것들은 녹슨 고철에 불과하다. 우리들의 폐와 함께 그것들은 쓸모없이 삭아들고 있다. 우리에겐 절망뿐이다. 절망의 친구 고독뿐이다. 오늘은 하루종일 바람이 불었다. 바람은 싸늘하였다. 하늘은 잔뜩 찌푸려 있었으며 병실은 이상하게도 침울한 분위기로 가득 채워져 있었다. 그리고 찌푸린 하늘과 싸늘한 바람 속을 걸어서 또 한 사람의 환자가 우리에게로 왔다.

그는 아주 쾌활한 표정으로 대충 자기 소개를 끝내었고, 우리는 그와 일일이 악수를 나누며 부디 오래 살기를 빈다고 말해 주었다. 그러나 첫날부터 그는 상식 밖에서 행동하기 시작했다. 죽음을 한 뼘 목전에 두고 있는 우리로서는 결코 용납을 할 수 없는 일을 그는 서슴지 않고 자행했던 것이다.

금연禁煙.

그것은 환자 수칙 제1항으로서, 의사의 그 싸늘하고 근엄한 안경알이 우리를 노려보고 있지 않다 하더라도 우리들 스스로가 서로의 건강을 위하여 최대한 지키고 있는 법률이었다. 그러나 이 팔팔하고 무식하며 겁없는 환자는 입실한 지 30분도 못 되어 무려 다섯 개비의 담배를 피워 댐으로 하여 병실 분위기를 완전히 잡쳐 놓았다.

폐에 자리잡고 있는 공동의 크기가 대포 구멍만하든 바늘귀만하든 담배를 피워서는 안 되며, 만약 피웠을 경우 그 결과가 얼마나 좋지 못한가를 우리는 익히 교육을 받아 알고 있었다. 우리는 모두 불쾌해져 있었다.

"이봐, 젊은이. 여기서는 금연이야."

우리들 중의 누군가가 참을 수 없다는 듯 불쑥 그렇게 말했는데도 그는 태연히 창 밖을 내다보며 담배를 피우고 있었다.

"죽고 싶으면 혼자 죽지 왜 우리까지 송장을 만들려고 그러나, 저 친구."

"아직 기침도 한 번 안해 본 병아린가부지."

"어이, 정 피우고 싶으면 밖에 나가서 피우라구."

"더럽게 거만하군."

"아직 병 때문에 설움을 덜 받아서 그래. 저런 친구도 죽을 고비를 한 번쯤 겪어 봐야 정신에 형광등이 켜지는 법이여."

우리는 저마다 한 마디씩 그를 힐난했다. 그래도 그는 묵묵부답이었다. 가정 교육을 통 못 받았군, 누군가 빈정거렸다. 이때 돌연 그는 돌아섰다. 그리고 흘깃 우리를 한 번 둘러보았다. 그의 이상한 눈빛을 어떻게 설명해야 할까.

번뜩!

그랬다. 그것은 섬광이었다. 철공소의 산소 용접기에서 튀어 나온 불빛처럼 그것은 무섭도록 예리하게 우리를 스치고 지나갔다. 일순에 우리는 굳어져 버렸다. 우리는 뭔가를 착각하고 있었는지도 모른다. 오랫동안 병에 시달리며 함께 생활해 온 우리처럼 그도 역시 약하다고 착각하고 있었는지도 모른다. 그러나 그는 우리보다 몇 배 강해 보였다. 짧은 순간에 우리는 완전히 기가 죽어 버렸고 그는 다시 무겁게 돌아서서 창 밖을 내다보며 담배를 피우기 시작했다. 우리는 모두 잠자코 있었다. 극도로 우리는 약해져 있었던 것이다.

"내가 이래봬도 시인이요, 자 나의 시를 들어 보시오. 박동하의 명시를."

그는 날마다 우리에게 시를 하나씩 낭송해 주었다. 그의 시는 대단히 난해하였으므로 우리는 차라리 그가 음담패설을 들려 주기를 더욱 간구하였다.

그는 날마다 무언가를 끄적거렸다. 그리고 날마다 소중하게 편지 봉투를 넣어 어딘가로 띄웠다. 그가 끄적거리는 내용도 편지 봉투에 적힌 주소도 우리는 절대 볼 수가 없었다.

그는 결핵 따윈 안중에도 없는 듯한 태도였다. 입원해서 한 달 남짓 우리에게 보여 준 그의 태도는 실로 아연실색할 것들뿐이었다.

우선 그는 의사가 지시하는 일정량의 약들을 결코 복용하지 않았다. 우리가 보는 앞에서 그 약들을 가루로 만들어 모조리 창을 열고 흩뿌려 버렸다. 그는 마치 정신병원으로 가야 할 사람이 잘못 이리로 온 듯한 행동과 말을 곧잘 일삼았던 것이다. 이까짓 약들보다는 담배가 훨씬 건

강에 이롭다는 게 그의 고집스런 지론이었다. 힘든 운동을 하지 말라고 하면 병실 바닥에 손바닥을 짚고 10여 분씩 물구나무를 섰고, 오후 두 시부터 낮잠을 자라고 하면 혼자 바람 싸늘한 밖에 나가 태권도 연습을 했다. 명상하라는 시간에는 편지를 쓰거나 그림을 그렸고 자유롭게 지내도 좋다는 시간에는 명상을 했다. 그의 그런 청개구리적 행동을 아무도 말리거나 참견할 수 없었다. 왜냐하면 그는 누구보다 강했기 때문에.

"나도 삼 년 내내 앓아 봤어. 약도 지겹게 먹어 보고 돈도 더럽게 많이 날렸어. 이젠 오기밖에 안 남았다 이거야. 형씨가 뭘 안다구 참견이야. 나는 내 방법대로 치료하고 있다고 했잖아. 결핵 치료 삼대 요소를 말해 줘? 오기, 신념, 의지, 바로 이 세 가지."

그러나 우리는 흉내도 낼 수 없었다. 만약 그렇게 했다가는 공동이 찢어져 버릴 것 같았기 때문이었다. 다만 우리는 이렇게 죽은 듯이 살아 있을 수밖에는 별도리가 없었다.

틀림없이 미스 정을 꼬실 테니 두고 보라고 박동하가 호언장담했을 때 우리는 불안한 마음으로 우리들 중의 하나를 일제히 바라보았다. 바라보임을 당한 우리들 중의 하나는 당황하며 고개를 숙이고 환자복 앞단추를 만지작거리고 있었다.

미스 정 이야기만 나오면 자동적으로 손이 환자복 앞단추를 만지작거리게 됨과 동시 몸 전체로 수줍음을 타기 시작하는 친구였다. 호언장담한 친구는 모를 것이다. 저 순진무구한 우리들 중의 하나가 얼마나 미스 정 때문에 속을 태우며 사는가를.

만약 정말로 그가 미스 정을 꼬시게 된다면, 아니 미스 정이 꼬시켜진다면 저 친구는 파스나 아이나를 팽개치고 농약이나 쥐약을 삼켜 버릴 것이다. 저 친구는 순진하기 이를 데 없는 스물일곱 나이의 노총각으로 중학을 중퇴하고 집에서 농사를 짓다가 그의 말대로 〈팔자가 더럽다 보니깐 두루〉 폐가 빵구나서 이리로 온 터였다. 시골에서 덕순이 춘자의 거무죽죽하게 죽은 얼굴만 구경하다가 갑자기 이 요양원에 들어와서 살결 희고 상냥하고 예쁘기 그지없는 미스 정의 간호를 석 달 정도 받더니 저 친구 또 한 가지 병에 걸려 버렸다.

언필칭 상사병.

웬만한 약으론 어림없는 병이다. 그는 날마다 미스 정이 병실에 나타날 시간이 임박해 오면 상당히 초조한 빛으로 그러나 한껏 내색하려 들지 않으면서 이 사람 저 사람에게 자꾸 시간을 묻는 버릇이 생기게 되었다. 그리고 미스 정이 비번인 날은 자주 창 밖을 내다보거나 공연히 긴 복도를 걸어서 간호원 휴게실 앞을 서성거리다 오는 버릇이 생기게 되었다. 우리들 중에서 미스 정을 사랑하지 않는 사람은 아무도 없지만 특히 그 친구는 더했다.

그런데 보라. 여기 나타난 우리들의 막강한 적을. 원체 여자란 믿을 수 없어서 언제 어느 때 미스 정이 허물어져 버릴지 우리는 날마다 불안을 하나 더 안고 살게 되었다.

"크리스마스 이브에 내가 미스 정을 가벼이 안고 갈포의 거리를 거닐 테니가 모두들 이 창가에서 저 철조망 밖을 내다보십시오."

"왜 하필 크리스마스 이브야, 지금 해치우잖고."

"매년 십이월 이십사일은 처녀 없애기 강조의 날 아닙니까?"

그는 담뱃불을 끄며 덤덤하게 말했다. 우리는 크리스마스 이브가 올

해는 없어져 주었으면 하는 심정으로 모두들 눈가루가 쓸려 가는 창 밖으로 시선을 돌리고 있었다.

영양사가 점심을 가져왔으나 박동하를 제외한 모두들은 점심이 담긴 손수레에 흥미를 잃고 있었고, 다만 환자복 앞단추를 만지작거리던 친구만이 놀랍게도 우리를 감탄케 하는 한 마디를 던지고 제일 먼저 손수레에 손을 대었다.

"아마 잘 안 될 거라요. 자, 밥들이나 먹세. 먹어야 살 거 아닌가 말여."

그리고 그 친구는 왕성한 식욕으로 밥과 반찬들을 먹어대기 시작했다. 그것은 일종의 오기였는지도 모른다. 악착같이 살아서 기어코 미스 정을 빼앗기지 않겠다는 그 친구의 오기. 맞다. 오기란 확실히 필요한 것이다. 환자의 왕성한 식욕을 발견했을 때처럼 의사가 기뻐하는 것을 우리는 본 적이 없다. 먹어치우자. 우리도.

"어이, 박동하. 식사하자구."

우리는 덩달아 한 마디 던지고 각자 식사에 열중하기 시작했다.

"저 친구 또 발작이 시작되었군."

"괴상하단 말씀이야. 저렇게 난리를 쳐도 끄덕 없으니 혹시 폐가 세 개 달려 있는 거 아냐?"

밖에는 희끗희끗 눈발이 날리고 있었다. 우리들 중에서 가장 철없는 폐병쟁이 박동하는 출전을 이틀 앞둔 장거리 육상 선수처럼 넓은 요양원 뜰을 지금 몇 바퀴째나 돌고 있었다. 그의 지독한 괴벽에는 이제 의사들도 지쳐 있었다. 간혹 저렇게 해서 낫는 사람도 있기는 했으니까. 저 친구의 결핵 치료 3대 요소를 한번 믿어 주는 수밖에 없지…… 하고 말할 정도였다. 그의 폐는 입실할 때보다 더 좋아지지도 않았다는 거였다.

"저러다 정말 휘딱 가는 건 아닐까. 이제 그만 들어오지. 저게 무슨 발광이야. 공동 찢어질까봐 우리는 말할 때도 손가락을 입에 물고 조심스럽게 호흡을 조절하는 판국인데."

"아저씬 걱정 마우. 죽기 아니면 까무러치겠다는 친군데."

며칠간 혹한의 바람이 병실 유리창을 때리고 있었고, 우리는 결핵환자 특유의 감정으로 이 고약한 겨울 날씨를 불안해하고 있었다. 그러나 지금 요양원 뜰을 돌고 있는 저 친구만은 예외였다. 그는 우리처럼 불면으로 뒤척이지도 않았고 죽음에 대한 막연한 불안감에 사로잡혀 있지도 않았다. 그는 여전히 저렇게 뛰어다니고 뭔가를 열심히 끄적거리고 미스 정을 꼬실 계획을 신바람나게 떠들며 시간을 보냈다.

"크리스마스 이브가 며칠 남았어?"

스팀을 쬐고 있던 우리들 중의 하나가 문득 생각났다는 듯이 물었다. 우리는 각자 불안한 얼굴로 달력을 쳐다보았다. 박동하가 말한 〈처녀 없애기 강조의 날〉은 이제 열닷새밖에 남지 않았으며 우리는 어쩔 수 없이 긴장을 느끼게 되었다.

그는 지금 희끗희끗 눈발이 날리는 요양원 뜰을 여러 바퀴 돌고 나서 천천히 숨쉬기 운동을 하고 있었다. 웬지 오늘따라 그의 모습은 무척 외로워 보였고, 그 외로워 보이는 모습은 저쪽 희끗희끗 날리는 눈발 속에서 무슨 환상처럼 아름다워 보이기까지 했다.

세수를 푸덕푸덕한 뒤 그는 다시 병실로 들어왔다. 그리고 상기된 얼굴로 가쁘게 숨을 몰아쉬면서 젖은 얼굴이며 손을 닦았다. 그는 약간 고통스러운 것처럼 보였으나 곧 평정을 되찾았다. 그리고 자기의 난해한 시를 한 수 큰 소리로 감정잡아 읊은 다음 침대에 엎드려 비밀스럽게 뭔가를 끄적거리기 시작했다.

"박동하 씨는 무얼 매일, 그렇게 끄적이우. 신춘문예에 낼 시를 쓰는 거유?"

"무식한 말씀. 무슨 시가 하루 한 편씩 써져서 매일 신문사로 보내어진단 말이오. 닭이 계란 뽑아내듯이 시인이 시를 생산해낼 수 있다면 이 세상에서 어느 얼빠진 놈이 시인이 되고 싶어하겠소. 제기랄!"

그러면 뭘 저렇게 끄적이는 것일까. 가까이만 가면 후다닥 감추면서 맹렬히 화를 내곤 하는 저 비밀의 끄적임은 무엇일까.

그리고 오늘도 눈이 내렸다. 겨울은 깊어 가고 있으나 우리는 깊은 겨울 속에서 저 멀고 먼 봄을 더욱 간절하게 기다리고 있었다. 봄만 되면 우리는 우리의 병이 깨끗이 완쾌될 것 같이들 생각하고 있었다. 우리에게 있어 봄은 그야말로 희망의 계절이었다. 그러나 아직 봄은 막막하고 병실 앞 화단에는 마른 개나리 덩굴이 을씨년스럽게 얽혀 있었다.

오늘따라 우리는 몹시 숙연해져 있었다. 아침에 일어났을 때 우리는 또다시 하얀 시트 위에 혼처럼 놓여 있는 한 송이 겨울 국화를 목격한 것이다. 기다리던 봄이 오기 전에 싸늘한 침대 위에 꽃을 남기고 먼저 떠난 우리들의 동료는, 가장 말없이 선량하던 시골 국민학교 선생 출신의 사내였다.

박동하는 그가 입실한 뒤로 목격하게 되는 이 최초의 꽃 앞에서 아주 모질게 입술을 깨문 채 시종일관 말이 없었다.

크리스마스 전날 아침. 눈은 내리지 않았다.

각계에서 보내 준 위문품들이 우리에게 나누어졌다. 그러나 우리는 더욱 처량해지고 있었다.

우리는 지난날 우리가 건강할 때 보내었던 크리스마스의 추억 속에 휘말리고 있었다. 우리는 각자 우리의 현실을 잊기 위하여 유난히 들뜬 목소리로 지난날의 일들을 열심히 이야기했다. 그것은 우리에게 있어, 리어카 뒤를 미는 가난한 아낙이 여고 시절에 연애하던 남자 얘기를 셋 집 주인 마누라에게 열심히 들려 주는 일만큼이나 연민에 가득 찬, 그리고 측은한 감동을 불러일으키는 노릇들이었다.

우리는 점심 때가 되어서야 결국 도로 맥들이 풀어져서, 우리가 격리 받은 상태에서 가장 뼈저린 고독에 포박되어 있음을 알아 버렸고, 우리가 폐병쟁이라는 이유에서 우리의 입술을 꺼리던 애인을, 또는 가출해 버린 아내를 증오하며 우리를 이 암흑 속에 팽개친 것들 모두에게 잔인한 벼락이 떨어져 주기를 간절히 빌었다.

박동하는 오늘 미스 정을 섭렵하겠다고 호언장담했던 일을 잊어버렸는지 일체 그녀에 대해서는 말하지 않았고, 그저 우리처럼 맥풀린 모습으로 병실 안을 서성거렸다. 미스 정은 비번이었으므로 오늘은 아침부터 얼굴을 나타내지 않았다. 미스 정이 나타나지 않는 날 우리는 웬지 모두들 생기가 없어 보였다.

박동하는 그 동안 몇 번이나 미스 정에게 말을 걸었었지만 그때마다 미스 정은 그를 완전히 무시하는 태도로 대답했다.

"박동하 씨만 없으면 난 정말 살맛날 거예요!"

때로 미스 정의 입에서 그런 투의 야무진 소리가 뱉아지면 우리는 얼마나 기분이 상쾌했던가. 사랑하는 여자의 정조를 확인했을 때처럼 우리는 만족과 평안 속에 잠겨들곤 하였다.

얼마 전부터 박동하는 약간 기가 죽어 있었고 아마도 미스 정이 그의 유혹에 도무지 씨가 먹지 않기 때문이라고, 우리는 우리 나름대로 판단하여 은근히 고소하게 생각하고 있었다.

밤이 되었다.

멀리 보이는 갈포 시내는 온통 구슬 싸라기를 뿌려 놓은 것처럼 색색으로 불빛이 반짝거렸다. 우리는 그 광경을 요양원 철조망 너머로 바라보며 한없는 적막감에 사로잡혀 있었다. 그러나 밤이 되면서부터 박동하는 우리와 달리 몹시 들떠 있는 표정이었다. 그는 얼굴 전체에 초조한 기색이 역력히 드러나 보였다. 그는 철장 안에 갇힌 한 마리 야생의 짐승처럼 병실 안을 이리저리 서성거리다가 일곱 시 반쯤 되어서 슬그머니 병실 밖으로 나가 버렸다. 그리고 그는 자정이 되어도 돌아오지 않았다.

우리는 알게 되었다. 그가 장시간 돌아오지 않게 되자 비로소 알게 되었다. 그 야생의 짐승 같던 스물다섯 살의 청년이, 지금까지 이 병실 안에 가득 차 있었음을. 그리고 그가 없는 병실이 얼마나 썰렁하고 허전한가를. 우리는 오래도록 그를 기다리다가 하나 둘 침대에 쓰러져 잠이 들었다.

그는 아침이 되어서야 병실로 돌아왔다. 술에 곤죽이 되어서 알 수 없는 말들을 씨부렁거리며,

"아아, 나는 절망하였다!"
한 마디를 던지고 침대에 쓰러져 잠이 들었을 때, 우리는 보았다. 밤새도록 그가 얼마나 자신을 학대하며 보냈는가를. 그의 상의는 찢겨져 있

었고 그의 광대뼈는 멍이 들어 있었다. 누구와 싸웠는지 코 밑에는 피가 말라붙어 있었으며 입술도 형편없이 터져 있었다. 그러나 약하디약한 우리에게는 그것이 오히려 건강처럼 보였다.

"지난밤엔 여자 사냥을 나갔었지. 한 여자에게 편지로 모래다실에서 만나자고 연락했는데 안 나왔더군. 신춘문예도 낙방인 모양이야. 잘 됐지. 신춘문예에 당선해 봐야 반짝했다가 사라지는 거, 그따위 개수작 집어치우고 돈 벌어서 멋진 시집 한 권 만들어 가지고 문단에 얼굴을 내밀어야겠어. 그런데 그 여자는 왜 안 나왔을까."

"애인이야?"

"나 혼자 작정해 버린."

침대에 걸터앉아서 박동하는 평소 그와 가까이 지내던 우리들 중의 하나와 이야기를 주고받고 있었다. 우리는 스팀 주변에 모여서 양말을 말리거나 장기를 두거나 잡지를 뒤적거리면서 하나님의 아들이 베들레헴 마을 어느 집 말구유에서 탄생하신 날을 별볼일 없이 처량한 신세로 기념하고 있었다. 그들의 이야기는 계속 들려왔다.

"의사가 말하더군. 너는 살아서 집으로 돌아갈 수 있을 거라고."

우리들 중의 하나가 박동하에게 하는 소리였다.

"자신 있다니까. 의지, 신념, 오기만 있음 되는 거야. 거기다 여자만 있으면 더욱 왔다지."

"여자 좋지. 씨……."

"팔, 그런데 정말 그 여자는 왜 안 나왔을까. 진심으로 사랑해 줄 작정이었는데."

“사랑은 무슨 색깔이야?”

“무슨 화장품 선전문구 같군. 사랑의 색깔을 아세요? 알지. 시들어빠진 국화 봤어? 녹물 같은 게 배어 있는 요즘 우리 주변에서 판매되고 있는 사랑은 그런 색깔이야.”

“그럼 죽음의 색깔은?”

“흐린 날의 바다 색깔.”

“요즈음은 너무너무 살고 싶어져, 지독하게. 씨…….”

“팔!”

그들은 둘이서 상당히 오랫동안 〈씨〉와 〈팔〉을 주고받으며 함께 이야기를 나눴다. 대개 그들의 이야기는 히포크라테스가 인생보다는 길다고 단언함으로 하여 그 길이가 1백 킬로미터 정도는 더 늘어나서 아주 높고 빛나는 것으로만 우리에게 생각되어지는 예술에 관해서였다.

박동하는 그 방면에 대한 것은 모조리 알고 있는 것 같았다. 로트랙은 하체가 병신이었고 까뮈는 축구 골키퍼였으며 파가니니는 매독환자였다, 하는 따위의 이야기에서부터 어느 놈의 작품은 발바닥에 오줌 칠을 해서 종이에 문질러 놓아도 그것보다는 훌륭할 거느니, 어느 놈의 작품은 빅토리 빅토리 미스 금순(굳세어라 금순아)의 가사 제2절만도 못하다는 데 이르기까지 마구 지식을 휘둘러대었다. 그는 존경받지 못한 예술가들의 이름 앞에 반드시 〈개〉를 갖다붙이는 버릇이 있었다. 예를 들자면,

“개랑 드롱도 예술이냐, 영화배우를 우상처럼 숭배하고 시인은 연애편지나 대필해 주는 사람으로 착각하는 년들이 이 땅에 얼마나 많으냐. 그리고 개리프 리챠드나 오면 비명을 지르고 눈물을 줄줄 흘리며 감격

해하는 것들—그것들이 엘리어트의, 〈나는 저 바다 밑을 어기적거리는 엉성한 게다리나 되었을 것을〉이라는 시 한 줄이 가지는 참맛을 어떻게 아느냐. 게다리, 하면 벌써 밥반찬을 연상하는 것들이.”

뭐 이런 식이었다. 아픔도 없고 고뇌도 없이 편히 먹고 편히 잠자면서 손 끝으로만 작품을 생산해내는 몇몇 대한민국의 작가들이 개×× , 개○○, 개▷▷, 개AA, 개BB 등의 이름으로 조각되어져 처형되었다.

그들의 이야기는 밤까지 계속되었고, 울적한 우리의 크리스마스는 그들의 분노와 증오와 욕설과 저주와 혐오섞인 이야기들로 다소간 위안이 되었다.

봄, 그리하여 누군가 우리 곁을 떠나 버린다는 이야기

새해가 왔다. 형식을 좋아하는 사람들, 이름을 존함이라고 물어보아야 흡족해하는 사람들이 〈축. 새해. 고당의 만복과 소원 성취를 비나이다〉를 신문 하단에 큼지막하게 내걸고 단체로 이름, 아니 존함을 적어내는 새해.

우리도 녹슨 희망을 다시 한 번 열심히 닦아 가슴에 걸어 보는 새해. 그러나 박동하는 그저 덤덤한 채로였다. 최근 그와 미스 정은 이상하게 앙숙이 되어 티격태격이었다.

“이봐요, 백의의 돈벌레. 좀더 부드러워질 수 없어요?”

“뭐가 어쨌다는 거예요?”

“내가 외롭다는 거요.”

“유치해.”

“아가씨. 언젠가는 나를 좋아하게 될 테니까, 이왕 좋아할 거면 미리 좀 좋아해 주슈."

"흥!"

둘은 하루 건너 한 번씩 이런 식으로 만나서 서로 눈에 힘을 주고 헤어졌다. 미스 정이 박동하에게 허물어져 버릴지도 모른다는 우리들의 불안은 이제 완전히 제거되었다. 미스 정 때문에 상사병을 앓고 있는 우리들 중의 하나도 그 나름대로 희망을 얻은 얼굴이었다.

우리는 모두 간절히 봄이 오기를 기다리고 있었다. 마치 봄이 눈에 보이는 물건으로 생각하듯 우리는 갈포로 통하는 요양원 정문 앞길을 열심히 내다보곤 하였다. 햇볕만 노오랗게 요양원 뜰에 깔려도 하루종일 기분 좋은 얼굴로 보낼 수 있었다. 그러나 우리가 애타게 기다리는 봄은 확실하게 우리에게 당도해 주지 않았다. 간혹 좋은 햇볕을 볼 수 있다고 해도 달력을 바꿀 수는 없었다. 때로는 밤새도록 창문이 덜컥거리고 기온은 급강하하여 우리들 가슴을 옥죄었다. 또 때로는 추적추적 진눈깨비가 내리고 봄의 예감이 병실 가득 밀려들었다가도 이튿날은 혹한의 바람이 불어닥치고 방바닥이 꽁꽁 얼어붙고, 다시금 우리들 가슴에 날카로운 서릿발이 파고들었다.

2월이 되면서부터 우리는 더욱 봄에 대하여 온 신경을 집중하였다. 앙상한 나뭇가지에 행여나 조금이라도 변화가 있을까, 라디오 방송이나 신문지상에 작년보다 봄이 며칠이라도 빨리 온다는 보도가 있을까, 우리는 살피고 기다렸다.

박동하는 2월에 접어들면서 새로운 행동으로 또다시 우리를 아연케 했다. 사흘 건너 한 번씩은 몰래 요양원 철조망을 빠져 나가 술을 마시고 새벽에야 기어 들어오는 것이다.

"잡식성 동물을 사냥하고 돌아왔지."

"잡식성이라니?"

"이놈 것, 저놈 것, 가리지 않고 먹어치우는 여자."

"창녀?"

"창순이."

술에 취하면 그는 〈외로워서 못 살겠구나야〉를 연발했다. 그리고 두 팔을 벌리고 하늘을 쳐다보며 하소연을 시작했다.

"오, 아무리 질문해도 일체 대답을 회피하는 하나님 아버지시여. 소년 시절 나는 부모님께 우악스러운 말버릇과 때묻은 윤리와 그릇된 인생관을 물려받았나이다. 돈 없으면 술을 왜 드십니까 하는 대신 돈 없는 새끼가 술은 왜 처먹어로 말하는 법을, 어제 아들이 안고 잔 여자를 탐하여 오늘 그의 아버지가 술을 마시러 오는 광경을, 돈방석에 앉기만 하면 모두가 굽신거리게 되는 비굴의 인간 단면을, 나는 지겹게 많이 보고 배웠나이다. 그러나 그런 거야 내 스스로 노력해서 고치면 되고 나를 잘 기르기 위해서 보다 술을 많이 팔기 위해서 이 땅에 살아 있는 듯이 보였던 나의 양친. 그분들에게서 충분히 받지 못한 내 몫의 애정을 어디 가서 찾아먹어야 하나이까. 대답해 주소서. 역시 대답이 없군요. 당신이 뭐가 전지전능합니까. 무지무능하시지."

그러나 술이 깨면 그는 다른 때와 마찬가지로 의지, 신념, 오기, 그리고 미스 정을 부르짖으며 싱싱하게 살아 가는 것이다. 그리고 틈나는 대로 시를 써서 우리에게 낭송해 주거나, 우리가 궁금해 마지않는 그'비밀의 끄적임을 잊지 않는 것이다. 그리고 우리와 함께 이따금 창가에 서서 봄이 오기를 기다리는 것이었다. 우리가 봄을 기다리며 보낸 그 겨울은 얼마나 지루했던가. 그러나 또한 우리는 얼마나 끈질기게 견디어 왔던가.

이윽고 날씨는 풀리기 시작하였다. 한 번 비가 가늘게 내리고 다음날 다시 날씨가 추워지더니 요양원 철조망 너머로 보이는 황량한 도시, 갈포의 하늘 위로 누우런 먼지 바람이 출몰하고 있는 것을 우리는 보았다. 봄이 되기 직전이면 언제나 이 도시를 지나가는 바람. 바로 황사黃沙였다.

"황사가 왔다."

우리들 중의 누군가가 그렇게 신음같이 낮게 부르짖으며 창 밖을 가리켰을 때, 우리는 일제히 창가로 다가섰다. 황사는 며칠간 갈포의 하늘 위로 쓸려다니고 있었다. 그리고 날씨가 풀리기 시작한 거였다.

"살았군."

우리들의 심중에는 그 한 마디가 뜨겁게 꿈틀거리고 있었다. 그러나 우리는 모두 그 말을 혼자 아끼며 입 밖으로 내놓으려 들지 않았다. 이제 완전히 봄이었다. 창 밑 화단의 개나리가 움트고 있는 것을 우리는 똑똑히 확인하였다.

그런데…….

박동하의 얘기를 어떻게 끄집어내어야 할까. 그가 끄적거리던 그 비밀한 것이 무엇이었으며, 그가 우리와 함께 생활하면서 보여 준 그 행동들이 주는 의미들…… 그리고 미스 정에 대하여 우리는 이야기하고 싶다.

그날은 아주 화창하였다. 햇볕이 눈부시고 샛노란 개나리가 화단 여기저기에 피어 있는, 특별한 일이 없다면 흥얼흥얼 콧노래라도 부르고 싶었던 그런 날이었다. 어디선가 꿀벌들의 잉잉거리는 소리가 들려올 것 같고 생각지도 않았던 사람으로부터 반가운 편지라도 올 것 같던 그런 날이었다.

그러나…….

그날 아침 우리는 이상한 현상을 목격하였다.

침대 하나가 비어 있었던 것이다. 박동하의 침대 하나가. 그리고 그 침대의 하얀 시트 위에는 한 송이의 꽃이 아니라 한 아름의 꽃이 놓여 있었던 것이다.

"저 친구 어떻게 된 거야?"

"몰라. 어젯밤 늦게 사냥을 나갔었는데 말야."

우리는 잠시 홀린 듯이 그 한 아름의 꽃과 빈 침대를 한참 동안 바라 보았다. 시체실로 옮겨진 사람의 침대 위에만 꽃이 놓이게 되어 있다. 저 친구에게 도대체 무슨 일이 일어났단 말인가. 그러나 곧 모든 것은 자명해졌다. 아침 식사를 손수레에 싣고 온 영양사로부터 우리는 그의 이야기를 자세히 들을 수 있었던 것이다.

"죽었대요, 글쎄."

영양사는 맨 처음 그렇게 말을 시작했다. 그리고 그가 어젯밤 술에 만 취되어 길을 건너가다가 옆길에서 돌연히 달려 나온 택시에 치어 그 자 리에서 즉사하였다는 거였다.

아…… 도대체 사람의 일이란 알 수가 없다. 폐병쟁이가 폐병으로 죽 지 않고 차에 치어 죽다니. 그렇게 강해 보였던 사람이…… 그러나 마 지막으로 덧붙여 우리에게 들려 준 영양사의 이야기는 더욱 우리를 연 민에 젖게 했다.

"그런데 미스 정이 한 다섯 달 전부터 하루도 안 빼놓고 연애 편지를 받았대지 뭐예요. 그게 바로 그 사람이 쓴 거래요. 이름도 주소도 적혀 있지 않아서 도통 몰랐는데 어젯밤 그 사람 주머니에서 쓰다 만 편지가 나왔대요. 미스 정한테……."

아…… 였다. 아…… 그리고 우리는 아무런 것도 말할 수가 없었다.

그로부터 사흘이 지나고 미스 정은 우리들에게 작별 인사를 하러 왔
다. 그녀는 박동하의 빈 침대 앞에서 입술을 가늘게 덜며 눈물을 오래도
록 흘린 뒤 106호실을 나갔다. 우리들 중의 하나는 깊숙이 고개를 떨구
고 계속 환자복 앞단추를 만지작거리고 있었다. 그리고 그외의 우리 모
두는 창으로 걸어가 미스 정이 뜰을 지나서 요양원 정문을 향해 천천히
걸어가고 있는 것을 말없이 바라보고 있었다.

〈하늘색 바바리 코트〉를 입고 〈물방울 무늬의 스카프〉를 쓴 미스 정
이 얼마나 아름다운 모습을 가지고 있는 여자인가를 우리는 마지막으로
선명하게 눈 속에 담아두었다.

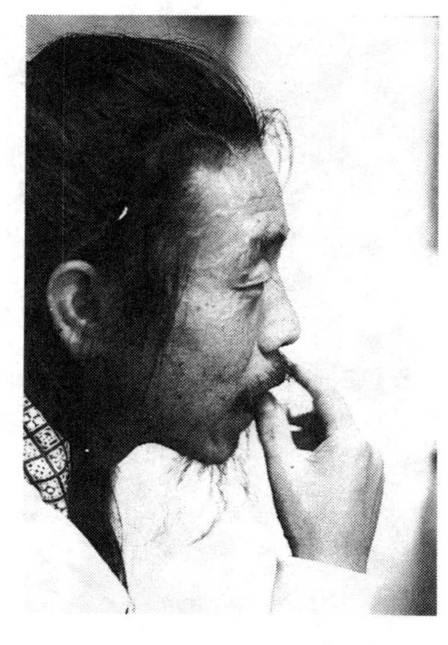

개미귀신

파리의 양쪽 날개를 모두 떼어내고 텅 빈 운동장 복판에다 놓아둘 것. 저물녘 기어다닌다는 외로움.

날개를 준비함. 장소는 꽃밭. 시간은 역시 저물녘. 황혈염에 탄산칼륨을 가하여 가열한 다음 얻어낸 백색의 고체, 청산가리. 그리고 승홍도 약간. 주사기를 사용함. 외로움을 느끼지 말 것. 기타.

삼촌은 단 한 번의 연애에는 비록 실패했었지만, 단 한 번의 자살에서 결국 성공한 사람이었다.

당연한 귀결이었다. 아마 삼촌만큼 신의 혜택을 받지 못한 사람도 이 세상에는 드물 것이며, 삼촌만큼 신을 증오해 본 사람도 이 세상에는 드물 것이다.

삼촌은 말더듬이였다. 언제나 하고 싶은 말을 약 10초 정도 목구멍에다 잔뜩 눌러 놓았다가 갑자기 퇴퇴퇴 뱉아내는 버릇이 있었다. 그리고 일단 뱉아낸 뒤에도 순조롭게 말을 진행해 나가는 법이 없었다. 수시로 더듬거리곤 했다. 때문에 삼촌이 아무리 심각한 이야기를 해도 그것은 심각하게 들리지가 않았고, 아무리 슬픈 이야기를 해도 그것은 슬프게 들리지가 않았다. 마치 구충제 먹은 뒤의 민촌충처럼 토막이 나서 떠듬 떠듬 삼촌의 입 밖으로 뱉아지는 삼촌의 이야기들은 언제나 그 진실의 반 이상이 이미 목구멍 속에서 삭감되어져 버린 듯한 느낌이었다. 언젠가 삼촌의 아버지로부터 몽둥이로 심하게 매질을 당한 뒤로 생겨난 버릇이라는 거였다.

그러나 그 무엇보다도 비극적인 것은 삼촌이 다리를 전다는 사실이었다. 어릴 때 소아마비를 앓았던 모양이었다.

목발을 짚고 다닐 정도로 심하지는 않았지만, 그래도 눈에 띄게는 절름거리는 편이었다.

게다가 성장 과정도 별로 좋지 않은 것 같았다. 삼촌의 어머니는 삼촌이 어렸을 때 다른 남자와 눈이 맞아 어디론가 도망쳐 버린 모양이었고, 삼촌은 줄곧 주정뱅이이자 폭군이었던 삼촌의 아버지 밑에서 자라난 모양이었다. 삼촌의 얼굴이 유난히 못생기고 키가 유난히 작았던 이유는 혹시 삼촌이 술과 몽둥이에 오래 찌들고 주눅들어 왔기 때문은 아니었을까.

그러나 삼촌의 아버지는 삼촌이 말을 더듬기 시작하면서부터 3년 뒤엔가에야 완전히 술잔과 몽둥이를 팽개쳤다. 개과천선을 한 것이 아니라 간경화증으로 죽어 버린 것이다.

그 동안 여러 가지로 삼촌네를 도와 주었던 친척들은 한편으로는 잘 죽었지 하면서도, 또 한편으로는 언제나 친척들이 자랑삼아 전통으로 간직해 왔던, 동기간으로서의 남다른 협동심을 끝까지 잃지 않으려고 노력했었다. 장례식이 끝나고 친척들은 다시 얼마간의 돈을 모아서 사석동 변두리에 조그만 개인 화실 하나를 삼촌에게 꾸며 주었다. 삼촌의 소질을 살려 주자는 마음에서였다.

　사실 삼촌은 그림에만은 남다른 재질을 갖추고 있던 사람이었다. 혼자 공부해서 관전에도 몇 번 입상을 했던 적마저 있었다. 삼촌은 남들이 신에게서 찾으려 들었던 구원의 진정한 의미를 그림에서 찾아보려고 발버둥쳤던 사람이었다.

　삼촌은 친척들이 사석동 변두리에다 꾸며 준 개인 화실에서 두문불출 그림에만 몰두해 있었다. 날마다 영혼의 즙을 짜내어 캔버스 속에다 적시면서 삼촌의 내부에 무겁게 누적되어 있던 어둠을 걷어내려고 노력했었다.

　그렇다. 신이 삼촌에게 내려 준 혜택은 단지 그림에 대한 재질과 정열 그것뿐이었다. 그외의 모든 것은 가혹한 형벌과 쓰라림뿐이었다. 아니다. 신은 또 하나의 혜택을 삼촌에게 내려 준 적이 있기는 있었다. 한 여자로 하여금 삼촌의 그림에 도취케 만들고, 삼촌으로 하여금 그 여자의 모든 것에 도취케 만들어, 마침내는 그 여자가 삼촌의 애를 밸 수 있도록 만들어 주었던 일…….

　그러나 삼촌을 차라리 한 마리 날개 없는 파리로나 태어나게 만들지 않고 다리를 저는 인간으로 태어나게 만든 것이 신의 첫번째 실수였다면, 그 여자로 하여금 삼촌의 그림에 도취케 만들고, 삼촌으로 하여금 그 여자의 모든 것에 도취케 만들어 마침내는 그 여자가 삼촌의 애를 밸 수 있도록 만들어 주었던 일은 신의 두번째 실수였음에 틀림없다.

　그 여자가 삼촌의 화실을 방문한 것은 어느 여름 장마비가 개고 난 뒤의 해질녘이었다. T셔츠에 청바지 차림. 한쪽 손에는 스케치북을 들고 있었다. 어딘지 모르게 나른하고 염세적으로 생긴 여자였다.

그 여자의 나른함을 어떻게 표현해야 좋을까. 보는 사람의 세포까지 환각제가 스며든 듯 나른해져서, 차츰 그 여자를 한 번만 가만히 안아 보고 싶다는 충동에 사로잡히게 만드는, 그 여자의 이상한 분위기를 어떻게 표현해야 좋을까.

"그림…… 좀 구경해도 돼나요?"

그 여자는 그렇게 말해 놓고 나서도 잠시 출입문 앞에 서 있었다. 목소리까지 나른한 여자였다. 기우는 서녘 햇빛이 창문으로 비쳐들어 그 여자의 한쪽 어깨를 치자빛으로 물들이고 있었다. 비가 갠 뒤였으므로 그 햇빛은 맑고 깨끗해 보였으며, 그 여자는 그 햇빛 속에 금방 나른하게 녹아 없어져 버릴 것 같았다.

"구, 구경하십시오."

한참 만에야 삼촌이 대답했다. 처음 보는 사람에게는 더욱 말을 제대로 못하는 게 삼촌이었다.

그 여자는 삼촌의 허락이 떨어지자 조금만 이를 드러내고 역시 나른하게 웃어 보였다. 그리고 천천히 벽에 걸린 그림 앞으로 걸어 나갔다.

그 여자는 상당히 오래도록 한 그림 한 그림을 보아 나가고 있었다.

삼촌은 주로 폐인 같은 모습을 가진 사람들을 즐겨 그려 왔었다. 이를테면 행려병자, 아편쟁이, 알콜 중독자, 미치광이 같은 사람들이 작품의 주된 소재였다. 완성된 삼촌의 그런 작품들은 한결같이 만지면 화면 전체에서 썩은 곰팡이가 손가락 끝에 묻어나거나, 간혹 그 폐인 같은 모습을 가진 사람들의 늑골 사이로 어떤 고통의 신음 소리 같은 것이 새어 나올 것만 같은 느낌이었다.

또 가끔 삼촌은 곤충들의 애벌레를 즐겨 작품 소재로 삼아 보기도 했었다. 삼촌은 어둡고 습기 찬 바탕색 위에다 아주 꼼꼼한 필치로 곤충들의 애벌레를 한 마리 한 마리씩 그려넣곤 했었는데, 완성된 후에 보면, 그 곤충들의 애벌레는 마치 부패한 동물들의 시체 손에 시글거리는 구더기들처럼 화면 속에 가득 들어차 스물스물 움직이고 있었고, 어느새 보고 있는 사람들의 살 속에까지 파고 들어와 온통 스물스물 움직이고 있는 듯한 느낌이었다. 한 마디로 삼촌은 참혹한 자기 자신을 캔버스에다 옮겨 놓고 싶어했었던 것이다.

삼촌은 이제 그 여자가 그림 앞으로 옮겨다닐 때마다 마치 실기 대회에 나온 중학생이 심사 광경을 엿보고 있을 때처럼 몹시 흥분된 표정을 감추지 못하고 있었다. 아마 삼촌이 여자에게 자기 그림을 공개해 보기는 이번이 처음이 아닐까 하는 생각까지 들 정도였다.

그러나 그 여자는 그림에 대한 자기의 의견을 한 번도 삼촌에게 말해 주지 않았다. 그냥 오래도록 주의깊게 들여다보기만 했다. 그러다가 이윽고 어느 그림 앞에선가 현기증을 느낀 듯 이마를 짚으며 비로소 낮게 한 번 비명을 질렀다.

아!

그 여자는 약간 옆으로 기울어질 듯이 보였다. 완전히 그 그림 속에 도취되어 버린 듯한 표정이었다.

그 그림은 바다 밑에 가라앉아 있는 한 폐인의 시체를 그린 것이었다. 어두운 바다 밑, 한 사내가 모래 위에 누워 있었다. 늑골 속이 휑하니 비어 있는 남자였다. 그리고 휑하니 비어 있는 늑골 속에 녹슨 칼 한 자루만 놓여 있었다. 머리맡에는 시집이 한 권, 빈 술병도 몇 개 쓰러져 있었다. 사내의 야윈 팔이며 다리에는 바다풀들이 감겨 조금씩 흔들리고 있었고, 바다 밑 저 끝으로도 노을이 감빛 음악처럼 번져서 사내의 영혼을 헐어 주고 있었다.

그 여자는 실내를 한 바퀴 다 돌고 나서도 다시 그 그림 앞에서 넋을 잃고 서 있다가, 천천히 삼촌에게로 다가왔다. 그리고 아직도 어떤 환상에서 미처 깨어나지 못한 음성으로 조심스럽게 물어보았다.

"저기 저 그림 보러 가끔 여기 와도 괜찮겠어요?"

삼촌이 쾌히, 그러나 심하게 말을 더듬으면서 그렇게 해도 좋다고 허락한 것은 물론이었다.

그후부터 정말로 가끔, 그 여자는 바다 밑에 가라앉아 있는 폐인을 보러 삼촌의 화실을 방문하곤 했었다. 차츰 삼촌은 그림보다 그 여자를 기다리는 데 더 많이 신경을 쓰게 되었고, 그 여자가 오지 않는 날은 아무 일도 못한 채 하루에도 몇 번씩 창 밖을 내다보거나 하루에도 몇 번씩 화실 안을 서성거리게 되었다.

가을이었다. 삼촌은 차츰 밤을 새우는 일이 많아져 갔다. 삼촌은 엉뚱하게도 그 여자에게 보내는 연애편지에 몰두하기 시작했던 것이다. 그러나 삼촌의 그 여자에 대한 사랑이 과연 진실이라면 어떻게 삼촌이 그 진실을 편지 속에 충분히 표현해 넣을 수 있었을 것인가. 그리고 어떻게 그 여자에게 전달해 줄 수가 있었을 것인가. 본디 진실이란 가슴 안에만 존재하지 가슴 밖으로 나와 버리면 그 본질이 달라져 버리는 법이다. 그리고 그 가슴 안에 있던 진실의 빛깔이 짙으면 짙을수록 그것을 밖으로 꺼내기가 어려운 법이다. 당연히 아침이 되면 삼촌이 밤을 새워 써놓았던 그 진실의 껍질들은 잘게 찢겨 쓰레기통 속으로 들어가 버리곤 했다.

그 여자는 대개 사흘에 한 번 정도의 간격으로 삼촌의 화실을 방문했었다. 그러나 아무리 물어도 그 여자 자신의 신상에 대해서는 절대로 이야기를 해준 적이 없었다.

"시시하잖아요. 그런 거 묻지 마세요."

라는 대답으로 곧잘 상대편의 입을 막았다. 삼촌이 알고 있는 그 여자의 신상에 대한 것은 단지 그 여자가 최근 몹시 삼촌의 속을 태우는 존재로 변해 버렸다는 사실 하나뿐이었다.

그러나 그 여자는 삼촌이 생각하는 것만큼 그렇게 접근하기가 어려운 여자는 아니었다. 어느 날 갑자기 그 여자가 삼촌 앞에 불쑥 끄집어낸 말 한 마디만으로도 대번에 짐작할 수가 있는 일이었다.

"삼촌, 내 몸을 가지고 싶으세요?"

그 여자는 아무렇지도 않다는 표정으로 그렇게 말했던 것이다.

그 말은, 하지만 삼촌의 입장으로서는 생애 최초이자 최고의 충격적이고 현기증나는 말이었을 것임에 틀림없었다. 삼촌은 그 말을 듣자 갑자기 전신이 마비되어 버린 듯한 표정으로 뻣뻣이 굳어 있다가, 한참 만에야 울상을 지으며 겨우, 화이트를 한 깡통 사야 할 텐데 하고 엉뚱한 소리로 얼버무려 버렸다.

하지만 그날 그 여자가 돌아가고 나서부터 줄곧 이틀 동안 삼촌은 한잠도 못 잤다. 도대체 그런 말을 서슴지 않고 끄집어낸 저의는 무엇이었을까.

여자는 난해하다. 그 어떤 현대 시인의 난해시보다도 난해하다.

그러나 깊이 생각해 볼 필요는 없었다. 그로부터 며칠 후 그 여자는 다시 삼촌의 화실에 나타나 주었고, 그날 밤 그 여자는 정말로 집에 돌아가지 않았다.

"남자들은 나를 보면 첫눈에 내 몸부터 가지고 싶어하죠. 하지만 난 내 몸 따윈 아무래도 좋다고 생각해요. 누구든 가지면 되는 거죠. 그뿐이에요."

삼촌과 그 여자의 사이는 이제 급격히 가까워져 있었다.

삼촌은 오직 그 여자를 기다리기 위해 이 세상에 태어난 사람 같았다. 하루만 못 보아도 안절부절을 못했다. 그 여자가 오지 않는 날, 삼촌이 해낼 수 있는 일이란 역시 그 창문을 내다보는 일과 화실 안을 서성거리는 일뿐이었다. 그 여자가 나타나 주어야만 비로소 삼촌은 붓을 잡을 수가 있을 정도로 변해 있었다.

화실 벽에는 하나 둘 그 여자의 나른하고 염세적인 모습들이 늘어가고 있었다. 옷을 입은 모습도 있고, 옷을 벗은 모습도 있었다.

"나도 옛날에는 그림을 무척 열심히 그렸었죠. 그런데 이젠 잘 안 되네요. 누군가가 죽고 나서부터예요. 그 사람 미치광이였어요. 자살 예찬론가."

그러나 그 여자는 그 옛날이라는 것에 대해 이제 더이상 생각하고 싶지 않다는 듯한 눈치였다. 그 무엇인가를 이야기하려다가도 문득 입을 다물어 버리고 간단히 마무리를 지어 버리곤 했다.

"앞으로 삼촌을 좋아하려고 노력해 볼께요."

그 여자는 극히 무리한 요구가 아니라면 될 수 있는 대로 자기 자신을 삼촌에게 완전히 맡겨 버리려고 애를 썼다.

삼촌이 원하는 대로 삼촌과 함께 화실에서 자고 가 주곤 했다.

"승홍이라는 게 있어요. 염화제이수은이죠. 조금만 혈관 속에 주사해 넣어도 죽을 수가 있어요."

어느 날 그 여자는 삼촌과 마주앉아 이렇게 말했다.

"삼촌도 한 번 자살해 보시지 않겠어요?"

그리고 정말 핸드백 속에서 약병 하나와 주사기를 꺼내 보였다.

"저기 책상 위에다 놓아둘 테니까 필요할 땐 언제든지 사용하세요."

그러나 삼촌은 그럴 수가 없는 사람이었다. 삼촌이 지금까지 경영해 온 그 많은 어둠의 시간들, 억울한 형벌들, 그것들에 대한 충분한 보상도 받지 못한 채 겨우 자살이나 해버리기에는 삼촌이 가진 한이 너무 많았다. 삼촌은 살아 간다는 사실에 대해 너무 많은 의미를 부여해 놓은 사람이었다.

"나, 나도 언젠가는 나, 날개를 가지게 된다……."

삼촌은 수시로 그렇게 중얼거려 왔었다. 그리고 캔버스 앞에 앉기만 하면 마치 치열한 전투에 임하듯 안간힘을 다했었다.

그러나 이제 삼촌은 그 여자 때문에 완전히 붓 끝에 맥이 빠져 있었다. 그 여자가 곁에 없으면 아무것도 손에 잡히지 않는다는 거였다. 삼촌은 고민하고 있었다. 그 여자를 끝까지 붙잡아둘 수 없다는 것쯤은 삼촌도 처음부터 알고 있었겠지만, 삼촌은 그 여자를 단념하기엔 너무 장래가 참담한 모양이었다. 삼촌은 한시라도 그 여자와 떨어져 있고 싶지 않다는 듯한 태도였다. 어떤 구실을 붙여서라도 그 여자와 함께 있는 시간을 연장하려고 노력했다.

"그림을 그리세요."

그 여자는 그러한 삼촌이 답답해 못 견디겠다는 듯 자주 그렇게 충언했었다. 어느새 밖에는 겨울이 당도해 있었다.

"좋아요. 최소한 일 주일 동안만은 동거 생활을 해드리죠. 그 이상은 안 돼요. 난 알고 보면 대단히 복잡한 여자예요."

어느 날 그 여자는 삼촌에게 말했다. 며칠 동안 갑자기 날씨가 추워져 있었으며 아직 한 번도 눈은 내리지 않았고, 화실은 몹시 썰렁한 분위기였다.

그러나 삼촌은 그 여자가 허락한 일 주일 동안 단 한 점의 작품도 만들어내지 못했다. 다만 삼촌은 그 여자의 몸을 자기 몸의 일부라고만 생각하고 있는 것 같았다. 그리고 어떻게 해서든 그 자기 몸의 일부 속에다 자기 영혼까지를 불어넣어 보려고 온갖 노력을 다 기울였다.

"그림을 그리세요. 삼촌이 그림을 그리지 않는 한 절대로 나는 삼촌을 좋아할 수가 없어요. 삼촌은 충분히 나를 미치게 만들 수 있는 조건들을 갖추고 있어요. 자, 그림을 그리시라니까요."

그 여자는 계속해서 말했다. 자기가 이 화실을 자주 찾아오는 이유는 자기가 좋아하는 그림이 있기 때문이기도 하지만, 삼촌이 혼신을 다해 그림을 그리는 모습을 보고 싶어서였노라고.

그래도 삼촌은 마찬가지였다.

"내가 왜 매일 빈 스케치북이라도 들고 다녀야 하는지, 지금 내 심정이 어떠한지, 삼촌은 전혀 이해하지 못하고 있군요."

마침내 그 여자는 맥빠진 표정이 되어 버렸다.

그 여자가 약속한 일 주일이 이틀밖에 남지 않았을 때, 삼촌은 그 여자에게 함께 죽어 버리자고 간신히 말을 꺼내 보았었다. 그러나 그 여자는 반대였다.

"도대체 말도 안 되는 소린 하지도 말아요. 자살이 뭐 그런 시시한 감상이나 사치에 의해서 감행되어지는 건 줄 아세요. 끝이 보여야 한다니까요. 초연한 상태로 죽을 수 있어야 해요.”

그건 삼촌도 마찬가지 생각일 거였다. 사실 삼촌은 자살하는 사람들을 지금까지 언제나 혐오하고 비웃어 왔었으니까, 비겁한 놈들이라고, 죽을 힘이 있으면 살 힘도 있는 법이라고.

“나, 나도 언젠가는, 나 날개를 가지게 된다…….”

그 날개의 상징적인 의미는 무엇이었을까. 삼촌은 가끔 야외로 곤충 채집을 나가는 버릇이 있었다. 포충망, 충관, 애벌레관, 삼각통, 핀셋, 수충망 따위의 채집 용구들을 꾸려 가지고 강이며 들이며 산 속을 절름절름 헤매면서 곤충이나 곤충의 알, 애벌레, 번데기 들을 산 채로 채집해 와서는 표본할 것은 표본을 하고 기를 것은 길러서 우화시키는 버릇이 있었다. 우화란 번데기가 날개 있는 벌레로 변하는 것을 말함이었다.

삼촌의 화실 한쪽에는 여러 개의 곤충 사육 상자들이 형형색색으로 쌓여져 있었고, 그 속에는 바구미, 물땡땡이, 노린재, 장구애비, 사마귀, 게아재비, 박각지, 물장군, 방게, 소금쟁이, 풍뎅이, 송장메뚜기, 개미귀신…… 따위들의 알이나 애벌레, 또는 번데기나 우화된 어른벌레들이 살고 있었다. 밤이 깊어져 고요해지면 그것들이 마치 모래알 사각거리는 소리처럼 작은 소리로 속삭이고 있는 소리를 들을 수가 있었으며, 그것들은 항시 그 무슨 일들엔가 열중해서, 그것들대로 어떤 작고 새로운 세계로의 길을 틔우고 있는 것처럼 생각되어졌었다.

삼촌의 말을 빌면, 곤충은 북극이나 남극 같은 한대 지방에서부터 열대의 정글이나 사막에 이르기까지, 하늘 위에도 땅 속에도 물 밑에도 꿀벌들의 겨드랑이나 사람들의 사타구니나, 심지어는 다른 동물들의 썩은 시체에서부터 냄새나는 똥 속에 이르기까지, 닥치는 대로 생활의 터전

을 잡고 살아 가는 환경 적응의 가장 뛰어난 성공자들인 모양이었다. 그
종류만도 약 1백만 종, 지구상에 있는 전동물의 약 4분의 3이 곤충이라
는 거였다. 과연 삼촌의 말대로 곤충은 〈존경할 만한 가치가 있는〉 동
물이었다.

그러나 삼촌은 곤충이라고 해서 무조건 존경해 주지는 않았다. 삼촌
은 그 어떤 환경에 살든, 그리고 그 어떤 모양을 가졌든 날개가 없는 곤
충은 절대로 존경해 주지 않았다. 존경은커녕 보는 대로 그 자리에서 잡
아 죽이곤 했다. 이를테면 좀 무리, 톡토기 무리, 쇠귀뚜라미의 암컷이
나 이, 벼룩 등의 무리들은 삼촌을 또 하나의 천적으로 삼고 있는 셈이
었다. 반면에 삼촌은 유지매미 따위들을 항상 존경해 마지않았었다. 유
지매미는 굼벵이로 애벌레 생활을 하면서 무려 7년 동안이라는 기나긴
세월을 어둡고 습기 찬 땅 속에서 고통스럽게 방황한 다음에라야만, 비
로소 은혜의 날개를 얻어 하늘을 날아다닐 수 있다는 거였다.

말하자면 삼촌은 곤충에게서 삶의 한 방법적 교훈을 얻어낸 셈이며,
날개가 있는 모든 곤충들의 생활이 날개를 가지게 되기 전에는 삼촌 자
신과 아주 흡사하다고 생각하고 있음이 틀림없었다.

어느 날 삼촌의 화실에 취미삼아 그림을 좀 배워 볼 수 없겠느냐고 한
남자가 찾아왔었다. 그러나 삼촌은 그 남자의 〈취미삼아〉에 대해서는
전혀 관심을 나타내 보이지 않고, 엉뚱하게도 곤충 사육 상자들이 쌓여
있는 곳으로 그 남자를 데리고 가서는 모래가 담긴 상자 하나를 가리키
며 이렇게 물어보았었다.

"이 모, 모래 상자 속에 무, 무엇이 사, 살고 있는지 아시겠습니까?"

그 모래 상자에 담긴 모래는 결이 곱고 깨끗해 보였으며, 그 결이 곱

고 깨끗해 보이는 모래의 표면에는 마치 밑구멍이 없는 원뿔 모양을 뒤집어 놓은 것 같은, 조그만 분화구들이 빠끔빠끔 파여져 있었다.

"개미귀신이 살고 있군요."

그 남자는 자신있게 대답했었다.

"그, 그럼 개, 개미귀신이 무, 무얼 먹고 사는지 아십니까?"

다시 삼촌이 그 남자에게 물어보았었다.

"개미를 먹고 살지 않습니까?"

"마, 맞습니다."

삼촌은 잠시 무엇인가를 깊이 생각하더니 다시 그 남자에게 질문을 던졌었다.

"그, 그럼 개미귀신이 크크, 커서는 무엇이 되는지 아십니까?"

그러자 그 남자는 대답하지 못했었다. 삼촌은 그 다음부터는 그만 입을 다물어 버렸고, 그 남자가 개미귀신이 커서는 무엇이 되느냐고 물어보아도 그냥 묵묵히 캔버스 앞에 앉아 그림만 그리고 있었다. 그 남자가 약간 무안한 표정으로 삼촌의 그림에다 잠시 한눈을 팔다가, 원 별자식 다 보겠네 하는 표정으로 쾅 닫고 화실을 나가 버리고 난 다음에야, 비로소 삼촌은 입을 열었다.

"그, 그림은 취, 취미삼아 그리는 게 아니야……."

하지만 개미귀신이 왜 거기에 끼어들었던 것일까. 그리고 개미귀신이 크면 또 무엇이 된다는 것일까.

삼촌은 개미귀신이 모든 곤충들 중에서 가장 자기와 닮아 있다고 말했었다. 개미귀신의 다리는 다른 곤충들의 애벌레와는 달라 뒤로 아래로 향해서밖에는 움직일 수 없도록 되어 있다는 거였다. 또 크면 날개를 가진다고도 했다.

삼촌은 그러나 더이상은 말해 주지 않았었다. 그 곤충의 이름이 무엇인지 날개는 어떤 빛깔을 가지고 있으며, 생태는 어떠한지 전혀 말해 주지 않았었다. 개미귀신이 커서 날개를 가진 곤충으로 우화한다니 금시초문인 이야기였다. 다른 사람들도 마찬가지인 모양이었다.

"개미귀신이 커서 하늘을 날아다니게 된다구. 웃기는 소리 하지 마라. 개미귀신이 무슨 피터팬이냐 하늘을 날아다니게. 개미귀신은 평생 개미귀신일 뿐이야. 다 커서 뭐가 돼냐구? 시체가 되지."

이런 식이었다. 그러나 삼촌은 개미귀신이 크면 틀림없이 날개를 가진 곤충이 된다고 우겼다. 그리고 날마다 개미지옥에다 개미를 잡아다 넣어 주곤 했었다. 그러나 개미지옥에서는 개미귀신이 개미를 잡아먹는 일 이외에는 아무런 변화도 일어나지 않고 있었다. 삼촌은 그 이유가 햇빛이 부족하기 때문이라고 생각했음인지, 모래 상자를 창틀 위에다 올려 놓고는 틈나는 대로 그것을 들여다보곤 했었다. 삼촌은 하루빨리 거기서 무슨 변화가 일어나 주기만을 간절히 빌고 있는 듯한 태도였다. 여름이었다.

역시 모래 상자 속에서는 아무런 변화도 일어나지 않은 채 며칠 동안 장마비만 계속되고 있었다. 창틀에 놓여 있던 그 모래 상자는 다시 제자리로 돌아갔다. 그래도 삼촌은 그림을 그리다 말고 문득 생각이 났다는 듯 자주 모래 상자를 들여다보곤 했다.

그러던 어느 날 갑자기 삼촌이 모래 상자 앞에서 어떤 비명 같은 탄성을 발했다.

"나, 나, 나……."

삼촌은 너무 감격한 나머지 큰 소리로 〈나, 나, 나……〉만 되풀이하면서 한참 동안 제대로 말을 못하고 어쩔 줄을 모르겠다는 듯한 표정이었다.

"나나, 나, 날개다!"

삼촌이 겨우 그렇게 부르짖었을 때야 비로소 어떤 심상치 않은 일에 대한 궁금증이 그 형태를 확실하게 드러내 주었다. 모래 상자 속에서 이름을 알 수 없는 곤충 한 마리가 지금 막 새로운 탄생의 순간을 맞이하고 있었던 것이다.

그 곤충의 날개는 아주 얇고 연약해 보였으며, 별로 아름답지는 않았지만 생명체로서의 신비로움은 충분히 간직하고 있는 듯한 모습이었다. 그것은 한참 동안 모래 위에 앉아 있다가 조금씩 몸을 움직여 보더니 그 얇고 연약해 보이는 날개를 몇 번 파르르 떨어 보였다.

"이, 이게 바로 명주잠자리다. 개미귀신의 어른벌레지."

삼촌은 너무 감동해서 콧날이 다 시큰해진다는 듯한 표정이었다.

"나, 나도 어, 언젠가는 날개를 가진다."

그러니까 다시 말하자면 삼촌이 그림을 그리는 것은 취미삼아서가 아니라 바로 날개를 가지는 작업이며, 그 날개를 가질 수 있을 때까지 삼촌은 마치 유시류 곤충들의 애벌레들처럼, 이를테면 명주잠자리의 애벌레인 굼벵이처럼 현재의 이 불행들을 감수해 나가지 않으면 안 되는 것이다.

"그림을 그리세요. 끝이 보일 때까지 그리세요. 삼촌은 나를 미치게 만들 수 있는 조건을 충분히 갖추고 있다니까요. 이게 뭐예요. 겨우 구스타프 클림트 흉내나 내고 있잖아요. 나를 그리지 말고 삼촌을 그리세요. 아참, 답답도 해라."

가끔 삼촌을 찾아와 녹음기처럼 같은 말을 되풀이하면서 그 여자는 삼촌으로 하여금 그림을 그리게 하려고 노력했다. 캔버스도 새로 사주고 물감도 새로 사주었다.

"날개를 가지는 작업을 하세요. 끝이 보여야 해요. 끝이 보이면 저기 저 주사기와 승홍을 사용할 수 있어요."

다른 사람이 있었으면 기꺼이 붓을 잡고 그림에 몰두했을지도 모른다. 그러나 삼촌은 달랐다. 삼촌은 키도 작고 못생기고 말더듬이에 절름발이, 게다가 친척들에게 얹혀 그나마 화실이라도 하나 가지고 있는 가난뱅이 처지였다.

항시 열등의식에 빠져 있었을 것이다. 그리고 불안했을 것이다. 언젠가는 그 여자가 자기 곁을 떠나 버리리라는 불안, 그것 때문에 삼촌은 고민하고 있었을 것이다. 그 여자가 삼촌의 호적 속에 그 여자의 이름을 올리게 된다 해도, 그 불안은 가셔지지 않을 것이다. 그 여자가 이 세상에 살아 있고 그 여자를 삼촌이 사랑하는 한, 삼촌은 결코 아무 일도 못할 것이다.

"이젠 못 오게 될지도 몰라요. 난 알고 보면 복잡한 여자라니까요."

어느 날 그 여자는 마침내 진지한 표정으로 삼촌에게 말했다. 삼촌은 다만 고개를 깊이 떨군 채 캔버스 앞에 앉아서 아무 대꾸도 하지 않고 있었다.

"이젠 정말로 다시 못 오게 되는지도 몰라요."

그 여자는 다시 한 번 그렇게 말했다. 그리고 자기가 좋아했던 그림 앞으로 천천히 걸어가서는 오래도록 그것을 바라보았다.

"이 그림 볼수록 눈물나요."

이윽고 그 여자는 돌아섰다. 문득 정말로 그 여자가 영원히 떠나 버릴지도 모른다는 예감이 화실 가득 설레고 있었다. 그떠였다. 출입문 쪽으로 가고 있던 그 여자가 갑자기 입을 가린 채 급격히 허리를 숙이더니 무엇인가를 토하듯 윽 하고 어깨를 솟구쳐 올렸다. 그러나 잠시뿐, 그 여자는 곧 자세를 가다듬고 도망치듯 화실 밖으로 나가 버렸다.

사흘이 지나도 그 여자는 돌아오지 않았다. 물론 삼촌은 안절부절 못한 채 불안과 초조의 기다림만 되풀이하고 있었다. 때로는 하루종일 이 도시 곳곳을 헤매어 보기도 했다. 그러나 그런 방법으로는 태평양에 떨어진 빗방울 한 개 찾아내기였다. 그 여자가 원체 자기 신상에 대한 것들을 신경써서 숨겨 왔으므로 도무지 그 여자를 찾아낼 만한 꼬투리가 생겨 주지 않았다. 겨우 다방을 전전긍긍해 보거나 남의 화실마다 찾아 다니면서 이러이러한 여자가 혹시 왔다 가지 않았느냐고, 심하게 자존심까지 상해 가면서 묻고 돌아다녀 보는 게 고작이었다.

그러던 중 여자로부터 편지 한 장이 날아왔다. 삼촌은 흥분 때문에 손까지 부들부들 떨어대면서 그 편지의 겉봉을 찢었다.

형편없이 초라해져 있습니다. 삼촌의 화실에 들렀을 때 보았던 그 그림의 충격을 아직도 잊지 못합니다. 거기서 나는 다시 살아나고 싶었습니다. 옛날에 한 남자를 사랑했었습니다. 그림을 그리던 남자였습니다. 치열했고, 삼촌같이 불행에 찌들려 있었고, 그림의 끝을 보고야 자살한 사람이었습니다. 나는 누구든 사랑하지 않고는 못 배기는 여잡니다. 그렇다고 아무나 사랑할 수도 없습니다. 삼촌의 화실을 찾아갔을 때 나는 약혼중에 있었습니다. 돈밖에 모르고, 자랑하기 좋아하고, 예술 따윈 시간 낭비로 아는 어느 건설 회사의 젊은 돼지하굽니다. 다음달에 결혼합니다. 지금은 홀로 여행중. 어제 삼촌의 아기를 병원에서 지워 버렸습니다. 이젠 더이상 붙잡아 볼 게 없습니다. 텅 비어 있습니다. 그 동안 삼촌에게 잘해 드리지 못해 미안합니다. 삼촌을 좋아해 보려고 노력해 보기는 했었지만 잘 되지 않았습니다. 만약 삼촌이 옛날에 자살하면서 내 뇌까지 몽땅 뽑아가 버린 그 미친 사람보다 더 자신의 삶―그림 말입니다―에 미칠 수만 있었다면, 삼촌은 반드시 그 사람보다 더 나를 미치게 만들 수 있었을 것입니다. 그리고 나는 자신있게 나의 약혼자를 버릴 수가 있었을 것입니다. 형편없이 초라해져 있다고 하더라도, 아직 나는 자살할 수가 없습니다. 끝이 보이지 않기 때문입니다. 다시 한 번 말하지만 그림을 그리시기를 빕니다. 끝이 보일 때까지. 우리는 이제 서로를 잊기로 합시다. 안녕을.

삼촌은 편지를 읽고읽고 또 읽었다. 그리고 막막한 절망감에 빠진 얼굴로 멍하니 창 밖만 내다보았다.

다음날 삼촌은 친척들에게서 얼마간 돈을 얻어 그 여자를 찾아 나섰다. 가까스로 그 여자를 찾을 만한 건덕지가 털끝만큼 생겨나 준 것이다. 우체국 소인, 그 여자가 보낸 편지의 겉봉에는 동해안에 있는 어느 소읍의 우체국 소인이 찍혀 있었던 것이다.

"여행중이라는데 아직도 거기 머물러 있을까?"

"그, 그래도."

삼촌은 단지 〈그래도〉만 가지고 동해안으로 떠났다. 그리고 열흘 만에 거지꼴이 되어 돌아왔다. 종적이 묘연하더라는 거였다.

삼촌은 이제 날마다 먹지도 못하고 잠들지도 못한 채 실성한 사람처럼 멍하니 허공만 쳐다보고 있었다. 입술이 허옇게 부르트고 눈이 10리나 움푹 들어가 있었다. 참혹해 보였다. 그러다 미쳐 버리는 게 아닐까 염려될 정도였다.

"그, 그래도 하, 한 번은 와 주겠지."

그래도 삼촌은 한 가닥 미련만은 버리지 못하고 있었다.

"자, 잠을 좀 자고 싶다. 오, 오 분만이라도. 벌써 여, 열흘째 한잠도 못 잤다. 미치겠어……."

"수면제라도……."

"소, 소용없다. 버, 벌써 먹어 봤어. 하, 한꺼번에 스무 개나 머, 먹어 봤는데도 자, 잠은 안 오더라……."

정말로 미치고 환장할 지경이라는 거였다. 벽도 방바닥도 천정도 하얗게 타고 있다는 거였다.

"보이는 건 모, 모두 다 하얗다. 먼 산도 가까운 거리도 책장도, 잉크병도, 모 모두 다 하얗다. 무, 무서워."

삼촌은 가끔 신경질적으로 머리카락을 쥐어뜯어 보기도 했다. 안쓰럽기 짝이 없는 모습이었다. 만약 사람들의 신체에 잠샘이라고 하는 기관이 있어 그것을 이식 수술할 수만 있다면 삼촌에게 몇 개 더 이식해 주고 싶을 지경이었다. 또 만약 누군가 자기의 충치앓이와 삼촌의 불면증을 맞바꾸고 싶다고 제의해 오는 사람이 있다면 당장 무르지 않겠다는 각서를 받고 맞바꾸어 주고 싶은 심정이었다.

어느 날 새벽 삼촌은 외출했다. 교회라도 한 번 가보고 싶다는 거였다. 평소 차임벨 소리만 들리면 비웃음을 섞어 중얼거리던 〈저 아니꼬운 하나님〉이라도 찾아보고 싶다는 거였다.

밖은 캄캄했다. 통금이 해제되려면 아직 한 시간 정도는 더 기다려야만 할 것 같았다.

"하나님이 있다고 생각해요?"

"있다."

"어떻게 그걸 증명해요?"

"그, 그럼 누가 나를 절름발이로 태어나게 했냐."

하늘은 카랑카랑했다. 별들이 양철꽃처럼 반짝이고 있었다. 몹시 추웠다.

"봄이 오려나부지…….."

"봄이 온들 뭘하냐."

"내복을 갈아입죠."

"바, 바람도 원…….."

싸르락싸르락 언 땅에 모래알 쓸려다니는 소리, 어느 집 장독대에선가 양은 세숫대야 굴러떨어지는 소리, 삼촌은 절름절름 다리를 절며 골목길을 빠져 나가고 있었다. 삼촌은 펄럭거리고 있었다. 외로운 사랑도 펄럭거리고 외로운 절망도 펄럭거리고…….

펄럭거리다가 외등 밑에 이르러 잠시 펄럭거림을 멈추었다. 삼촌은 하늘을 보고 있었다. 몰라보게 야위어 버린, 그리고 탈진해 버린 삼촌의 얼굴은 무기수의 그것처럼 막막해 보였다. 맞은편 담벼락에서 삼촌의 그림자가 배멀미를 하듯이 흔들리고 있었다. 바람에 전등갓이 흔들리고 있기 때문인 것 같았다.

삼촌은 다시 절름거리며 걸음을 옮겨 놓기 시작했다. 평소 그토록 증오하던 하나님을 찾아서 절름거리며 걸음을 옮겨 놓기 시작했다. 골목 안의 모든 집들은 거의 불들이 꺼져 있었고 사방은 죽은 듯이 고요한데 바람 소리만 가슴을 자꾸 후벼 놓고 있었다.

한참을 걸어서야 이윽고 교회를 만났다. 교회는 불이 꺼져 있었다. 그러나 그 건물은 어둠 속에서도 엄숙하고 경건한 모습으로 버티고 서서 완전히 삼촌을 압도하고 있었다.

삼촌은 교회를 오르는 가파르고 긴 계단 밑에서 첨탑 위의 십자가를 한참 동안 쳐다보고 있었는데, 삼촌의 모습은 실지보다 반 정도나 축소되어 있는 듯한 기분이었다.

"피, 피뢰침을 서, 설치했을까?"

한참 동안 십자가를 쳐다보고 있던 삼촌이 뚱딴지 같은 소리로 그렇게 말했다.

"했겠지요."

아무리 교회 주위를 둘러보아도 그 교회에 떨어지는 벼락을 대신해서 맞아 줄 만큼 높은 건물은 보이지 않았다.

"교회에도 피, 피뢰침을 하나?"

"하겠죠."

"왜?"

"벼락맞지 않으려고."

"아, 아니다. 교, 교회는 피뢰침을 하지 않는다."

금시초문인 얘기였다.

"하, 하나님은 워, 원수를 사랑하라고 하셨다."

삼촌은 전도사풍으로 이야기를 하기 시작했다.

"원수를 사, 사랑하라고 하신 하, 하나님이 자, 자기를 믿기 위해 지어 놓은 교회에다 벼, 벼락을 때릴 까닭이 없다."

삼촌은 이제 완전히 하나님께 매달려 보기로 작정해 버린 것 같았다. 마치 물에 빠진 사람들이 지푸라기라도 거머잡듯이 삼촌은 절름절름 계단을 오르기 시작했다.

계단은 몹시 가파르고 긴 편이었다. 이 교회를 나오는 신도들은 이 계단을 다 올라갔다는 사실 하나만으로도 다른 교회를 다니는 신도들보다 생명수를 한 컵 정도는 더 얻어 마실 수 있을 것 같았다.

"그 여자를 어, 어떻게 했으면 조, 좋겠니?"

"나도 모르겠어요."

"조, 좋은 여자 같지 않든?"

"모르겠어요."

"나, 나를 좋아하고 있으면서 괘, 괜히 튕기는지도 모르지."

"…………."

"그런 거 같지 않든?"

"모르겠어요."

"다시 만나면 아무도 어, 없는 산 속에 가서 다, 단둘이 살자고 말해 볼까. 아, 아무래도 남의 눈이 무, 무섭거든. 도대체 앞으로 어, 어떻게 하면 좋겠니."

"하나님한테 물어보세요. 이제 다 올라왔으니까."

그러나 그 가파르고 긴 계단을 다 올라갔을 때, 삼촌은 뜻하지 않은 장애물과 맞부딪혔다. 높은 담벼락과 철대문이 삼촌 앞을 가로막고 있었던 것이다. 담벼락은 도저히 기어오를 엄두도 못 낼 만큼 높았으며, 철대문은 감옥의 그것처럼 굵고 곧은 쇠막대로 튼튼하게 만들어진 것이었다. 손을 넣고 더듬어 보니 빗장에는 커다란 자물쇠까지 매달려 있었다.

삼촌은 두 손으로 쇠막대를 잡고 힘껏 뒤흔들어 보았다. 마치 교회가 그 여자를 빼앗아다 감금해 놓기라도 했다는 듯이. 몸부림치며 몇 번이고 힘껏 뒤흔들어 보았다. 그러나 아무 소용도 없는 일이었다. 삼촌은 그만 그 자리에 털썩 주저앉아 버렸다. 그리고 오래도록 웅크린 채 일어나지 않았다.

"이제 그만 내려가요."

그러나 삼촌은 마침내 울고 있었다.

이윽고 삼촌은 구체적으로 그 여자를 증오하기 시작했다. 봄이 되어 있었다. 날씨는 연일 화창하고 꽃들은 눈부셨지만 세상의 그 어떤 아름다운 것도 그 여자가 곁에 없는 지금의 삼촌에게는 더욱 증오만 끓어오르게 만드는 요소들일 뿐이었다. 그 아편 같은 시간들, 그 몸부림의 결말. 삼촌은 모든 기억의 화분마다 아픈 살점들을 떼어 심고 증오의 싹들을 키우기 시작했다.

삼촌은 화실 서쪽 벽에다 동자의 얼굴 하나를 그려 놓았다. 이상하게 생긴, 머리카락도 없고 눈동자도 없는, 어딘지 모르게 주술적인 분위기를 가진 동자의 얼굴이었다. 그 얼굴 밑에는 한문으로 무슨 주문 같은 글귀들이 적혀 있었다. 그리고 동자의 한쪽 눈에는 바늘 한 개가 깊이 꽂혀 있었다.

  삼촌은 하루종일 탈진한 모습으로 벽을 마주하고 앉아서 그 동자의 얼굴만 바라보고 있었다. 그러다가 서쪽 창에 호박꽃 같은 노을이 퍼져 들기만 하면 마치 최면술에라도 걸린 사람처럼 슬그머니 일어나서 그 동자 앞으로 천천히 빨려 들어갔다. 그리고 무슨 주문인가를 중얼중얼 되풀이했다. 그럴 때의 삼촌은 무슨 주술사 같은 모습이었다. 그리고 대단히 기분 나쁜 분위기였다. 마치 악령이라도 부르고 있는 것 같은 삼촌의 얼굴, 그러나 삼촌은 그 의식 하나 때문에 아직도 살아 있다는 듯한 태도였다. 단 하루도 그 의식을 거르는 날이 없었다.

  바늘이 꽂혀 있는 것은 비단 동자의 한쪽 눈만이 아니었다. 실내에 있는 모든 인물화들의 한쪽 눈에는 어김없이 바늘들이 꽂혀 있었다. 그리고 그 바늘들이 차츰 녹슬어 가면서 그 인물들도 차츰 어떤 귀기가 서려 가는 것 같았다.

  빠레트에는 먼지가 허옇게 앉아 있었고, 붓은 모두 바싹 말라서 딱딱하게 굳어 있었다. 화실 구석마다 삼촌이 기르던 벌레들이 사육 상자의 보호망을 뜯고 나와 탈출을 끊임없이 시도하다 죽어 버린 듯, 날개가 떨어져 나가 있거나 다리가 부러진 채 널려 있었다. 그 벌레들은 겨울에도 살아갈 수 있는 능력을 가진 벌레들이었다. 그러나 만지면 바스러질 정도로 그것들은 말라 죽어 있었다. 삼촌이 전혀 관리를 하지 않았기 때문인 것 같았다. 곤충 사육 상자 안에도 역시 마찬가지였다. 배를 뒤집고 죽어 있거나 다리를 오그린 채 죽어 있는 곤충들이 허다했다. 어항 속의 수서곤충들도 마찬가지였다. 수면에 떠서 허옇게 곰팡이 같은 걸 뒤집어쓴 채 죽어 있었다.

  "그, 그냥 내, 내버려둬라. 그래도 또 어, 어디선가, 고, 곤충들의 애

벌레가 나타나게 되어 있다. 하, 하다 못해 파, 파리의 애벌레라도 나타
난다……. 곤충들은 안 죽어, 개미귀신은…… 개, 개미를 먹고 커, 커서
는 명주잠자리가 된다……. 그러나 주, 죽으면 그 시체를 다, 다시 개미
에게 주지…….”

삼촌은 웅얼웅얼 그렇게 말했었다. 그리고 삼촌의 말은 사실이었다.
봄이 다 지나갈 무렵 또 어디선가 이름을 알 수 없는 벌레들이 더러 화
실 구석에 나타나 이리저리 돌아다니는 것을 볼 수가 있었다.

그러나 삼촌은 점점 더 헤어날 수 없는 심연 속으르 빠져들고 있는 것
같았다. 마치 표정이 백치 같아져 있었으며 가끔 이상한 소리들을 일삼
곤 했다.

“어, 어젯밤에 아, 아버지의 유령이 다녀갔다. 나, 나보고 미안하다는
거였어. 둘이 끌어안고 우, 울었다.”

처음엔 꿈 얘기겠거니 했었다. 그러나 꿈 얘기냐고 물으면 화를 내면
서 사실이라고 주장했다. 아닌게아니라 화실 분위기는 유령이라도 나올
것만 같은 분위기였다.

그러나 유령 따윈 없는 게 분명하다. 대개 〈납량 특별 보너스 북〉어
쩌구해 가면서, 무슨 주간지나 학생 잡지 따위에 게재되는 미스테리물
속의 귀신이나 유령이나 또는 4차원적 인물들은 그 면을 담당한 편집자
를 ㄱ 아버지로 삼고 있다는 설이 있다. 이를테면 이것은 일본 혼고우구
에 있는 하다 씨의 저택에서 아주 최근에 실지로 일어난 일이다로 시작
해서 밖에는 비가 내리고 시계가 열두 점을 친 다음 나타나는 10년 전
교통사고로 죽은 하다 씨의 외동딸 따위들은 그 편집자가 수음조차도
하지 않고 만들어낸 상상의 동정녀라는 얘기일 것이다.

"아, 아버지의 유, 유령이 말하더군. 바, 반드시 그 여자의 한쪽 눈이
멀도록 만들어 주겠다고."
라는 식의 삼촌 얘기는 그러니까 전혀 믿을 수가 없다. 그런데도 삼촌의
화실에 들어서기만 하면 느껴지는 음산함. 눈에는 바늘을 한 개씩 찔리
운 채 어딘가를 바라보고 있는 그 인물화들의 귀기.

그런 것들을 어떻게 설명해야 좋을까. 한참 동안 바라보고 있으면 바
라보고 있는 사람의 눈에까지 바늘이 박혀 거치적거리는 것 같았고 곧
눈이 멀어 버릴 것 같은 불안감조차 느껴지곤 했었다.

"아버지가 처녀 유령을 데, 데리고 왔었지. 이, 이쁘더라. 나, 나하고
같이 자고 새, 새벽에 돌아갔다."

고대 설화집에나 나올 법한 얘기를 삼촌은 태연히 늘어 놓기도 했다.
이제 삼촌의 외로움과 절망감은 극에 달해 있는 것 같았다. 그러면서도
삼촌은 그 이상한 동자 앞에서 주문을 외는 일을 게을리하지 않았다. 이
제 바늘들은 완전히 새빨갛게 녹이 슬어 있었다.

"어디든 떠, 떠나야겠다. 화, 화실을 맡아서 그, 그림을 그리고 있거
라. 아, 아무도 저 바늘들을 빼, 빼게 해서는 안 된다."

가을이 되어서야 삼촌은 어느 정도 정신을 되차린 것 같았다. 언제 돌
아올지 모른다며 삼촌은 유리 표박의 정처 없는 길을 떠났다.

짐승도 죽을 때는 고향 쪽에다 머리를 두고 죽는다. 수구초심이라고
했던가. 삼촌이 다리를 절며 떠돌아다니다가 다시 완벽한 걸인의 모습
으로 되돌아온 것은 그로부터 3년이 조금 못 되어서였다.

비록 차림새는 그렇다 하더라도 어딘지 모르게 삼촌은 많이 좋아져
있는 듯한 느낌이었다.

우선 건강해 보였으며 옛날 여자 따윈 까맣게 잊어버린 듯한 태도였
다. 그림들의 인물 한쪽 눈마다 박혀 있는 녹슨 바늘들을 자기 손으로
직접 뽑아내면서 삼촌은 말했다.

"부, 부질없다……."

삼촌은 다시 화실을 자기 분위기에 맞게 정리하고 도구들을 장만한
다음 캔버스 앞에 앉아 그림에 몰두하기 시작했다. 더러는 야외로 나가
곤충들을 채집해 왔고, 옛날처럼 표본도 하고 우화도 시켰다. 그 동안
어디서 무엇을 했느냐고 물으면 그저 이렇게 대답했다.

"아무데서나 더 불행해져 보려고 노, 노력했지. 부, 불행한 거나 해,
행복한 거나 그게 그거야."

삼촌은 이제 묵묵히 캔버스 앞에 낮이나 밤이나 물감을 자기 영혼 속
에 녹여 부으며 마치 어떤 종교인이 죄를 사하듯 진실하고 경건한 모습
으로 그림에 몰두했다.

삼촌이 주로 그리는 것은 그 소재가 옛날과 마찬가지로 폐인이나 곤
충의 애벌레들이었지만 그 방법만은 좀 달라져 있었다. 옛날에는 폐인
은 폐인대로 벌레는 벌레대로 각각 다른 화면에다 그려넣었었지만 이번
에는 그것을 같은 화면에다 처리해 보려고 노력했다.

"대작을 하나 만든다……."

삼촌은 수시로 호언장담하곤 했다. 그러나 그게 뜻대로만은 잘 되어
주지 않는 모양으로, 같은 구상을 몇 번이나 다시 지우고 다시 그리고
다시 지우고 다시 그리기를 반복했다. 더러는 술에 곤죽이 되어 화실 바
닥에 나뒹굴어 있기도 했고, 또 더러는 옛날 그림을 싸구려로 마구 팔아
어디론가 여행을 떠났다가 다시 거지꼴이 되어 돌아오기도 했다.

"내 맘에 드는 그, 그림은 평생에 단 하, 한 점으로 족하다…….."

무엇을 바쳐서라도 그 한 점을 위해 최선을 다하겠다는 얘기였다.

그런데 어느 날 친척 한 사람이 삼촌을 찾아왔다. 마땅한 자리가 하나 있으니 장가를 가보지 않겠느냐는 거였다.

"어, 어떤 여잔데요?"

"곱상하게 생긴 여자다."

친척은 우선 시각적인 측면에서부터 그 여자를 설명하기 시작했다.

"곱상하게 새, 생긴 여자가 왜 나, 나한테 시집을 오나요."

"팔자가 세다."

약혼을 세 번 했는데 세 번 다 남자가 약혼한 지 한 달도 못 되어 죽어 버렸다는 것이다. 그래서 항상 그 여자는 자기가 남자 셋을 죽였다는 죄책감에 사로잡혀 있었고, 어느 날 용하다는 점쟁이에게 물어보니, 불구자한테 시집을 가면 그 남자들의 영혼을 달랠 수 있고, 부귀영화를 누릴 수 있다고 해서, 그런 신랑감을 물색중이라는 거였다. 삼촌이 부귀영화를 누릴 수 있는 절호의 찬스인 셈이었다.

"중학교밖엔 안 나왔지만 얼굴은 곱상하다."

친척은 〈얼굴은 곱상〉에 대해 특히 매력을 느끼고 있는 모양이었다. 그러나 삼촌은 한 마디로 거절했다. 무조건 싫다는 거였다.

"그래도 네 생각을 해서 여기까지 찾아왔는데, 다시 한 번 잘 생각해봐라."

친척은 몹시 실망했다는 듯한 표정으로 화실을 나갔다. 나가고 나자 삼촌이 거절 이유라고 할 수 있는 그 여자의 단점을 혼자 중얼거렸다.

"주, 중학교밖에 아, 안 나온 여자가 내 평생 단 한 점의 자, 작품을 아껴 줄 수 있을까.”

　삼촌은 지금까지 줄곧 그 평생의 단 한 점이 될 작품 그것과 대치되어 전에 없이 치열한 전투를 벌여 오고 있었다. 자주 굶고 자주 밤을 새웠다. 자신의 건강 따윈 일체 돌보지 않고 있었다. 그 대신 그림과 곤충에 대한 정성만은 그 누구도 따를 수가 없었다.

　“되, 될 것 같은데 자, 잘 안 되는구나.”

　“구상을 한 번 바꿔 보시지 그래요.”

　“더이상 조, 좋은 구상은 없다.”

　삼촌은 다시 처음부터 시작해 보겠다는 듯 캔버스 하나를 왕창 때려 부숴 버렸다. 그리고 스케치북에다 페인들이며 곤충들의 애벌레를 정밀하게 연필로 묘사해 보기 시작했다. 한 달 동안 미친 듯이 삼촌은 그 짓만 했다. 그 다음 작은 캔버스에다 그것들을 일일이 옮겨 보기 시작했다. 이른바 철저한 습작 과정을 거쳐 보겠다는 속셈 같았다.

　“사, 사람과 버, 벌레 사이를 연결시켜 놓기가 이, 이렇게도 힘들 줄은 몰랐다……. ”

　가끔 삼촌은 붓을 쉬며 깊은 생각에 잠기곤 했다. 그리고 또 가끔 곤충 사육 상자 앞으로 걸어가서 마치 사람에게 이야기하듯 자기가 앞으로 그리고자 하는 그림에 대해 아주 자세한 설명을 들려 주기도 했다.

　그러던 어느 날 갑자기 삼촌이 무엇인가를 깨달았다는 듯 큰 소리로 이렇게 소리질렀다.

　“아, 바로 그거였다!”

　삼촌은 다시 1백 호짜리 캔버스 하나를 새로 준비했고, 그날로 그 캔버스 앞에 주저앉아 낮과 밤을 가리지 않고 서서히 영혼을 헐어내기 시작했다.

삼촌이 그림을 그릴 때의 화실 분위기는 한 마디로 정지 상태 그것이 었다. 삼촌은 마치 무성 영화의 한 장면처럼 완전히 침묵 속에 들어앉아 있었다. 무엇이든 삼촌의 붓 끝에 닿기만 하면 소리 없이 녹아서 기체로 화해 버릴 것 같은 느낌이었다.

삼촌은 확고부동한 무엇인가를 잡아 놓고 있는 것 같았다. 이제 더이상 무엇을 바꾸거나 지워 버리지 않을 것 같았다.

벌써 몇 달간의 시간이 무더기로 죽어 나가고 있었다. 삼촌은 아침마다 코피를 흘리기 시작했다.

"될 모양이다!"

삼촌은 코피를 흘릴 때마다 오히려 행복한 표정이었다.

독감일기 毒感日記

나는 삼촌이 본격적으로 작품을 시작하고 나서부터 전혀 붓을 잡지 못하고 있다. 삼촌만큼 진지해질 수가 없다. 오늘부터 삼촌은 완성될 때까지 단식으로 들어가겠다고 했다. 창자가 비어 있으면 의식이 맑아진다는 것은 정말일까. 밖에는 장마비가 내리고 있다. 새벽 세 시다. 삼촌의 뒷모습이 보인다. 아직도 손이 움직이고 있다. 저러다 쓰러지고 말 것이다.

빗소리가 그쳐 있다. 눈을 감고 누워 있으면 삼촌의 붓이 캔버스에서 움직이고 있는 소리가 들린다. 이따금 붓을 빼는 소리도 들린다. 오늘도 삼촌은 아무것도 먹지 않았다. 삼촌의 뒷모습이 보인다. 아직도 손이 움직이고 있다. 저러다 쓰러지고 말 것이다.

　좀처럼 감기가 낫지 않는다. 관절이 녹아들고 있다. 목구멍이 아프고 코가 막혀 숨을 쉬기가 곤란하다. 삼촌과 함께 굶어 보려 했지만 배가 고파 견딜 수가 없었다. 휘청거리며 밖으로 나가 갈비탕을 한 그릇 사먹었다. 새벽에 깨어 보니 삼촌의 뒷모습이 보인다. 코피를 닦고 있다. 비가 세차게 내리고 있다. 닷새째다. 아직도 삼촌은 물밖엔 먹지 않았다. 저러다 언젠가는 쓰러지고 말 것이다.

　입 안에서 고구마 찌는 냄새가 난다. 열이 심하다. 몇 번의 혼수 상태, 감기가 아닌지도 모르겠다. 삼촌의 뒷모습. 아직도 움직이고 있다.

　집에 가서 앓고 싶다. 오늘이 며칠인지, 지금이 낮긴지 밤인지 모르겠다. 삼촌의 뒷모습. 움직이고 있다. 다시 혼수 상태…….
　무엇인가 어수선하게 움직이고 있다. 잠결이다. 눈을 뜰 수가 없다. 다시 혼수 상태…….
　늦잠에서 깨었다. 조금은 몸이 가벼워진 것도 같다. 현기증, 고요하다. 삼촌의 뒷모습. 없다!

　어떻게 된 것일까. 화실은 텅 비어 있었다. 벽에 있던 그림들도, 곤충 사육 상자들도, 그리고 물감, 붓, 빠레트, 기름통, 기타 잡다하던 정물들도 간 곳이 없었다. 화실은 거짓말같이 깨끗하게 청소되어 있었다.
　나는 마치 다른 곳에 와 있는 듯한 기분이었다. 그러나 분명히 다른 곳은 아니었다. 실내 한복판에 놓여 있는 이젤과 그 이젤에 놓여 있는 삼촌의 그림 한 폭이 그것을 증명해 주고 있었다.

끝냈구나!

나는 홀린 듯이 캔버스 앞으로 다가섰다. 그리고 옛날 어느 여자가 삼촌의 그림 하나를 보고 그러했듯 현기증으로 앞이마를 짚으며 짧게 탄성을 발했다.

아!

그 탄성 이상으로 그 그림을 표현하기란 불가능했다. 그것은 도저히 사람의 손으로 그려 놓은 그림이 아니었다. 그것은 실물보다 더 사실적이었으며 현실보다 더 감동적이었다. 그 어떤 충격적인 인간의 종말도 그 그림의 감동을 따라갈 수 없을 것 같았다.

고뇌와 비원에 일그러진 표정으로 한 사내가 죽어 있었다. 하늘을 향해 허옇게 눈을 뜬 채로 아무렇게나 내던져진 채 죽어 있었다. 그 모습은 생생했다. 미간의 주름살, 옷소매의 실밥, 무엇이든지 실물보다 더 생생했다. 어떻게 처리했는가 만져서 확인해 보고 싶을 정도였다.

시체는 썩어가고 있었다. 그리고 그 썩어가는 시체 위에 수없이 많은 벌레들이 달라붙어 살점들을 여기저기 헐어 놓고 있었다. 가슴이 헐리고 장딴지가 헐리고 한쪽 볼이 헐리고 살점 속을 파고들어 굼실굼실 움직이고 있는 벌레들—긁어내면 한 무더기씩 화실 바닥에 떨어져서 굼실굼실 기어다닐 것 같았다.

시체 위에는 하늘. 화창한 햇빛을 받고 눈부신 구름같이 흘러가고 있었다. 그것은 시체와 대조적인, 그러면서도 시체를 더욱 시체답게 만들어 주는 듯한 느낌이었다.

문득 구름 속으로 명주잠자리 한 마리가 날아가 숨는 것이 보였다. 그러나 그것은 환시였다.

삼촌의 시체가 발견되어진 것은 그로부터 사흘 후였고, 생각보다 평온하고 깨끗한 얼굴이었으며, 삼촌의 시체 옆에는 주사기 한 대와 약병 하나가 놓여 있었다. 염화제이수은이었다. 장소는 꽃밭, 마타리꽃 멧미나리 키 자라 퍼져 있는 산비탈. 나비들도 몇 마리 날고 있었다. 무엇인가를 태운 듯 잿더미도 한 무더기 보였다.

삼촌의 유서대로 나는 그 여자의 집을 찾았다.

화실을 나가 몇 년 방황하면서 삼촌은 기어코 그 여자의 거처를 알아내었던 모양이었다. 하기야 이 좁은 대한민국 안에서 굳이 찾으려고 들자면 못 찾을 것도 없을 것이다. 그 복잡한 서울 명동에서도 똑같은 사람을 각기 다른 장소에서 하루에 다섯 번씩이나 우연히 만났었다는 사람도 있고, 아침에 동경 어느 음식점에서 보았던 사람을 저녁 때 무교동 어느 낙지집에서 만났었다는 사람도 있다니까.

그러나 이제 와서 삼촌은 또 그 여자에게 무슨 용구가 더 남아 있다는 것일까. 그냥 찾아가 보면 된다니 도무지 짐작조차 안 되는 일이었다.

유서에 적힌 대로 그 여자의 집을 찾기는 그리 어렵지가 않았다. 집은 예상보다 그리 크지는 않았다. 초인종을 누르자 의외로 그 여자가 직접 나와 주었다. 첫눈에 알아볼 수가 있었다. 그러나 이제 옛날의 그 나른하고 염세적인 모습은 간 곳이 없었고, 다만 얼굴 윤곽만 그대로였다. 좀 뚱뚱하고 천박해진 모습이었다. 임신을 했는지 아랫배가 불룩 솟아

나 있었다.

"삼촌이 죽었군요……."

나를 보자 그 여자는 대뜸 그렇게 말했다. 미리 어떤 얘기가 있었던 것일까.

"알았어요. 약속대로 그림을 보러 가죠. 그 화실에 있겠죠. 굉장한 그림이겠군요. 언젠가 만났을 때 벌써 삼촌은 끝을 보고 있는 것 같았으니까……."

나는 잠시 망연히 그대로 서 있었다.

"알았어요. 가세요……."

그 여자는 돌아서려 하고 있었다. 그때였다.

"엄마."

세 살쯤이나 되었을까. 그 여자의 딸인 듯싶은 계집아이 하나가 팔짝팔짝 대문 밖으로 뛰어나와 그 여자의 손목에 매달렸다. 그리고 나는 계집아이의 얼굴을 확인한 순간 그만 둔기로 심하게 뒤통수를 얻어맞은 듯 아연해지고 말았다.

눈.

그 계집아이의 한쪽 눈이 약간 찌그러져 있었다. 그리고 하얗게 백태까지 끼어 있었다.

"사, 삼촌도 앨 본 적이 이, 있습니까?"

"아뇨, 그런데 언제부터 말을 더듬으세요. 전엔 안 더듬으신 것 같은데."

그러나 나는 대답하지 못했다. 혼란해진 상태로 서 있는 내게 그 여자가 다시 말했다.

"이제 가세요. 그만……."

훈 장

1. 묵은 일기첩日記帖

내 아버지의 별명은 미친 개였다. 덕분에 내게 붙여진 별명은 미친 강아지였다. 억울했지만 나는 학교에서 곧잘 놀림을 받았고, 자주 내 얼굴은 머큐롬 칠로 장식되어졌다. 그러나 밖에서 아무리 억울한 일을 당해도 나는 집에 돌아와 아버지에게 그 사실을 누설하지 않았다. 아버지의 극성이 싫어서였다. 만약 누설하면 결과는 뻔한 노릇이었다. 그날로 누구 한 사람 아버지의 그 유명한 박치기에 앞니 몇 대는 족히 부러지고 마는 거였다.

우리 동네 사람들은 대개 아버지를 좋아하지 않는 눈치였다. 간혹 아버지가 말이라도 걸게 되면 어물어물 대꾸해 주고는 슬그머니 꽁무니를 뺐었다. 당연했다. 조금이라도 비위에 거슬리면 아버지는 무조건 박치기로 해결하려 들었으니까.

나는 세상에서 제일 지겨운 사람이 아버지였다.

아버지는 술을 무던히도 좋아했다. 마당에 송장메뚜기 한 마리가 뛰어다녀도,

"저기 술안주 한 마리가 돌아다니는구나, 잡아오너라."

하며 명령할 정도였다.

사실 아버지는 여러 가지 동물을 술안주로 삼았다. 먹어서 죽지 않는

다고 생각되면 모두 술안주로 삼는 것 같았다. 그 중에서 특히 아버지가 좋아한 것은 뱀이었다.

엄마가 병으로 죽고부터 아버지는 나를 데리고 자주 엄마의 무덤을 찾아갔는데 그때마다 아버지의 손에는 소줏병 두 개가 쥐어져 있었다. 아버지는 소주를 엄마보다 더 좋아했던 것은 아닐까.

"원일아, 술안주 좀 잡아오너라."

미리 준비해 온 안주가 다 떨어지면 아버지는 내게 사냥을 명령했다. 산에는 여러 가지 안주들이 살고 있었다. 풀무치, 방아깨비, 새 새끼, 뱀, 도라지, 더덕, 두릅—이런 것들은 소금만 있으면 날것으로도 아주 맛있는 음식처럼 아버지의 입 속으로 들어갔다.

"아버지, 거미도 돼요?"

그러나 거미는 맛대가리 없어, 였다.

나는 독사건 물뱀이건 도마뱀이건 뱀이라면 무조건 잡아다 바쳤다. 흡족한 얼굴로 칭찬해 줄 아버지의 얼굴을 생각하며 나는 땅꾼처럼 뱀을 찾아 헤매곤 했었다.

아버지는 틈만 있으면 훈장을 닦았다. 훈장은 언제나 순금의 광채로 번쩍거렸다. 그것은 불행하고 어두운 아버지의 생애 속에서 유일한 위안과 빛으로 존재하였고, 그 유일한 위안과 빛을 아버지는 사람마다에게 자랑하고 싶어하였다. 아버지는 훈장을 닦기 전 언제나 손을 씻었으며 매번 희고 부드러운 헝겊을 새로 준비하였다. 아버지 외에는 아무도 그 훈장을 만질 수가 없었다. 훈장은 소형 철제 금고 속에 보관되어 있었고 금고 번호를 아는 사람은 아버지뿐이었다.

아버지는 단 한 가지 노래밖에는 모르는 사람이었다.

전우의 시체를 넘고 넘어

앞으로 앞으로

낙동강아 잘 있거라

우리는 전진한다

원한이요 피에 맺힌

적군을 무찌르고서

꽃잎처럼 떨어져 간

전우야 잘 자거라.

괴로우나 즐거우나 전우의 시체를 넘고 넘어를 부르는 사람이었다.

나는 노래 소리만 듣고도 아버지의 기분이 어떤지 금방 알아낼 수 있었다. 누구네 가게라도 때려 부수고 돌아오는 날은 완전히 노래가 박력 있었다. 그러나 남에게 무시당하고도, 힘이 모자라 그냥 돌아오는 날은 노래가 아닌 울음이었다.

아버지는 외팔이였다. 육이오 때 잘려 버린 거였다

아버지는 집에 손님만 오면 나를 시켜 술을 받아오게 하고, 술이 벌겋게 오르기만 하면 큰 소리로 무용담을 늘어 놓았다. 맨손으로 인민군 다섯 명을 박살내 버렸다는 이야기. 아버지는 특히 맨손을 강조했지만 대개 손님들은 믿지 않았다. 그러면 반드시 아버지는 훈장을 꺼내 보였다.

만약 이야기 도중에 손님이 바쁘다는 핑계로 돌아가 버리면 아버지는 으레 나를 불렀다. 그리고 아까보다는 약간 맥빠진 소리로 그 무용담을 끝까지 들려 주고야 말았다. 무슨 고지를 탈환하고 무슨 부대를 몰살시키고, 마침내 맨주먹으로 인민군 다섯 놈을…… 아 나는 몹시도 지루하였다. 그러나 만약 이야기 도중에 꼼지락거리기라도 한다면, 사내새끼가 왜 이렇게 참을성이 없어, 소리와 동시 볼따구니에서 번쩍 번개가 이는 거였다.

아버지는 왜 그리 혼자 있기를 싫어했을까. 계모가 우리집에 와서 살기 전까지 나는 마음 놓고 딱지치기 한 번을 못해 봤었다. 학교 가서 공부하는 시간을 제외하고는 거의 내 시간의 전부를 아버지와 함께 보내야 했었다. 아버지는 좀처럼 밖에 나가지 않았다. 줄곧 집에서 술을 마셨다. 그러나 겨울은 달랐다.

겨울은 아버지의 계절이었다. 겨울에 아버지는 비로소 집을 벗어나 활동하는 것이다.

아버지는 소문난 노름꾼이었다. 겨울에 아버지는 항상 넉넉한 돈을 가지고 있었다. 가끔 다른 지방으로 원정을 가기도 했다. 나는 아버지가 돈을 잃었다는 소리를 한 번도 들은 적이 없었다. 한 손으로도 화투를 마술사처럼 자유자재로 주물렀다.

"니 새낀 눈치가 빠르니까 이 애비가 화툴 어디다 감추는지 금방 알아낼 수 있을 거다. 자아 잘 봐라."

아버지는 가끔 나를 앞에 앉혀 놓고 속임수를 연습하곤 했었다.

"어느 놈을 감춰 주랴."

척 부채꼴로 화투 몇 장을 펴들고 아버지는 자신있는 목소리로 내게 말했었다. 그러면 나는 가슴을 두근거리며 아버지가 펴든 화투 중에서 가장 그림이 예쁜 화투 하나를 가만히 손가락으로 짚어 보였다.

"좋오아."

　아버지는 그렇게 말하는 것과 동시 손을 가볍게 한 번 움직였다. 움직이면 부채꼴로 펴져 있던 화투 몇 장이 가지런하게 손아귀로 들어가 쥐어졌다. 그러나 바로 그 순간, 아버지가 화투를 가지런하게 쥐기 위해 가볍게 손을 한 번 움직인 바로 그 순간에, 이미 내가 짚었던 화투는 소리도 없이 어디론가 사라지게 되는 거였다. 단 동작 한 번에 아버지는 화투를 손아귀에 정돈하고 동시에 내가 짚었던 화투를 귀신같이 감추어 버리는 거였다.

　나는 아무리 찾으려 해도 찾을 수 없었다. 내가 가슴을 두근거리며 가만히 손가락으로 짚어 보였던 그 예쁜 그림의 화투 한 장을 처음 몇 번은 찾아낼 수 있을 것 같았다. 그래서 마치 소년 보안관이 된 기분으로 아버지의 몸을 샅샅이 뒤져 보았다. 없었다. 아버지는 증거 불충분으로 풀려나는 갱처럼 허옇게 웃으며 득의만만해하였다. 아버지는 그럼 그 한 장의 화투를 어디에다 감추어두었을까. 흐흐…… 뭐, 아버지 맘대로지.

　무안하게도 내 호주머니 속에 들어 있기도 했고, 요강 속에 빠져 있기도 했고, 때로는 숫제 문 밖에 나가 있기도 했다. 정말 아버지 맘대로였다. 아버지는 한 번 감추었던 곳에는 절대로 다시 감추는 법이 없었고, 아버지가 실수를 하지 않는 한 나는 결코 감추어진 화투를 찾아낼 수가 없었다.

　어느 겨울 새벽 아버지는 커다란 가방에 돈을 가득 넣어 가지고 들어와 나를 깨웠다. 가방 속에 차 있는 돈은 정말 어마어마하게 많았다. 내가 다 숨을 못 쉴 지경이었다. 아버지는 계속 소리내어 웃고 있었다.

　"칼칼칼. 으핫핫핫. 흐흐흐흐흐. 낄낄낄낄. 우헤헤헤 히히히히……."

　아버지는 계속 소리내어 웃으면서 가방을 끌어안고 방 안을 빙글빙글

돌았다. 웃음이라는 웃음은 한꺼번에 모조리 웃어 버릴 것처럼 아버지
는 오래오래 미친 듯이 웃어젖혔다. 그리고 웃을 힘이 다 빠져서야
 "햐햐햐햐……."
하는 묘한 웃음으로 끝을 맺었다. 하여간 그날 아버지는 최고로 기분 좋
아했고 나도 공연히 마음이 들떠서 아무 일도 못했다.

　그후 얼마 안 지나 우리에겐 아주 멋있는 집이 생겼고, 이어 계모와
계집애가 우리와 함께 살게 되었다.

　나는 아버지로부터 조금은 해방될 수 있었다. 밥과 빨래와 청소로부
터는 완전히 해방될 수 있었다. 갑자기 아버지는 마음이 썩 좋은 사람으
로 돌변해 버렸다. 대단히, 대단히 신나는 일이었다.

　일요일이면 언제나 계모가 나와 계집애의 손목을 잡고 교회로 갔다.
계모는 주일 학교 반사班師였다. 애들을 모아 놓고 아주 열심히, 그리고
상냥한 목소리로 기도와 성경과 찬송가를 가르쳐 주었다. 가끔 쉬는 시
간이 생기면 애들과 함께 숨바꼭질도 하고 진짚기놀이도 하고 공기돌먹
기도 하며 놀아 주었다. 애들은 모두 계모를 좋아했다.

　그러나 웬지 나는 계모가 서먹서먹했다. 집에서나 교회에서나 마찬가
지였다. 뿐만 아니라 교회의 모든 것이 또한 서먹서먹했다. 내가 확실히
알고 있는 찬송가는 하나도 없었고, 베드로·요한·야곱·유다·다윗·
베들레헴·요르단·겟세마네·그리스도…… 들과도 나는 별로 친해져
있지 않았다. 내게 있어 교회는 무조건 재미없는 곳이었다. 교회에서 계
모가 가르치는 기도와 성경과 찬송가를 배우는 것보다 들판으로 나가
잠자리를 잡아서 꼬리를 잘라 버리고 거기에 풀잎을 꽂아 시집을 보내
거나, 개구리를 껍질 벗겨 모닥불에 홀홀 구워먹는 일이 한결 재미있을

거였다. 그러나 만약 내가 기도하는 시간을 틈타 몰래 도망쳐 버리고, 그 사실을 계모가 아버지에게 이르게 된다면 나는 또 입술이 당나발이 되도록 얻어맞을 게 분명했다.

나는 교회가 지겨웠지만 아버지가 무서워 찬송하고 기도하고 계모의 이야기를 귀담아듣는 체해야 했다.

그러나 모든 교회의 지루한 것들 중에서 나는 지루하지 않은 것을 마침내 한 가지 만들어내었다. 그것은 아주 잠깐 동안 실행되는 나만의 오락이었다.

예배가 시작되면서부터, 나는 구속당한 기분으로 마룻바닥에 앉아 나만의 오락을 즐길 수 있는 바로 그 시간이 돌아오기를 지루하게 기다렸다. 설교고 뭐고 모두 흥미없었다. 그런 시간들은 나로 하여금 한눈을 팔게 만들 뿐 귀담아들어야 할 필요조차 느끼지 않게 했다. 나만의 시간이 돌아올 때까지 나는 앞에 앉은 애들의 뒤통수와 기계충 오른 자리와, 구멍난 양말과 빠져 나온 엄지발가락과 애들의 별명이며 그 유래 등에 신경쓰기를 즐거워했다. 그러는 동안 예배 순서는 바뀌어 갔다. 그리고 점차로 나는 긴장되어 갔다.

"헌금 시간입니다. 모두 주님께 감사하는 마음으로……."

이윽고 목사님이 이렇게 말하면 비로소 내 모든 세포는 눈을 뜨고 술렁거리기 시작했다. 찬송가가 울려 퍼지고, 한 사람이 매미채같이 생긴 헌금 주머니를 집어들면 나는 마구 가슴이 뛰었다. 나만의 오락이 시작되는 것이다.

내 호주머니 속에는 계모가 헌금하라고 준 동전 한 개가 얌전하게 들어 있었다. 나는 일단 호주머니 속에 손을 집어넣고 계모가 준 동전을 만지작거리며 흥분을 가라앉히곤 했다. 그러나 헌금 주머니가 내 앞에 당도하면 나는 계모가 준 동전을 그대로 호주머니 속에 남겨둔 채 빈 손을 태연자약하게 끄집어내었다. 마치 동전을 쥐고 있는 것같이 손을 꾸며서였다.

이 순간 나는 침착했다. 침착하게 빈 손을 헌금 주머니에 집어넣을 수 있었다. 그러나 아무도 모를 것이다. 헌금 주머니 속으로 들어간 내 손이 얼마나 기계처럼 정확하고 민첩하게 움직이는가를. 그렇다. 내 손은 헌금 주머니 속에 들어가자마자 재빨리 두 개의 손가락으로 집게를 만들어 하나님의 동전 한 개를 훔쳐내어 버리는 것이다. 물론 나올 때의 내 손은 들어갈 때보다 더욱 침착하고 태연자약했다.

그러나 그 오락도 결국 열 번 정도에서 흥미를 잃게 되고 나는 다시금 심심해졌다. 그리하여, 또 다른 오락을 발견하려고 노력했다. 그러나 좀처럼 재미있는 오락은 발견되지 않았다.

교회는 쉽사리 나와 어울려지지 않았다. 교회는 내게 있어 타향 같은 곳이었다. 필요 이상으로 얼굴에 희망이라는 것을 번들번들하게 칠해 가지고 사는 사람들의 집이었다. 목사와도 집사와도 나는 다른 애들처럼 친하게 지낼 수 없었다. 이렇게 심심한 곳으로 나를 데리고 오는 계모가 약간은 미웠다. 언제나 나는 전학온 지 며칠 안 되는 녀석처럼 겉돌고 있었다. 그저 졸리운 곳이기만 했다.

마침내 나는 정말로 예배 시간에 잠들어 버리는 버릇을 익히게 되었다. 따라서 언제나 맨 뒷자리에서 나는 마음 놓고 잠을 잤다. 어떤 때는, 〈예배 시작〉부터 〈돌아갑시다, 돌아갑시다. 재미있는 시간이 벌써 지났네〉까지 잔 적도 있었다.

겨울이 되자 나는 또 언제나 난로 뒤에 앉게 되었다. 더욱 졸음이 잘 왔다. 특히 목사님의 그 느린 목소리는 나로 하여금 졸음을 금치 못하게 했다.

어느 겨울날, 나는 난롯가에서 목사님의 설교를 듣다가 꾸벅꾸벅 졸고 있었다. 난로는 잘 피고 있었으며, 목사님의 목소리뿐 주위는 아주 조용했다. 나는 편안한 마음으로 졸고 있었다. 그런데 갑자기 탕! 하는 소리와 함께,

"일어나라!"

하는 고함이 나를 화들짝 잠에서 깨어나게 만들었다. 그리고 어이없게도, 참으로 어이없게도 나는 얼떨결에 벌떡 일어섰다. 목사님의 설교는 계속되고 있었다.

"다 함께 일어나서 하나님 앞으로 나아가 우리의 영혼을 영생의 피로 씻자고 외치면서……."

그러나 여러 애들은 목사님에게서 시선을 돌려 모두 나를 의아한 눈초리로 바라보고 있었다. 애들 사이를 잠시 묘한 분위기가 감돌았고, 나는 심한 부끄러움으로 어쩔 줄 몰라하며 그대로 서 있었다. 이때 한 녀석이 못 참겠다는 시늉으로 웃음을 터뜨렸다.

"우헤헤헤헤."

그 소리는 상당히 컸으므로 장내에 있는 모든 사람들에게 나를 주시하도록 만드는 도화선이 되기에 충분했다. 이윽고 여기저기서 킥킥대는 소리가 들려왔다. 그러나 확실히 나는 용기있는 녀석이었다.

"웃지 마, 새꺄!"

라고 큰 소리로 말했으니까. 제법 화까지 내면서. 물톤 나의 이 돌발적

인 언사에 웃음은 뚝 그쳐 버렸다. 목사님의 설교도 뚝 그쳐 버렸다.

"죽어, 너 새꺄."

나는 처음 우헤헤헤 하고 웃음을 터뜨렸던 녀석을 향해 주먹을 쥐어 보인 뒤 돌아서서 그대로 교회를 나와 버렸다.

그날 밤 나는 아버지에게 호되게 매를 맞았다. 그리고 눈쌓인 마당 복판에서 계모가 예배를 마치고 돌아올 때까지 맨발로 꿇어앉아 있었다. 나는 도망칠 수 없었다. 아버지는 내 손발과 몸뚱이를 밧줄로 단단하게 묶어 놓았던 것이다.

아, 그때의 추위와 아픔을 어떻게 표현하랴. 온몸을 파고드는 칼날, 맵고 쓰라린 바람이 쉴새없이 내 살을 물어뜯고 내 온몸은 젖 떨어진 강아지가 낯선 집에 팔려왔을 때처럼 오들오들 떨렸다. 얼굴이 뻣뻣하게 굳어왔고 다리가 뻣뻣하게 굳어왔고 마침내 전신이 뻣뻣하게 굳어왔다. 사방에서 겨울의 복병들이 이빨을 번뜩이며 나를 노려보고 있었다. 바람이 몰아닥칠 때마다 허이연 눈가루가 내 작은 몸뚱이를 덮치곤 했다.

이윽고 더이상 추위와 악으로 맞설 수 없게 되었을 때, 나는 심한 부끄러움을 억누르고 아버지에게 빌기 시작했다. 앞으로 어머니 말씀 잘 듣겠습니다. 공부도 열심히 하겠습니다. 절대로 교회에서 졸지 않겠습니다. 헌금…… 하고 말하려다가 나는 재빨리 입을 다물어 버렸다. 하마터면 헌금 주머니에서 동전을 훔쳐낸 사실을 말해 버릴 뻔했다. 나는 다른 말을 생각해내어 거듭 빌었다. 그러나 방 안에서는 기침 소리 한 번 들리지 않았다. 아버지는 소주를 다 비운 뒤 내게는 신경도 쓰지 않고 혼자 따스한 아랫목에서 코를 골며 자고 있을 것 같았다.

하늘엔 달이 떠 있었다. 달은 차디차고 맑았다. 나는 카랑카랑한 하늘을 쳐다보며 아버지를 증오하고 계모를 증오하고 교회를 증오하였다.

코피가 쉴새없이 방울방울 떨어지고 있었다. 그러나 묶여 있으므로 닦고 싶었지만 닦을 수가 없었다. 쓰리고 아픈 곳이 한두 군데가 아니었다. 나는 고통과 증오로 이를 악물며 내 모든 세포를 독毒으로 물들이고 있었다.

그러나 그 독도 잠시 후에는 시름시름 풀어져 버리고 의식조차 가물거리기 시작했다. 주황색 불빛으로 적셔진 방문이 흔들리고, 땅이 점점 기울어지고, 별들이 이리저리 떠돌아다니고…….

나는 자꾸만 안간힘을 쓰고 있었다. 그리고 얼마 정도 시간이 더 지났을 때는 아무것도 시야에 들어오지 않았다. 다만 시야 가득 안개 같은 것만 뿌옇게 떠오르고 있는 것 같았다.

멀리서 계모와 계집애가 찬송가를 부르며 집으로 돌아오는 소리가 아련하게 들려왔다. 나는 있는 힘을 다하여 아랫입술을 깨물었다. 따스하고 찝질한 피가 입 안에 느껴졌다.

무슨 까닭일까. 이때 내가 두 볼에 주르르 눈물을 흘리게 된 것은.

나는 점점 가까이 다가오는 찬송가 소리를 들으며 힘없이 풀썩 앞으로 꼬꾸라졌다.

"원일이가 나이가 한 살 위니까 오빠다. 인영아, 오빠라고 불러라."

계모가 그렇게 타일렀지만 계집애는 나를 오빠라고 부르지 않았다. 오빠는커녕 오, 오, 오, 소리도 하지 않았다.

내가 중학을 졸업할 때까지 계집애는 내게 한 번도 먼저 말을 걸어오지 않았다. 대체로 차분한 성격이었다. 좀처럼 소리내어 웃는 법이 없었다. 웃을 일이 있어도 그저 하얀 이를 조금만 드러내고 잠깐 입가에 웃음을 담곤 하였다. 처음 우리집에 와서 살 때부터 줄곧 그랬다.

'삼삼한 계집애다.'

계집애를 처음 보았을 때 나는 그렇게 생각했었다. 계집애가 하나 우리집에 살게 되었다는 것은 무척 기분 좋은 일이었다.

"너 가져, 너 가져."

나는 무엇이든 계집애에게 주고 싶어하였다. 미국 잡지에서 오린 천연색 사진도, 물새알같이 생긴 매끄러운 조약돌도, 분홍색 물을 들인 잎맥 표본과 책갈피에 끼워두었던 여러 가지 꽃잎들도.

그러나 계집애는 결코 그것들을 받지 않았다. 고아원 뒷산에 올라가 나무에서 떨어질 뻔하면서 꺼내온 때까치알도, 심 영감네 과수원에서 몰래 따온 복숭아도 계집애는 받지 않았다. 나는 조금씩 계집애에 대해 화가 나기 시작했다. 그래서 아버지와 계모가 없을 때는 계집애를 어떻게 골탕 먹여 줄까를 생각하게 되었다.

집 안이 텅 비어 있던 어느 날, 나는 공연히 가슴이 설레이기 시작했다. 계집애를 골탕 먹일 기회가 온 것이다.

나는 단숨에 공동 쓰레기장으로 달려갔다. 그리고 막대기 하나를 집어 쓰레기 더미를 뒤적거리기 시작했다. 그러니까 쓰레기장이지, 참 쓰레기장에 버려진 물건들은 지저분했다. 아가리가 벌어진 구두짝, 녹슨 통조림통, 휴지 조각, 깨진 그릇, 약병, 사과 껍질, 연탄재—들 속에서 드디어 나는 찾아내었다. 계집아이를 골탕 먹이기에 안성마춤인 물체 하나를.

그것은 강아지의 시체였다.

그러나 그것은 이미 강아지가 아니었다. 눈을 하얗게 까뒤집고 죽어 있는 시커먼 털의 징그러움이었다. 나는 계집애의 놀라는 모습을 떠올리며 속으로 히히히힛 웃었다. 그리고 그것을 종이에 싸들고 숨차게 집으로 돌아왔다.

계집애의 방을 가만히 엿보았다. 책을 보고 있었다. 나는 숨을 죽이고 가슴을 설레이면서 가만히 문을 열었다. 계집애가 얼핏 나를 보는 것 같았다.

"야아 너, 이거나 반찬해 먹어라."

나는 강아지의 시체를 계집애 곁으로 휙 던진 뒤 그것이 장판 바닥에 미끄러져 계집애의 무릎에 부딪치는 걸 보며 얼른 문을 닫았다.

"……."

그러나 조용했다. 아무 반응도 없었다. 참으로 이상한 일이었다. 나는 순간적으로 가슴이 철렁 내려앉는 걸 의식하면서 기절했다, 라고 판단했다. 큰일이었다. 아버지 얼굴이 떠오르고 식은땀이 흘렀다. 오금이 굳어 왔다. 나는 겁을 잔뜩 집어먹고 떨리는 손으로 조심스럽게 문을 열었다.

"어, 어, 어……."

도대체 어찌된 일인가. 계집애는 눈썹 하나 까딱 않고 방문 앞에 서 있는 것이다. 보라. 한 손에는 강아지의 시체가 들려 있다. 나는 또 한 번 당황했고, 이마에 식은땀을 흘렸고, 이어 기가 팍 죽어 버렸다. 계집애는 잠시 나를 똑바로 응시하다가 조용히 문 밖으로 걸어나왔다. 그리고 침착하게 변소를 향해 발을 옮겨 놓았다.

계집애가 손을 씻고 다시 방으로 들어갈 때까지 나는 아무 말도 못한 채 그대로 마루에 서서 손톱만 자꾸 물어뜯고 있었다. 그러다가 겨우 계집애를 향해 한 마디를 뱉았다.

"아버지한테 이르기만 하면 죽여 버린다, 계집애."

그러나 계집애는 그 일을 아무에게도 말하지 않은 모양이었다. 아버지도 계모도 특별한 눈으로 나를 대하지는 않았다. 그러나 내 공갈에 겁을 먹어서 이르지 않았다고는 생각되지 않았다.

중학을 졸업할 때까지 계속 나는 계집애에게 주눅이 들어 있었다. 그러나 계집애가 관심을 가질 수 있도록 하고 싶었다.

나는 고등학교에 입학하면서부터 그림을 그리기 시작했다.

아버지는 줄였던 술을 다시 늘이기 시작했다.

"육군 상사 임성수를 뭘로 보는 거야, 새끼들."

그 유명한 박치기도 고개를 들기 시작했다. 만성 고질병이 재발하듯 아버지의 호전적 기질이 서서히 다시 나타나기 시작한 것이다.

이즈음 아버지는 무슨 공사장 감독 일을 맡고 있었다. 밤이면 밤마다 술에 만취되어 집으로 돌아왔다. 돌아와서는 반드시 나를 앞에다 꿇어 앉혀 놓고 기나긴 연설을 시작했다. 아버지의 그 어떤 연설이든 나는 듣기가 괴로웠다. 대개 똑같은 소리를 몇 번이고 되풀이했기 때문이었다. 공부를 잘해라, 효자가 되어라, 돈을 많이 벌어라, 용감해라, 아인슈타인을, 심청이를, 오나시스를, 나폴레옹을, 모두 가져 주기를 아버지는 내게 빌었다.

"하, 새끼가 벌써 이렇게 커갖구선. 임마, 너는 꼭 성공해서 이 애비의 한쪽 팔이 돼 주어야 한다. 알았지. 알았어, 몰랐어? 알았으면 일루 와."

아버지는 때로 눈물을 글썽거리며 내 팔을 잡아당기기도 하고 내 얼굴에 꺼실꺼실한 수염을 비비기도 했는데, 그때만은 아버지가 한없이 순하고 약해져 있는 것 같아 보였다. 어쩌다 공사장에서 일 보는 사람들과 집에 들어오게 되면 나를 불러 인사를 시키고

"이놈이 내 아들이지. 즈이 반 반장이야."

라는 거짓말을 서슴지 않았다.

"호오, 공부를 아주 잘하는군요."

감탄하며 대견한 눈으로 나를 바라볼 때, 나는 아버지의 거짓말이 발각당한 것처럼 무안해하며 얼굴을 붉혔다.

공사장에 나가면서부터 아버지는 새로운 피가 끓어오르기 시작하는 것 같았다. 힘이 절로 솟구치는 것 같았다. 도시락을 들고 대문을 나서면서부터 아버지는 박력있게 전우의 시체를 넘고 넘어를 부르는 것이다. 그러나 아버지의 즐거움은 일거리가 생겼다는 사실만으로 얻어진 것은 아닌 듯했다.

짐작컨대 아버지는 불구의 소외감 또는 그 열등의식을 해소할 장소를 이제야 만나게 된 거였다. 두 팔을 다 가지고 있는 사람들의 행동을 감독할 수 있는 권리, 그리고 의무. 이것들은 아버지에게 무척 즐거운 일일 수밖에 없을 거였다. 나는 가끔 상상해 보았다. 헐렁한 한쪽 소매를 국토 건설단 깃발처럼 나부끼면서 등짐 진 인부들을 향해 거센 말들을 퍼붓고 있는 내 아버지의 모습을.

"그깟 박치기 한 대 먹었다고 너무 섭섭하게 생각 마라."

아버지는 스스로 눈두덩이 부어오르거나 찢어져 버린 인부들을 집에 데리고 와서 술을 샀다. 짐작이 가는 일이었다.

아버지의 박치기에 희생당한 사람들은 여러 층의 나이로, 청년도 있고, 중년도 있고, 또 아버지보다 나이가 좀 많아 보이는 사람도 있었다.

아버지는 그들에게 술을 사면서도 나를 불러 놓고 이놈이 내 아들인데 태권도 초단이다, 우리 집안은 대대로 장군감만 태어났었다. 이놈이 제일 약골이다, 공부는 썩 잘해서 즈이 반 반장 노릇을 하고 있다, 대학을 보내어 검사를 만들겠다, 하고 거짓 자랑을 하거나 예의 훈장을 꺼내 놓고 맨주먹으로 인민군 다섯 놈을 때려눕히던 이야기를 꺼내 놓고야 말았다. 그런 밤 우리는 한잠도 편히 잘 수가 없었다.

"애비가 취침도 안했는데 이 새끼가 먼저 자빠져 자다니. 군기가 빠졌다. 기상, 기사아앙!"

다음 계모를 깨우고 계집애를 깨우고 하여 별로 중대하지도 않은 이야기를 당부하고 확인하는 것이다. 그리고 특히 내게는 판사의 위대함, 검사의 위대함, 변호사의 위대함, 고등고시의 위대함을 귀가 아프도록 누누이 설명해 주었다.

그러던 어느 날, 아버지는 아버지의 열등의식을 해소할 수 있었던 그 공사장에서 힘 한 번 못 쓰고 밀려나게 되었다. 인부들이 농성을 벌인 것이다. 이유는 간단했다. 돈을 더 달라, 감독을 갈아 달라—처우 개선.

그날부터 또다시 아버지는 집에서 군림하게 되었고 조금씩 성격이 변해 가기 시작했다.

"누구한테 잘 뵈려구 화장을 하는 게야?"

계모에게는 자주 그렇게 버럭 고함을 질렀다.

"군기가 빠졌구나, 저 새끼."

나는 툭하면 〈대가리 박아!〉였다. 이른바 원산 폭격을 시키는 거였다. 장래 검사가 될 몸이 장판 바닥에 대가리를 박는 것까지는 그리 눈물겨운 노릇이 아니었지만, 계집애가 보는 앞에서 그런 꼴을 보인다는 건 참을 수 없는 창피였다. 그러나 나는 아버지의 명령을 거역할 만큼 용기있는 놈은 못 되었다. 나는 되도록이면 아버지를 웃게 해드리려고 노력했다. 정말이지 검사는 못 되더라도 규율부장 정도는 되어 드리고 싶었다. 아니면 하다못해 반장이라도. 그러나 늘 나는 십등 안팎에서 맴돌았다. 다만 자신있는 과목이 있다면 미술, 담당 선생님으로부터 언제나 칭찬을 받아 왔었다.

일학년 가을. 나는 도道 교육위원회에서 주최하는 학생 실기 대회에서 특상을 받았다. 나는 정말 기뻤다. 아버지를 조금은 웃게 해드릴 수 있으리라는 계산도 품고 있었다. 시상식이 끝나고 집으로 돌아올 때까지 나는 얼마나 지루했던지.

대문을 열면서 나는 체중이 약 삼 킬로그램 정도는 가벼워진 느낌이었다. 다행스럽게도 모두들 집에 있었다. 아버지의 설교를 듣고 있었다. 아버지의 무릎 앞에는 아직도 술이 반이나 남아 있는 소줏병이 근엄한 표정으로 놓여 있었다.

"아버지 나 상탔어요, 오늘."

나는 부끄러운 듯 작은 목소리로 아버지에게 말했다. 그리고 상장과 상품을 방바닥에 풀어 놓았다.

"어머어."

계집애의 입에서 낮은 탄성이 새어 나온 것은 또 나를 얼마나 기쁘게 해주었던가. 계모는 내게 특별히 맛있는 걸 사주겠노라고까지 말했다. 아버지는 한참 동안 상장을 읽어 본 뒤

"수채화가 무슨 채소 이름이냐?"

하고 물었다. 계집애가 잠자코 있다가 아무도 대답하지 않자, 물감을 물

에 풀어서 그린 그림이라고 대충 설명해 주었다. 아버지는 술 취한 눈으로 물끄러미 나를 한참 동안 쳐다보았다. 나는 긴장하면서 아버지의 칭찬을 기다리고 있었다. 그으래? 하고 아버지는 말을 시작했다.

"그으래? 고작 환쟁이나 되겠다, 이거지. 자식이 굶어죽으려구 환장을 했구만. 임마, 검사가 되랬지, 이 애비가 언제 널보구 굶어죽으랬냐. 너도 자식아, 이 애비 맘을 알아 주긴 다 틀렸다. 그래도 이 애빈 네가 성공해서 병신의 몸으로 외롭게 살아 온 한을 씻어 주고야 말…… 딸꾹!"

아버지는 언제부터인가 헛구역질을 하기 시작했다. 술만 마시면 이튿날 아침 몹시 고통스러워하게 되었다. 자주 시름시름 앓아눕기도 했다.

어느 날 아버지는 하혈을 하고 무척 우울한 표정으로 병원을 다녀왔다. 그리고 나도 이제 끝장인 모양이라고 하루종일 푸념을 했다. 그런 뒤로 아버지는 다시 술을 줄였다. 아니 이번에는 거의 끊은 거나 다름없었다.

아버지는 날마다 방에 누워 담배만 피웠다. 그리고 자주 버럭버럭 신경질을 내었다.

"어멈 어디 갔니?"

하루에도 몇 번씩 계모를 찾았다. 찾다가 없으면 나를 시켜 즉시 불러오도록 명령했다. 유난히 신경질이 늘어갔다. 언제나 계모를 곁에 있도록 명령했다.

(그렇게 하여 사건은 시작되었다.)

어느 날 아버지는 끊었던 술을 모처럼 마셨고, 다시 심한 복통으로 병원을 다녀왔다. 나도 이제 늙었어. 아버지의 그 신음 속에는 알 수 없는 비애가 섞여 있었다.

"여보. 당신 다른 데로 한 번 더 시집 가지 그래, 이 병신하고 살기도 이젠 지쳤을 게야."

가끔 계모에게 그런 소리도 했다. 공연한 트집을 잡아 보기도 했다. 다정한 말투로 위로해 주기도 했다.

그러면서 아버지는 지나치게 계모에게 신경을 쓰는 거였다. 먹고 싶은 게 없느냐, 자기가 지겹게 생각되지 않느냐, 전남편은 어떠했느냐, 그런 것을 묻고 또 물으면서 나중에는,

"당신 정말 다른 데루 시집 가지. 아무래도 나보담은 낫겠지 뭘……." 하고 계모 눈치를 살피기도 했다. 아버지는 점점 병적病的으로 계모를 곁에 두고 싶어했다.

(그렇게 하여 사건은 시작되었다.)

일요일이면 안절부절을 못했다. 망할 놈의 교회, 왜 이리 안 끝나는 거야, 하나님이고 뭐고 다 집어치우고 어멈 오라구 그래—공연히 나만 들들 볶았다. 그리고 교회에서 계모가 무엇을 하며 누가 계모와 가장 친하게 지내는가, 목사는 고향이 어디며 나이는 몇 살인가 목사와 계모가 단둘이 있었을 때는 없었는가, 하는 질문들을 던져왔다. 그럴 때마다 이상하게 아버지의 눈은 번들번들 빛을 띠었다. 그리고 교회에 대한 아버지의 관심은 날로 집요해져 갔다.

나는 어느 날 아버지의 성화에 못 이겨, 어떻게 설명하면 아버지의 유도 심문에 걸려들어서 가끔 교회엘 가서 내가 본 일들을 낱낱이 이야기해 드렸다.

목사는 미혼남未婚男. 젊고 건강하며 잘생겼음. 계모는 누구에게나

상냥하여 모두들 좋아함. 언젠가는 목사의 옷가지도 빨아 주었음.

(그렇게 해서 사건은 시작되었다.)

아버지는 광맥을 발견한 광부처럼 얼굴이 상기되어 이 새로운 사실에 대해 흥분을 감추지 못하는 눈치였다.

"어느 놈하고 시시덕거리다 이제 오는 게야. 교회가 빨래터야."

그날 교회에서 돌아온 계모에게 대뜸 아버지는 그렇게 말했다.

그러나 계모는 그저 평온한 얼굴로 아버지를 잠시 바라보았을 뿐 아무 대답도 하지 않았다.

때때로 계모는 아버지를 위해 나지막한 목소리로 기도하였고 날로 아버지는 계모에게 이상한 트집을 잡아 난폭해져 갔다.

"누굴 만났지?"

쓰레기를 버리고 오는데도 그런 식으로 따졌다. 멀리 갈 때는 꼭 보고토록 지시했다. 순 군대식이었다. 만약 제시간에 귀대치 않을 경우엔 무조건 손찌검이었다.

"팔이 병신이라고 눈도 병신인 줄 아는 게여? 시켤 봐. 어떤 놈하고……."

공연한 트집 앞에서 계모는 언제나 침묵이었고 아버지는 더욱 극성이었다.

아버지는 계모를 감시하기 시작했다. 최대한 외출을 금했다. 외부 사람들의 출입도 금했다. 월부 책장사나 전기 수리공이나 교인들이 대문을 두드리면 아버지는 이상하게 눈을 빛내며 계모를 노려보았다. 그리고,

"늬들은 가만히 앉아 있어, 내가 직접 나가 보고 올 테니."

하고 살금살금 대문으로 걸어가 밖을 엿보기도 했다. 때로는 형사가 잠

복하고 있다가 범인을 덮치듯 대문 안으로 들어서는 사람을 덮쳐 누르고
  "너는 누구야, 뭣하러 왔어, 솔직히 말해."
하며 혼을 빼놓는 수도 있었다.

  도무지 이해할 수 없는 노릇이었다. 이제 계모는 교회에도 마음대로
나갈 수 없게 되었다. 변소엘 가는 데도 보고를 해야간 했다. 보고하면
아버지는 갔다 와 하고 태연히 승낙하지만 계모가 나가는 즉시 문구멍
으로 밖을 감시했다. 빨래를 하러 갔다가 늦게 돌아온 어느 날 계모는
차마 눈 뜨고는 못 볼 지경으로 매를 맞았다. 얼굴이 퉁퉁 붓고 입술이
찢어지고 머리카락이 뽑히고…….

  한 달에 서너 번은 그런 일이 생겼다. 나는 그만 질식할 것 같은 분위
기에 사로잡히고 말았다. 말리다가 내가 얻어맞은 적이 한두 번이 아니
었다.

  그렇게 침착하던 계모도 점점 공포의 빛을 띠기 시작했다. 집 안은 형
언하기 어려운 음산함에 휩싸여 있었다.

  날마다 계모의 신음 소리와 비명을 나는 들어야 했다. 방 구석구석에
핏방울이 튀어 있었고 그 핏방울은 조금씩 늘어갔다. 계모는 그래도 열
심히 기도하기를 잊지 않았다.

  "주여, 죄 많은 우리를 너그럽게 용서하여 주옵시고……."

  그러나 계모는 눈에 띄게 야위어 갔다. 계모가 경영하던 모든 것이 빛
을 잃어 갔다. 화단에는 차츰 많은 잡초가 자라오르고 마루는 먼지가 부
우옇게 덮여 있었으며 넓은 마당에는 여기저기 휴지들이 흩어져 있었
다. 우리는 이 질식할 것 같은 패망의 가옥에서 저마다 모진 외로움을
씹으면서 참담한 표정으로 일 년을 보내었고, 〈주여, 죄 많은 우리를〉

과 〈말해, 어느 놈인지 말해〉라는 비명에 몸서리를 치며 죽고 싶은 심
정에 사로잡히곤 했다.

  이즈음 계집애는 따로 정해 준 자기 방에, 한구석을 넉넉히 잡아 철망
을 치고, 거기 철망 속에다 목적을 알 수 없는 흰쥐들을 기르고 있었다.
아버지의 극성을 피해 그 방으로 들어가면 계집애는 언제나 흰쥐들을
관찰하고 있었다. 아버지의 광기狂氣에 관해서도 계모의 안간힘에 대해
서도 전혀 신경을 쓰고 있는 것 같지 않았다. 백랍 같은 표정, 그 침묵
의 저변에는 항시 알 수 없는 냉기가 도사리고 있는 듯했지만 나는 그녀
에 관해 오히려 친근함을 느끼고 있었다.

  우리는 거의 같은 시기에 태어난 우리들 나이 또래 중에서 가장 불행
한 환경 속에 살고 있다는 사실을 동류항으로 삼고, 너무도 어둡고 습기
찬 땅에서 재배되고 있는 여러해살이 식물에 불과했다. 아버지가 만들
어 준 토양에 뿌리를 박고 아버지가 부여하는 물을 빨아올리면서, 그 나
태와 무관심의 관찰 기록부에 검사 또는 효자의 기대로 커나가고 있었
다. 결국 우리들은 아버지의 버림받은 한 생애를 위하여 아버지가 원하
는 꽃을, 아버지가 원하는 열매를 만들어내어야만 했다. 그러나 이미 우
리들은 불량 품종으로 시들어 가고 있었다. 계집애와 나는 대체로 말이
없는 가운데 서로의 어둠을 인정해 주면서 조금씩 많은 이야기를 나누
기 시작했다.

  "쥐는 왜 기르니."

  "병이야, 쥐 기르는 병."

  "아버진 외롭다는 거야?"

  "치사해."

　우리는 무섭게 번식해 가는 그 실험용 동물들에게 날마다 충실한 먹이를 던져 주면서 아버지의 헐렁한 팔소매와 계모의 겁에 질린 얼굴을 잊으려고 애썼다.

　"혈액형이 O형이래, 저 쥐들은."

　"아버지는 F형이야. 나는 혈관 속에 피 대신 알콜이 흐르고 있다."

　계모는 이제 실성한 사람 같았다. 가만히 앉아 있다가도 흠칫흠칫 놀라곤 했다. 깊은 밤, 고요의 시간에 홀로 마루 끝에 앉아서 오래오래 우는 버릇도 생겼다. 그러나 늘 아버지가 무섭게만 구는 것은 아니었다. 계모가 앓아누우면 아버지는 밤을 새워 간호를 해주었고 손수 부엌에 나가 미음을 끓이거나 동네를 돌아다니면서 여러 가지 약을 모아 오기도 했다.

　때로는 계모 앞에 무릎을 꿇고, 다시는 안 그러겠어, 여보 제발 나를 버리지 말아, 눈물을 흘리면서 애원하기도 했다. 그러나 계모는 아무런 표정도 없었다.

　"쥐들이 너무 많아졌어, 어떡하지."

　"아버지는 나를 꼭 대학에 보내어 검사를 만들겠다는 거야. 붙을 자신있냐고 묻더군."

　"검사보담은 화가가 더 좋잖아?"

　"검사가 좋아. 남을 감옥에 처넣을 수 있다는 건 얼마나 즐거워."

　언제부터인가 우리는 그 실험용 동물들을 하루 한 마리씩 죽여 나가기 시작했다. 나보다는 계집애가 더 잔인한 살해 방법을 사용하고 있었다. 나는 그저 노끈으로 쥐를 목졸라 죽이는 데 불과했지만 그녀는 언제나 면도칼을 집어들었다. 목을 따서 새빨간 피가, O형의 새빨간 피가 순백색純白色 털을 적시는 것을 냉혹한 눈으로 바라보곤 하였다.

"처음부터 죽여 왔구나, 너 혼자서."

"이젠 공범이 생겼어."

"고양이를 사서 저 우리 속에 한 번 넣어 줘 볼까?"

"아마 고양이는 괴로워할 거야. 자기가 처음 보는 이 흰 털의 음식물이, 먹어서 부작용을 일으키지나 않을까, 하나님은 무슨 이유로 내게 이 많은 은총을 내리셨을까, 이렇게 많이 한꺼번에 잡아먹어도 죄가 되지 않을까, 너무너무 행복해서 괴로워할 거야."

"행복이 뭐야."

"즉 불행을 확인시켜 주는 거지 뭐."

쥐를 잔인하게 죽이는 법 몇 가지.

꽁무니에 휘발유를 적시고 불을 붙인 뒤 들판에 놓아 주라. 밤에 하는 것이 좋다. 살기 위해 얼마나 빨리 달릴 수 있을 것인가, 지까짓 게 달려 봐야 불고기지. 이빨을 모두 뺀 다음 상처난 잇몸에 바늘 두 개씩을 꽂고 아무데나 내버려두어라. 필경은 굶어죽게 될 것이다. 시체만은 잘 묻어 줄 것. 다리에 무거운 납덩어리를 매달아 주고 바로 앞에 참기름을 바른 고구마를 놓아 주도록. 절대로 입이 닿지 않는 거리에 놓아 주어야 한다. 먹기 위해 바둥거리다 기진하고 말 것이다. 그때 불개미집으로 가지고 가라. 털에는 꿀을 발라 놓는 것이 더욱 효과가 있다.

우리는 이런 이야기를 조금은 두려움을 느끼며 주고받았었지만 한 번도 실행하지는 않았다.

어느 정도 흰쥐들이 줄어들자 우리는 살해를 멈추고 다시 번식을 기다리게 되었다.

아버지도 결심한 바가 있었는지 태도를 완전히 달리하여 우리에게도 부드럽게 대했다. 계모에게도 부드럽게 대했다. 웬지 옛날의 위용은 사라져 버리고 아버지는 아주 양순하기만 했다. 그러나 계모를 감시하는 일만은 게을리하지 않았다.

가을이 왔다. 사랑만 하다가 죽은 자의 아름다운 피처럼 사루비아 꽃이 우리집 화단에서 피고 있었다. 아침 저녁으로 서늘한 바람이 불어왔고 살갗이 아주 깨끗하게 소독되는 듯한 기분으로 나는 가을의 풍경들을 바라볼 수 있었다. 그림을 그리고 싶은 충동을 자주 느꼈지만 마음 한구석에는 대학 입시 준비가 항시 그늘로 깔려 있었기 때문에 나는 당분간 물감들과 거리를 멀리할 수밖에 없었다.

무슨 일이 있어도 대학만은 가야 한다는 생각이 시종 나를 지배하고 있었다. 아버지의 소망에까지 도달하려면 지금의 내 실력으로는 도저히 불가능이었고, 남은 석 달간을 몇 양재기 코피를 쏟으며 공부한다고 해도 자신이 생길 것 같지 않았다. 나는 검사가 될 것을 포기해 버렸다. 아버지한테는 미안했지만 실력이 없는 데야 어찌하랴. 미대(美術大學)라면 만만하다. 무슨 일이건 자신있는 것에 도전하는 것이 현명한 법이다. 나는 현명하게도 미켈란젤로의 후예가 되기로 결심을 굳혔다. 그러니까 좀 여유가 생겼다. 나는 느긋한 마음으로 앞에 대입大入이라는 두 글자가 적힌 여러 권의 책들을 뒤적거릴 수 있었다. 대입 생물, 대입 영어, 대입 대입……

어느 날 나는 햇빛이 너무 좋았으므로 그 대입들을 잠시 팽개쳐 버리고 잊어버렸던 내 그리운 물감들을 찾아내었다. 물론 실기實技도 시험 과목에 들어 있었지만, 사실 그걸 손에 더 익힐 만큼 내 솜씨가 엉성하

다고는 생각지 않고 있었다. 실기 시험에 대비키 위해 그림을 그린다는
것은 차라리 시간 낭비였다. 그러나 이렇게 햇빛 좋은 날 아무런 목적
없이, 그림 그린다는 자체를 목적으로 삼고 그림을 그리는 것은 틀림없
는 여유이자 멋이었다.

나는 이젤을 마당가에 세워 놓고 화판에 캔트지를 압침으로 부착시킨
뒤, 마루 끝에 앉아서 뜨개질에 열중해 있는 계집애의 모습을 스케치했
다. 그리고 팔레트에 물감을 골고루 짜놓았다. 물감들은 가을 햇빛 속에
녹아서 저마다 고운 색으로 빛나고 있었다. 나는 붓에 물을 흠씬 적셔
맑은 색을 만들어낸 다음 아주 경쾌한 기분으로 칠해 나가기 시작했다.
물감은 매끄럽게 캔트지를 적시며 곱고 투명하게 부분을 채워 나가고
있었다. 점점 내 온몸은 그 물감들처럼 녹고 흐르고 퍼져서 캔트지 속에
흡수되어졌다. 그리고 잠시 후에는 완전히 그림에 몰입되어 내 마음까
지를 모두 붓에 풀어서 혼합한 뒤, 그 한 폭의 공간을 차지한 계집애의
모습을 완성해 나갈 수 있었다.

계집애는 마치 경험 많은 모델처럼 본래의 자세를 조금도 흐트리지
않고 실과 뜨개바늘을 매만지고 있었다. 그녀도 거기에 완전히 몰입되
어 있는 것이 분명했다.

그림은 내 마음에 들었다. 이미 공간 속에 들어앉아 뜨개질을 하고 있
는 소녀는, 계집애를 떠난 가을로부터 온 한 폭의 완성된 수채화였다.
나는 흡족한 마음으로 내가 만들어낸 색과 소리와 빛 들을 바라보면서
휘파람을 불었다. 우리들 마음에 빛이 있다면…….

계집애는 좀처럼 일손을 멈추지 않았다. 그녀의 어깨와 무릎과 발 밑
에는 가을의 차분한 햇빛이 흥건하게 괴어 있었다. 시나브로 여린 바람

이 불어왔고, 시나브로 불어온 여린 바람은 계집애의 단발머리를 조금
씩만 하늘거리게 해주었다. 계집애가 경영하는 이 가라앉은 시간 속에
서 나도 한 가닥 실이 되어 그 희디흰 손가락에 감기고 있었다. 계집애
는 이마로 흘러내린 머리카락 몇 올을 이따금 손으로 걷어내곤 하면서
말없이 그렇게 햇빛 속에 젖어 있었다.

　사방은 고요했다. 고요하고도 고요하고도 고요했다. 만약 정숙한 삼
십대의 귀부인 하나가 엷은 잠옷을 입고 발뒤꿈치를 든 채 가만가만 내
곁을 스쳐간다 해도, 나는 그녀의 잠옷자락에서 풀려 나온 실밥 한 가닥
이 땅바닥에 끌리는 소리까지 골라들을 수 있을 것 같았다.

　나는 계집애를 오래오래 응시하고 있었다. 그리고 비로소 계집애가
아주 아름답다는 것을 알아내었다. 어쩌면 그녀는 우리집으로 들어오게
된 그날부터 나처럼 눈물 하나 가슴에 매달고, 나처럼 황량한 벌판에서
헤매이고, 나처럼 아무와도 친할 수 없는 나날 속에 살으라고 하나님이
귓속말로 타일렀던 것은 아닐까. 바로 나처럼…… 이라는 생각이 들자
나는 그만 그녀가 한없이 정다웁게 느껴졌고, 그리하여 마음 속으로 처
음 설레임을 가지고 몰래 그녀의 이름을 불러 보았다.

　'인영아…….'

　그런데 참으로 이상한 현상이 일어났다. 분명히 나는 그녀의 이름을
소리내지 않고 마음 속으로 불렀는데도, 그녀는 마치 자기를 부르는 소
리를 들은 것처럼 가만히 고개를 쳐들었다. 그리고 조용히 나를 건너다
보았다. 아―그때 내 가슴을 흘러가던 그 알 수 없는 고요의 강물 소
리, 잔잔하게 밀려들어 내 온몸을 적시던 그 음악의 정체는 무엇이었을
까, 무엇이었을까.

(그렇게 해서 사건은 시작되었다.)

그날 계모는 아버지 몰래 대문을 빠져 나가 하나님을 만나러 교회로 갔다. 아버지는 미친 듯이 계모를 찾기 시작했다. 문이라는 문은 모조리 요란하게 벌컥벌컥 열리어졌고 동네방네 아버지는 찾아 헤맸다. 물론 교회에도 달려가 보았다. 그러나 아버지는 찾아내지 못했다. 따로 교회 에 마련되어 있는 기도실이라는 방 한 칸은 둘러보지 않고 그저 예배를 보는 교회의 실내만 충혈된 눈으로 훑어보고 이를 갈며 집으로 돌아왔 을 것이다.

아버지는 벼르고 별렀다. 그러나 그날 밤 계모는 돌아오지 않았다. 계 모는 밤을 새워 기도를 했을 것이다. 지치고 지친 마음으로.

나와 계집애는 계모가 어디에 있으리라는 것을 잘 알고 있었지만 결 코 아버지에게 알려 주지는 않았다. 이튿날 아침에야 계모는 비틀거리 며 대문을 들어섰다. 그러나 계모는 채 마당 중간까지도 못 와서 쏜살같 이 문을 박차고 달려나온 아버지의 발길에 나동그라지고 말았다.

계집애는 다시금 시작되는 아버지의 광기를 바라보다가 철망 속에 갇 혀 있는 흰쥐들을 한 마리 한 마리 꺼내어 면도칼로 목을 따기 시작했다.

나는 아버지를 말리기 위해 마당으로 달려가 전례대로 몇 대를 얻어 맞았다. 흔히 한쪽 기능이 마비되면 다른 한쪽 기능이 마비된 기능의 힘 을 대신하여 센 힘을 발휘하듯이 아버지의 한쪽 팔은 무서운 괴력을 가 지고 있었다. 나는 번번이 마당에 내동댕이쳐졌다. 아버지는 그야말로 미친 듯이 계모를 구타했다. 물론 나도 필사적으로 뜯어 말렸다. 잠시 후, 돌연히 돌연히, 계모가 외마디 소리를 날카롭게 내뱉으며 무서운 얼굴로 땅바닥에서 벌떡 일어선 것은 참으로 오싹한 일이었다.

"죽여라! 이 개만도 못한 짐승놈아, 너 죽고 나 죽자!"

계모의 눈에서도 새파란 광기가 서리는 것을 나는 보았다. 최초의 반항, 이 돌발적인 사태 앞에서 아버지는 멈칫 몸을 굳혔다. 순간 계모는 달려들어 아버지의 가슴팍을 단단히 물고 그대로 실신해 버렸다.

그날 밤 계모와 그녀의 딸은 몰래 도망쳐 버리고 말았다. 나는 상상할 수 있었다. 딸의 부축을 받으며 비틀걸음으로 대문을 나서는 한 여인의 가냘픈 어깨와 새벽차를 타고 어디론가 멀리 떠나는 고등학교 여학생의 냉혹한 얼굴을.

그녀의 방 철망 속에는 여러 마리의 흰쥐들이 피어 물들어 나뒹굴고 있었고, 그것들 중에서 움직이고 있는 놈은 한 마리도 없었다.

아버지는 며칠 동안 그녀들을 찾아 동분서주 바쁘게 돌아다녔다. 열흘이 지나도 그녀들은 돌아오지 않았다.

이제 그녀들은 영영 이 불행의 대문을 열지 않을 거였다. 그녀들이 갇혀 있던 이 감옥이, 그녀들의 인생 중에서 얼마나 가혹한 형벌로 그녀들을 학대했는가를 하나님도 자세히 알 수 있을 거였다.

아버지는 이제 훈장을 닦는 대신 칼을 갈기 시작했다.

"이년들!"

갈다가 수시로 마른 헝겊을 가지고 녹물을 쓱쓱 닦아낸 뒤 칼날을 이리저리 뒤집어 보았다. 칼은 맑은 물 속에서 갓 건져낸 민물고기의 비늘처럼 희게 번뜩거렸다. 그것은 아주 싸늘해 보였으며 한 번씩 비늘을 뒤채일 때마다 날카로운 빛살을 쏘아 내 눈을 찔렀다.

"이년들. 내 반드시 이년들을 찾아내어 배를 찢고 간을 꺼내 대문간에 널어 놓을 테다!"

나는 경멸하고 있었다. 혐오하고 있었다. 조소하고 있었다. 증오의 못 깊숙이에서 끓어오르는 아버지의 독기, 그 이기주의적 흥분과 무모한 몸짓을.

아버지는 오직 나의 적敵이 되어 있을 뿐이었다. 내 성적표 보호자란에 이름 석 자가 적혀 있다는 사실조차도 싫을 정도였다. 적과 보호자와의 거리는 너무 멀었고, 다른 의미였지만 동일인同一人으로서 내게는 존재하고 있었다. 그것은 유년 시절을 거쳐 소년 시절에 이르기까지 내 가슴 속에 자리잡은 모든 슬픔 중 가장 쓰라리고 짙은 슬픔이었다.

"이 개놈의 새끼, 너도 애빌 배반했단 봐라. 눈알을 파내 버리고 말 테니까!"

칼을 갈며 아버지는 그렇게 못을 박았지만 나는 언제고 한 번쯤 아버지를 배반하고 아버지의 입에서 후회의 말이 쏟아져 나오기를 간절히 한 번 기다려 볼 참이었다. 이즈음 나는 공부고 나발이고 다 시들해져 있었다.

어느 날 밤, 나는 아버지가 잠든 틈을 타서 살그머니 아버지의 방에 침입했다. 아버지는 코를 골고 있었다. 머리맡에는 이홉들이 소주 반 병이 남아 있었다. 나는 그것을 단숨에 마셔 버렸다. 그리고 아버지의 양복 주머니를 뒤적거려 보았다. 얼마간의 돈이 있었다. 내 호주머니로 옮겨넣었다.

우리가 아버지의 은혜에 감사해야 할 것이 있다면 바로 돈, 한쪽 팔을 전쟁터에 집어던진 공로로 나라에서 받아내는 연금과 그 귀신 같은 재주로 화투를 주물러 마련한 목돈이 남의 손을 돌아다니며 불어난 것과 역시 화투로 장만했음직한 논밭 몇 마지기로 우리는 잘 먹고 잘 입고 넉넉하게 썼다는 점 하나였다.

나는 장롱 속도 샅샅이 뒤져 보았다. 거기에는 돈다발 몇 개가 깊이 감추어져 있었다. 나는 내일 아침에 일어날 일은 생각하지 않기로 했다. 몇 다발을 주머니마다 찔러넣었다.

나는 그 다음 도망을 생각했다. 그리고 일어섰다. 그때 내 눈에 띈 아버지의 보물. 바로 훈장이었다. 훈장은 이미 옛날의 광채를 잃고 있었다. 그것은 이제 녹슬고 있는 것이다. 깊이 잠든 아버지의 가슴 위에서. 아버지는 그 옛날의 용맹을 다시 한 번 회상하면서 훈장을 꺼내 쓰다듬다가 그대로 잠들어 버렸을 것이다. 나는 철저하게 잔인하고 싶었다. 그래서 이미 빛을 잃어서 쇳덩이에 불과한 그 훈장조차도 아버지의 가슴에서 훔쳐내어 버렸다.

"쌔애끼, 너도 박력있는 사나이구나."
"암마, 술이나 처먹어라. 박력있게."
나와 녀석은 취했다.
사람들은 술을 왜 마시는 것일까. 이렇게 맛대가리도 없고 취하면 그저 흐리멍덩하게 정신을 휘저어 놓는 술을. 아버지, 칼, 술, 뱀, 화투, 돈, 겨울, 눈, 핏방울, 사루비아, 가을, 계집애, 흰쥐, 무덤, 뼈, 흙, 가루, 먼지, 재, 물, 햇빛, 수채화, 수채화가 무슨 채소 이름이냐, 상장, 대학, 검사, 외팔이, 소줏병, 사금파리, 대낮, 빨래, 계도, 교회, 종 소리, 아침, 찬물, 살갗, 바람, 나무, 집, 처마, 거미, 밤, 어둠, 발 소리, 개, 미친 개, 미친 강아지, 쓰레기장, 비명, 도주, 도주, 도주, 녀석의 자취방, 아…… 쓰펄!.

녀석은 우리반에서 가장 악명 높은 존재였다. 선생님들의 미움을 많이 받을수록 영웅에 가까워진다고 믿는 놈들 중에서 가장 대표적 존재였다. 정학을 무려 세 번이나 받은 바 있고, 퇴학을 눈앞에 두고 언제나 아슬아슬하게 학교를 다니고 있는 실정이었다. 그래도 녀석은 저 하고 싶은 것은 다하고 돌아다녔다. 술도 마시고, 담배도 피우고, 까이도 꼬시고, 애들도 패 주고. 뭐 인생이란 제멋대로 살아야 후회 없는 게 아니냐는 거였다. 공부 따윈 구질구질하다는 거였다.

나와 녀석은 언젠가 한 번 호되게 싸운 적이 있었다. 일학년 때였다.

녀석은 원래 인상부터가 맘에 안 들었다. 체격이 다부지고 얼굴이 까무잡잡했으며 날카롭게 찢어진 눈이 항시 이물스럽게 빛나고 있었다. 녀석은 입학하면서부터 완전히 우리를 겁주었다. 호주머니에서 손칼을 꺼내어 칠판에다 던지면서 앞으로 자기를 많이 귀여워해 달라는 거였다. 녀석의 칼은 정확했다. 백묵으로 그려 놓은 접시 크기의 동그라미 속에 영락없이 들어가 박혔다. 써먹는 단어들도 생생했다.

"X 같네. 학비리 주제에 꼴복 걸치고 부시기 쪼을 수는 없고."

말하자면 깡패들이나 쓰는 은어를 쓴다는 것이다. 감히 녀석에게 맞붙으려 들지를 않도록 녀석은 미리 이빨을 드러내 보여 주는 것이다. 물론 녀석은 체격이 좋은 놈들만 골라서 이른바 깡다구로 때려눕힘으로써 자신의 실력 여하를 우리에게 확인시켜 주는 일도 잊지 않았다. 그런 다음 자기가 무슨 멕시코 영화의 주인공이라고 오만 가지 폼을 다 잡으며 학급을 누비고 다녔다.

"똘마이, 어이 똘마이."

녀석은 누구든 그렇게 불러 놓고 마치 명령하는 투로 말하곤 했다. 나는 녀석이 아니꼬왔다. 언제고 한판 붙어 녀석의 코를 납작하게 해주어야겠다고 생각했다. 어느 점심 시간이었다.

"똘마이, 어이 똘마이."

벼르던 차에 기회는 왔다. 녀석이 내 어깨를 토닥토닥 두드리며 그렇게 말해 온 것이다. 아니꼬와서 원.

나는 녀석보다 체격이 작았고 어느 모로 보나 약세였다. 그러나 아무도 모를 것이다. 내가 얼마나 매에 단련되어 있는가를. 나는 말없이 일어섰다. 그리고 녀석의 면상을 있는 힘을 다해 쥐어박았다. 확실히 선공先攻은 상대를 당황케 하고 상대의 기를 어느 정도는 죽이게 만든다. 몸을 비스듬히 하고 내 곁에 방심한 채 서 있던 녀석은 한 방에 풀썩 나자빠졌다. 그러나 녀석은 즉시 일어나 맹수같이 내게로 달려들었다. 우리는 협상하여 변소 뒤로 갔다.

그리하여 싸움은 시작되었다. 누가 이겼을까. 많이 맞은 쪽은 나였다. 그러나 그날로 싸움은 끝나지 않았다.

"가서 맞은 것만큼 돌려 주고 와!"

아버지는 그렇게 명령했었다. 나는 닷새 동안을 녀석에게 맞았고 닷새 후엔 녀석이 죽사발이 되었다. 녀석은 완전히 기가 질려서 전의를 상실한 눈치였다.

그후 내게만은 녀석이 친절하게 굴었으며 은근히 자기와 함께 휩쓸려 다니면서 싸움질이나 해주었으면 하는 눈치를 보였다. 그러나 나는 혼자 있기를 좋아하였다.

내가 돈을 훔쳐 가지고 녀석의 방문을 열었을 때, 녀석은 충심으로 나의 귀순을 환영해 주었다.

나는 녀석의 방에 틀어박혀 학교에도 나가지 않고 만화책 나부랑이나 뒤적거리면서 지루한 시간을 보내고 있었다. 될 수 있는 한 앞으로의 일에 대해서는 생각하고 싶지 않았다. 불안이 목을 숨통 막히게 죄어 왔으니까.

녀석은 학교에 다녀와서 내게 몇 가지씩의 정보를 꼭꼭 수집해다 주었다.

"오늘 느네 껍데기 왔다 갔어. 널 잡으면 죽여 버린대더라."

녀석의 말을 들으면 아버지는 하루 한 번씩 학교엘 들르는 모양이었다. 그러나 잡힐 염려는 아직 없었다. 녀석이 즐겨 찾는 의리라는 것이 배반으로 돌변해 버리지 않는 한, 나는 이 침침한 방구석에서 하루 1백 권씩의 만화책이나 읽어치우며 지낼 수 있는 것이다. 아버지의 헐렁한 한쪽 팔소매를 잊고, 나의 견딜 수 없었던 고통과 날마다 나를 목조르던 회의 속에서 벗어나 〈우리 진도개 만세〉 따위와 이름도 들어 본 적이 없는 통속 소설가들의 엄살이나 읽으면서, 아버지의 훈장처럼 나도 녹슬어 볼 수가 있는 것이다.

가끔 녀석은 못생긴 계집애들을 방으로 데리고 왔고, 나는 나이를 한 살 더 먹는 기분으로 계집애들의 살을 만져 보기도 하였다. 그러나 역시 그런 생활들은 또 하나의 어둠이며 발목에 거치적거리는 쇠사슬에 불과했다. 며칠도 못 되어 나는 또다시 숨이 막혀왔다.

그러던 어느 날, 이제는 겨울로 접어들어 음산한 날씨가 계속되던 어느 날, 채 수업이 끝날 시간도 아닌데 녀석이 황급히 방문을 열어젖혔다. 녀석의 얼굴은 새파랗게 질려 있었다. 무슨 일인가 일어난 것이 틀림없었다.

녀석은 한참 동안 숨을 몰아쉬면서 쉽게 말문을 열지 못했다. 나는 무슨 일이 있었니? 라고 가라앉은 목소리로 물어보았다. 그러고도 상당히 오래 머뭇거리다가 녀석은 아주 어렵게 입을 열었다.

"느, 느네 아버지가…… 어젯밤에 자살…… 했대. 칼로 모, 목을……."

2. 가을 회화집會話集

준희焌嬉. 친애하는 말띠 여류시인女流詩人이 되기 위해 날마다 우울을 연습하며 사는 아가씨. 지금은 밤이고 밖에는 가을비. 도무지 잠이 오지 않아 수면제를 두 알 삼킨 후 나는 이 편지를 씁니다.

어제부터 대학은 문을 닫았고, 이제 휴교령이 해제될 때까지 우리는 매일 공휴일입니다. 따라서 아가씨의 색 바랜 빅스톤 청바지를 자주 보기도 힘들어져 버렸습니다. 난해하기가 정신병 환자의 낙서落書를 훨씬 능가하는 아가씨의 시를 읽기도, 그 시를 읽고 악담을 퍼부어 주기도 무척 힘들어져 버렸습니다.

시인 아가씨.

가을은 내게 있어 가장 우울한 계절입니다. 가을에 모든 것은 텅 비게 됩니다. 가을에 모든 것은 내 곁에서 죽어갑니다. 나의 팔레트에는 물감들이 마르고 붓들은 모두 굳어서 방바닥에 뒹굴게 됩니다. 그리하여 마침내 나는 맹목盲目의 방황을 시작합니다. 방황이라는 말은 듣기엔 유치하고 윤기 없는 사어死語입니다. 그러나 행동으로 옮겼을 때의 쓰라림을 나는 압니다.

다시금 돌아온 가을, 이 방황의 스물여섯 나이를 나는 어떻게 경영해야 좋을지 모르겠습니다.

여행을 떠나 볼까 생각합니다.

춘천春川. 그 짙은 안개의 도시都市로. 그리로 가서 무엇을 해야 할지 언제쯤 돌아올지 아직 나는 알 수 없습니다. 다만 거기 아직도 남아 있을 것 같은 내 어두운 날들의 흔적을 모두 지울 수만 있다면 나는 우울병을 조금은 치료하게 되는 셈입니다. 물론 몇 권의 책은 반드시 휴대할 것입니다. 예상 밖의 공휴일이 내게 닥치기는 했어도 역시 공부는 해야 할 입장이므로.

시인 아가씨.

떠나기 전에 아가씨를 한 번 만났으면 합니다. 오는 토요일 오후 세 시 음악이 있는 다실 〈우륵〉에서 기다리겠습니다. 나는 아가씨께 저녁 식사를 대접할 생각이고, 만약 나오시지 않으신다면 아가씨께선 푸짐한 저녁 식사 한 끼를 손해 보는 셈이 됩니다. 원래 시인이란 수시로 굶어봐야 제대로의 목청을 가지고 노래를 읊을 수 있다고들 합니다만.

자, 그럼 토요일까지 말띠여 건강하시기를. 그리고 이 가을 귀밑머리를 스쳐가는 한 가닥 바람, 뜨락에 괴는 식은 금색 햇빛, 눈물겹게 흔들리는 코스모스 꽃밭, 들리는 모든 것이, 보이는 모든 것이 전부 아가씨의 빛나는 시를 위해 하나님이 장만해 준 은혜이기를.

낙서중落書中, 낙서중, 낙서중.

낙서는 왜 하는가. 목이 말라서. 목이 마르면 물을 마셔야지. 물이라는 물은 모두 오물이니까. 현대인現代人. 덜컥덜컥. 비틀비틀. 허청허

청. 웅성웅성. 죽었군. 자살이야. 대학생은 외로워. 하나님, 외로운 게 뭡니까. 몰라 인석아. 너 하나님 봤니? 응. 어디서? 만화에서. 만화. 금하지만 보고 싶은 것. 대학생이 보는 만화. 즉 돈과 빽과 비굴. 세 가지 중 어느 한 가지라도 없으면 못 살아. 원 쓰펄. 하늘에 계신 우리 아버지 이름을 고독하게 하옵시며 나라에 고독하옵시며 고독이 하늘에서 이루어진 것같이 땅에서도 이루어지이다. 오늘날 우리에게 일용할 고독을 주옵시고, 일용할 우울을 주옵시고, 일용할 불행을 주옵시고, 일용할 안간힘을 주옵시고, 안간힘, 안간힘을 주옵시고, 안간힘, 안간힘, 안간힘, 안간, 안안안, 안간힘을, 휴우——주옵신 하나님, 일용할 돈도 주옵소서. 일용할 빽도 주옵소서. 일용할 비굴도 주옵소서. 아멘. 용서해 주옵소서. 낙서, 낙서, 낙서, 준희는 베토벤을 좋아해. 준희야 너는 좋으냐, 그 우울한 귀머거리가. 담배를 밥에 비벼먹어 보라. 맛있을까? 옛동산 아지랑이 할미꽃 피면. 산에는 꽃이 피네 꽃이 피네. 홍도야 우지 마라 여기 돈 있다. 가을비. 배호는 죽었다. 돌아가는 삼각지. 철저한 불행. 철저한 고독. 철저한 먼지. 내 사랑아 내 사랑아 영원한 마돈나야. 마돈나가 무슨 뜻이냐. 앞으로 30년 후에 주조회사 사원 채용시험에 나올 것임. 외어둘 것. 마돈나란 무엇이냐. 마, 돈, 나. 마, 시고 돈, 내고 나, 가라구. 이사해야지. 저놈의 쥐떼들 때문에, 쥐쥐주 쥐쥐. 쥐를 잊을 수 있을까. 낙서. 잠재의식. 프로이드. 섹스. 처녀는 없다. 처녀 없애기 강조 기간을 설정하라. 카사노바. 안 돼. 대한가족계획협회. 나는 바둑이하고 강에 나가서 놀았습니다. 바둑이는 익사하고 말았습니다. 아버지는 매우 즐거워하셨습니다. 복날이 내일이지? 죽은 자를 기억하지 말라. 언제나 내가 사랑하는 것은 작고 가까이에 존재하는 것. 춘향이와,

재키와, 누구를 선택하겠는가. 춘향이. 나는 영어를 잘 못해. 금으로 만든 샌들을 신겨 주어도 원숭이는 원숭이다. 엎질러진 물도 집어 담을 수 있는 데까지 집어 담을 수 있다. 아니 땐 굴뚝에서도 연기는 난다. 바늘 도둑이 택시 강도 된다. 이빨이 없으면 잇몸으로 뜯어라. 참새가 전깃줄에 두 마리 앉았습니다. 포수가 총으로 한 마리를 쏘았습니다. 명중. 떨어지면서 뭐라고 했을까요? 모르겠습니다. 쳇, 나만 참샌가, 그랬습니다. 그러니까 살아남은 참새가 뭐라고 했을까요? 역시 모르시는 모양이군요. 쟤 아직 덜 죽었대요. 그랬습니다. 이 정도야 일반상식이죠. 세상 어려워졌습니다. 대학大學에 온 이유. 화가가 되려고. 화가란 무엇이냐. 굶어죽는 것. 누군가 예술을 위하여 이 황무지에서는 굶어죽을 필요가 있다. 낙서는 낙서落書가 아니라 악서樂書다. 그러나 악서樂書를 악서惡書로 읽어도 무방하다. 낙서 끝.

　"유혹하지 마세요, 그런 편지로."
　"나도 시인이 되려구 그래."
　"배가 부르시군요."
　"커피 한 잔밖에 안 마셨어. 그것도 일금 오십 원어치. 요즘 커피는 임꺽정이 콧물 두 방울만큼밖엔 안 돼."
　"어젠 뭘하셨어요."
　"아무 일도 못했어."
　"젊은 사람이 그래서야 되겠어요. 하다 못해 이빨이라도 자주 닦으세요. 팔에 근육이나 생기게."
　"낭비야. 물과 치솔과 치약의……."

"어제는 천연색 꿈을 꾸었어요."

"꿈에 뭘 봤어."

"사루비아."

"네 시는 쉬어빠진 구정물 맛이야."

"무식해."

우리는 수족관 옆에 앉아 있었다. 수족관 속에는 한 마리의 물고기도 살고 있지 않았다. 거기엔 화창하게 형광등이 켜져 있었고 열대풀만 무성하게 자라올라 가만가만 흔들리고 있었다. 바닥에 깔린 모래는 희고 깨끗해 보였다. 가늘고 투명한 플라스틱 파이프에서는 끊임없이 작은 물방울들이 뿜어져 나오고 있었으며, 한쪽 구석에 설치된 빨간 지붕의 서양식 물레방아도 뱅글뱅글 잘 돌아가고 있었다. 그러나 자세히 보면 수족관 속의 모든 것은 정지해 있었다. 거기엔 무서운 고요가 용해되어 있었다. 한 마리의 고기도 보이지 않는 수족관 속은.

"세상에 대한 미련이 있으세요?"

"국민학교 사학년 때 내 짝애를 좋아했어. 볼이 굉장히 고운 애였지. 날마다 손바닥으로 한 번만 만져 보았으면 했었지."

"손발은 늘 씻으셨나요?"

"우리 아버지가 보건소 소장이었어."

"앞으로 어떤 인물이 되고 싶어요."

"어차피 나는 아편을 먹었어. 단연 예술가지. 굶어죽는 거야. 꼭 검사가 돼서 사람들을 감옥에 처넣는 일을 거들어 주어야 하는 건데. 하지만 굶어죽는 것도 좋아. 창자가 깨끗한 상태로 죽는다는 건 얼마나 인간적이냐 말이다."

"음악 들리세요?"

"슈벨트. 우리말로 번역하면 구두끈이지. 슈, 구두. 벨트, 끈. 슈벨트. 구두끈. 요절했어. 천재였던가부지?"

"베토벤이 좋아요."

"머리카락 속에 이가 시글시글할 것 같아서 싫어. 상처한 지 석 달 정도된 남자가 일금 천오백 원짜리 창녀와 하룻밤 동침하고 새벽 골목길을 나설 때처럼 표정이 참담한 것까지는 좋아해 줄 수 있지만."

수족관 옆에는 수족관의 네 배 정도는 족히 되고도 남을 커다란 유리 상자가 하나 있었고 거기에 담겨 있는 물은 약간 흐려 있었다. 그 속에는 남미산南美産 청거북 두 마리와 악어 한 마리가 살고 있었다. 놈들은 상당히 흉물스러워 보였다. 가죽에다 아무리 고운 색을 칠해 주어도 결코 우아하거나 귀여워 보일 것 같지 않았다. 놈들은 졸고 있었다.

"이놈들은 전부 가짜일 거야. 청거북은 무슨 청거북, 저수지에서 건져낸 자라지. 악어도 그럴 거야. 한 이십 년쯤 묵은 도마뱀."

"무엇으로 증명해요."

"우리 아버지는 동물학자였어."

"금방 겨울이 올 거예요."

"왜 이리 시간이 안 갈까. 저 벽시계는 내 뻐꾹시계보다 더 지독한 병에 걸렸군."

"한숨 쉬지 마세요. 머리카락 나부껴요. 기껏 잘 빗고 왔는데."

"머리카락에 지나친 신경을 쓰는군. 백호로 밀어 버리는 게 좋지 않을까. 그러면 해가 한 개 준희 머릿속에 축소판으로 들어박혀 한 이백 촉 정도로 빛나게 될 거야."

"세상 밝아지겠네요."

다방은 만원이었다. 거의가 젊은 사람들이었다. 젊은 사람들은 담배 연기 자욱한 이 다방에 앉아 만연된 이산화탄소를 마시며, 다방 조명만큼이나 그늘 끼인 얼굴을 하고 순도 낮은 오십 원어치의 커피를 마시고 있었다. 그리고 오십 원어치의 시간과 오십 원어치의 의자와 오십 원어치의 음악을 빌려 잠시 쉬고 있었다. 레지들이 조금도 웃지 않는 표정으로 통로를 왕래하며 엽차와 눈총과 하품을 덤으로 탁자 위에 날라다 주고 있었다.

"밋치겠어요. 글이 안 돼서."

"미치기가 얼마나 힘들다고. 나도 못 미치는데."

"쳇, 자긴 또 뭔데."

"나는 천재야. 무엇이든 실패해 버리는 데 천재지. 요즘 계속 덜커덜커이야. 어딘가 고장이 난 거지."

"박제가 되어 버린 둔재로군요. 난 뭐 요샌 써볼 글이 없어요. 어느새 나도 눈치보며 쓰게 됐나봐."

"무슨 눈치?"

"악담가의. 그리고 뭐……."

그녀는 우리 회화과繪畵科에서 좀 이질적인 여자로 알려져 있었다. 그녀는 별명이 하족夏足이었고, 그것은 남자를 오뉴월 양말 갈아신 듯 갈아치우고, 갈아치우고 한다는 데서 붙여진 별명이었다. 그녀는 회화과에 적을 두고 있으면서도 그림보다 글에 더 신경을 쓰고 있었다.

어느 월간 문예지에 두 번 추천받은 경력이 있으며 이제 한 번만 더 추천을 받으면 완전히 〈시인詩人으로 시인視認된다〉는 거였다. 그러나 이 마지막 한 번의 바리케이트 앞에서 그녀는 날마다 〈밋치겠어요〉였다. 그녀는 날마다 〈밋치겠어요〉였지만 〈아, 나 못 미쳐〉였다.

우리 과科 녀석들 중에는 정말 식인종같이 음흉한 귓속말로 내게 경고하는 녀석이 서너 명 있었다. 그러나 웬지 나는 그 녀석들의 말이 믿기지 않았다. 나는 오늘 밤 그녀의 방종을 확인해 볼 심산이었다. 이제 오후 네 시.

"술 한 잔 할 테야?"

"끊었어요, 간장이 나빠져서."

"다시 붙여."

"엄마에게 물어보고."

이때 레지 하나가 하늘색 플라스틱 양동이 한 개를 들고 우리 곁으로 왔다. 그 속에는 열대어들이 가득 들어 있었다. 레지는 그 양동이를 수족관 속에 처박았다.

갑자기 수족관 속은 혼란하게 움직임을 보이기 시작했다. 수십, 아니 수백 마리의 열대어들이 득실거리기 시작했다. 레지는 양동이 속에 들어 있던 플라스틱 바가지 속에다 열대어 몇 마리를 담아 남미산 청거북과 악어가 있는 유리 상자 속에 넣어 주었다. 그 흉물스러운 남미산 물짐승들은 금방 활발한 동작으로 헤엄치기 시작했다. 그리고 순식간에 한 바가지의 열대어들을 다 잡아먹어 버렸다.

"비싼 음식 먹고 사는군. 팔자 좋은 놈들이야."

나는 갑자기 그 흉물스런 동물들을 꺼내어 껍데기를 홀랑 벗겨 버리고 싶은 충동을 느꼈다.

"준희, 내가 저놈 가죽으로 핸드백 하나 만들어 줄까?"

나는 진심으로 준희에게 말했다.

"그 성의로 공부나 열심히 하세요. 아, 그런데 왜 이리 배가 고플까?"

"나는 저 동물들이 지독하게 맘에 안 들어. 건방지게도 지금은 나를 노려보기까지 하는군."

"조심하세요. 피해망상증 초기 증세예요. 젊은 사람이 왜 그 모양이에요."

"도대체 악어를 길러 우리에게 어떤 즐거움을 주겠다는 거야. 어쩌면 저놈이 잔뜩 커서 나중엔 손님들에게까지 입맛을 다실는지도 몰라."

"증세가 점점 악화되면 전문의를 찾아가 상의해 보세요. 그런데 왜 그렇게 배가 고플까."

"점심 안 먹었군."

"연탄이 사망해서 빵으로 때웠어요. 내가 무슨 문화인이라고."

"나도 약간 출출해."

우리는 자리에서 일어섰다. 드보르 작 신세계 교향곡 제2악장이 흐르고 있었다. 꿈 속에 그려라 그리운 고향―의 멜로디를 마저 듣지도 못하고 우리는 계단을 내려왔다.

"어디 악어고기 요리를 전문으로 하는 식당 없을까? 남미산 악어고기."

"악어에 왜 그렇게 신경을 쓰실까. 혹시 그 우람해 보이는 모습에 열등의식을 느낀 건 아닐까?"

"저놈이 크면 반드시 꼬리로 유리를 쳐서 깨뜨리고 나올 거야."

"피해망상증 초기 증세예요."

밖은 그래도 다방 구석보다는 공기가 맑았다. 길 위에 깔려 있는 가을 햇빛은 아직도 약간의 온기를 가지고 있었으며 사람들은 어깨와 머리 위에 그 온기가 약간은 남아 있는 햇빛을 묻혀 가지고, 이리저리 돌아다니고 있었다.

"돈 있으세요?"

"은행에서 좀 찾아왔지. 여행도 가야겠고 해서."

"은행에서 찾았다니까 갑부 아들같이 높아 뵈는군요. 아니꼬와라."

"아버진 선장이었어. 오나시스가 타는 배의……."

우리는 천천히 걸었다. 그러나 사람들은 바삐 걸었다. 그 무엇에겐가 바쁘게 끌려다니지 않으면 안 되는 시대, 이 기계와 돈과 안간힘의 시대에서 적어도 우리만은 여유를 가지자고 말하면서, 우리는 빵과자 한 개씩을 사 으적으적 씹었다.

대학을 졸업하면 나도 저 사람들처럼 바쁘게 끌려다녀야 할 것인가.

내가 캔버스에 문질러 대었던 그 수많은 색깔, 밤을 새워 경영하던 그 한없는 공간, 발버둥, 추구, 시도, 실패와 극복. 이런 것들이 고작 쉽게 밥벌이를 하기 위한 인생 연습은 아니었다.

하늘이 맑았다. 천고마비지절天高馬肥之節. 실감나게도 나는 말띠인 아가씨를 데리고 식당으로 가고 있었다.

거리마다 식당은 많았다. 그러나 준희의 마음에 드는 식당은 좀체 나타나질 않았다. 어마 간판이 도대체 맘에 안 들어, 중앙식당이 뭐야. 또 북경반점은 뭐고. 낡았어, 저런 간판은. 저 식당 요리사들은 새롭고 신선한 요리에 대해 전혀 생각해 본 적이 없을 거야. 동화반점, 우리식당, 평양식당, 별미관, 순두부집, 모두 마찬가지야. 뭔가 새로운 이름의 식당은 없을까. 준희는 헤매었다.

"간판을 먹으려는 거야?"

"아뇨, 무언가 새로운 음식을."

"그 음식은 무엇을 재료로 하여 어느 나라 식으로 만든 음식인지."

"나도 잘 몰라요. 하여간 새로운 음식이라는 것뿐."

"새로운 음식이라면 내가 알고 있는 게 몇 가지 있어."

"뭔데요?"

"빈대부침, 모기튀김, 거미구이."

나는 화난 목소리로 말했다.

우리는 상당히 오래 걸어다녔고, 준희는 의외로 새로운 음식을 강력하게 고집부렸고, 마침내 우리는 지쳤다고 말하며 한식집 하나를 선택했다. 그 한식집 간판은 〈식당 신선로〉였다. 한자로 쓰면 틀리겠지만 〈신선……〉은 새로운 것에 가깝지 않은가. 우리는 거기서 음식을 팔아 주기로 합의를 보았다. 그리고 식당문 앞으로 걸어갔다. 이때였다. 한 사내가 우리 앞을 가로막은 것은.

"선생님들."

우리는 동시에 흠칫 멈추어 섰다. 사내는 아주 낡은 군복과 교군모를 착용하고 있었으며 겨드랑이에 목발 한 쌍을 끼고 있었다. 그의 한쪽 발은 보이지 않았고 다만 즈봉 가달만 헐렁하게 처져 있었다. 그는 조금의 비굴한 기색도 없이 씽긋 웃으며 우리에게 손바닥을 내밀었다. 사십대의 건장한 체구였다.

나는 말없이 십 원짜리 동전 하나를 꺼내어 그 위에 얹어 주었다. 그러나 이상도 하지, 그 손바닥은 계속 우리 앞에서 떠나지 않고 있었다. 나는 또 한 개를 꺼내어 얹어 주었다. 마찬가지였다. 나는 약간 화가 났으나 참을 수밖에 없었다. 그러나 사내의 얼굴을 똑바로 쳐다보고 있었다.

"흐흐. 이봐요, 젊은이. 이래봬도 육군 중사 출신이요. 갈매기 하나에 동전 한 개씩이면 비싼가요, 싼가요."

나는 준희를 돌아다보았다. 그리고 동전이 있느냐고 물었다.

"있어요."

준희는 손지갑을 잠시 뒤적거리더니 동전 한 개를 찾아내었다. 그리고 그것을 사내의 손바닥에 얹어 주었다. 동전은 아주 새것이었다. 그래서 사내의 손바닥에 놓이자 대단히 강렬하게 한 번 반짝 빛났다. 사내는 곧 그 빛을 손바닥으로 감아쥐고,

"복받으쇼."

하고 말하며 돌아섰다.

식당으로 들어서며 준희는 낮게 웃었다. 그리고 속삭이듯 말했다.

"저 사람 참 바보예요. 육군 대위 출신이었다고 말하면 다이아몬드 한 개에 백 원씩은 받을 수가 있는 건데."

그러나 나는 잠자코 식당 벽에 붙어 있는 메뉴를 읽고 있었다.

"그만 마시세요."

그러나 나는 계속 마셨다. 주점 안은 무척 붐비고 있었다. 시끌시끌했다. 누군가는 계장 욕을 하고, 누군가는 마누라 욕을 하고, 누군가는 타락한 예술가를, 누군가는 저질 연탄을, 누군가는 악덕 운전사를, 욕하고 욕하고 욕하면서 더러는 껄껄 웃고, 더러는 분노하고, 더러는 우울해하면서 술들을 마시고 있었다. 주점 벽에는 낙서가 거미들처럼 거뭇거뭇 기어다니고 있었다.

"준희는 내가 먹었다."

나는 오늘 밤 그녀의 방종을 확인해 볼 것이다. 삼학년이 되면서부터

나와 그녀는 가까워졌다. 학보學報에 내가 게재한 수필을 읽은 다음부터 그녀는 내게 친절해진 것 같았다.

나는 아직 그녀의 입술에서 어떤 향기가 나는지도 알아보려고 들지 않았다.

"보이를 하나 꼬셔야 할 텐데."

그녀는 나와 자주 만나면서 또 다른 시간을 이용하여 이른바 헌팅에 나서곤 했었다. 청바지 한쪽 종아리를 걷어붙이고 목에는 새빨간 머플러를 나부끼면서, 니가 나를 우습게 봤다 이거지, 니가 나를…… 하는 노래를 휘파람 불며 불량 소녀 흉내를 내어 보는 것이었다.

나는 가끔 거리에서 그녀가 번번이 다른 남자와 동행하는 것을 보았었다. 그녀의 애기는 간단했다. 〈보이〉를 만들려고 꼬셔 놓고 보면 사흘도 못 가 〈뽀이〉 같아서 그만두어 버린다는 거였다. 〈보이〉와 〈뽀이〉는 내가 생각해도 확실히 느낌이 달랐다.

"그만 마시세요!"

준희가 쥐어짜는 듯한 목소리로 말했다. 그래도 나는 계속 마셨다. 그리고 취기가 어느 정도 올랐을 때 비로소 나는 술잔을 놓았다.

비틀거리면서 택시를 잡았다. 준희는 망설이고 있었다. 나는 그녀의 등을 밀면서 어디로 갈까를 생각하고 있었다.

"아파트로 가겠어요, 저 혼자."

그녀는 불안한 목소리로 말했다. 그러나 이미 그때 나는 하나의 장소를 생각해내었고 그 장소에다 그녀를 밀어넣듯 그녀의 등을 힘껏 밀어서 택시에 태웠다.

"A대학 정문 앞으로."

　나는 운전수에게 말했다. 택시는 서서히 앞으로 밀려 나가 몇 대의 차를 비켜서더니 곧장 A대학이 있는 방향으로 속력을 내어 달리기 시작했다.

　"미쳤나봐. 이 밤중에 학굔 가게."

　준희는 약간 불안이 풀어진 듯한 목소리로 혼자 중얼거렸다.

　오 분도 못 되어 택시는 우리를 대학 정문 앞까지 데려다 주었다. 우리는 내렸다.

　정문은 커다란 자물쇠로 굳게 잠겨 있었고 안으로는 쇠빗장이 견고하게 가로질러져 있었다. 그러나 수위실 옆에 붙어 있는 작은 철문은 쉽게 타넘어 들어가 안으로 걸린 고리를 벗길 수가 있었다.

　대학은 어둠 속에서, 마치 몰락하고 있는 옛궁성처럼 음산해 보였다. 거대한 건물 속에서 낮고 무거운 신음 소리라도 들려올 것 같았다.

　어이없게도 나는 대학의 모든 풍경이 죽어 있는 것처럼 생각되어졌다. 무겁게 누워 있는 건물들의 동체에서 조금씩 죽음의 냄새가 퍼져 나와 잔디밭을 메우고 잔디밭에 서 있는 조각품들을 적시고, 숲과 숲의 모든 나무들까지도 쓰러뜨릴 것 같아 보였다.

　나는 잠시 그 풍경들을 둘러보며 길과 건물과 숲과 게시판 따위들이 불안하게 속삭이는 소리를 듣고 있었다.

　우리는 숲 속으로 숲 속으로 들어갔다. 그리고 작은 빈 터 하나를 찾아내었다. 앉았다.

　"수상한 짓 하지 마세요."

　준희가 야무진 목소리로 말했다. 나는 피식 웃어 버렸다. 왜 그런 웃음이 나왔는지 나 자신도 알 수 없었다. 풀벌레가 울고 있었다. 검은 나뭇잎들 사이로 밤하늘이 내다보였고 간간이 별도 찾아낼 수 있었다.

나는 용기를 가지려고 노력했다. 그러나 이미 약해져 있었다. 내가 마신 술은 그녀를 가져 버리라고 충동질하는 대신 별로 특별한 이유도 없이 나를 우울 속으로 몰아갔다.

이따금 바람이 불어왔고, 우수수 나뭇잎이 떨어졌고, 곁에 앉은 준희의 머리카락 속에서는 비누 냄새가 났고, 정신이 자꾸 말똥말똥해져 갔다.

"내일 떠나세요?"

"떠나지."

"부럽군요, 부러워. 어디로든 도망쳐 버릴 수 있으니까."

"한숨 쉬지 마. 내 눈썹 나부껴."

나는 그녀의 어깨에 자연스럽게 손을 얹으면서 우울하다, 라고 말했다.

"우울은 젊은 사람들이 모두 걸려 있는 병이래요."

"가을에만 우울해, 고약한 병이야."

나는 그녀를 가만히 안았다. 그녀는 따뜻했으며 그녀의 입술에서는 국화 냄새가 났으며, 나는 우리 과 녀석들의 그 음흉한 달을 앞으로 절대 믿지 않겠노라 작정해 버렸다.

갑자기 통금 사이렌이 목놓아 울었고, 그 소리는 오래도록 하늘에 떠서 길게 어디론가 달아나고 있었으며 우리는 그 맹수의 을음 같은 통금 사이렌 소리를 들으며 유목민처럼 외로워져서 아무 말도 못하고 앉아 있었다.

〈엽신葉信 I〉
여기 안개는 여전하고 내 옛날의 기억도 여전합니다.

아가씨, 오늘 도착해서 간단한 짐을 풀었습니다. 호수가 보이는 여인 숙입니다. 지금 도시는 안개 속에 흐리게 지워져 있습니다. 몽환의 도시입니다. 안개는 지금 내가 살아 있는 동안에 체험했던 나의 술, 나의 방황, 나의 어둠, 나의 모든 빌어먹을 것들을 서서히 가리워 나가고 있습니다.

여기는 나 살던 곳이므로 친구도 있고 낯익은 물, 낯익은 길도 있습니다. 그러나 그것들은 역겨운 내 일상 중에서 잠시만의 위안이 될 뿐, 언제나 곁에 있어 주지는 않을 것입니다.

아가씨, 가능하면 나도 여기 머물러 있는 동안을 이용하여 나의 〈풀잎〉 하나를 꼬셔 보아야 하겠습니다.

그러나 시인詩人이여, 당신은 철저하게 고독해야만 시詩를 쓸 수 있습니다. 될 수 있는 한 자학하며 사십시오. 그러나 굶거나 몸에 상처를 입히지는 마십시오. 부디 시 속에서만, 시 속에서만 우십시오. 밤에는 깊은 잠을, 낮에는 젊은 시를. 그리고 안녕.

일요일. 임원일林原—이가.

버스는 가래 끓는 소리를 뱉으며 가파른 길을 헐떡헐떡 기어오르고 있었다. 길은 나선형으로 되어 있었고 창 밖을 내다보면 길 밑에 길, 그 길 밑에 또 길이 보였다. 길은 잘 포장되어 있었다. 한켠으로는 산이 벽처럼 버티고 서 있었으며 돌이 굴러떨어짐을 막기 위한 것으로 보이는 그물이 산을 모두 싸고 있었다. 위를 보아도 아래를 보아도 현기증뿐이었다.

버스는 천천히 좀더 천천히 아주아주 천천히 기어오르고 있었다. 승객들은 모두 숨을 죽이고 있었다. 무슨 요새로 침입해 들어가는 특공대처럼 모두모두 숨을 죽이고 있었다.

정말이지 아래도 위도 까마득했다. 만약 내 몸이 창 밖으로 튕겨져 나간다면, 저 밑 까마득한 첫째 길바닥에 떨어져 박살날 때까지 주기도문을 스무 번 정도는 외고도 아멘을 다섯 번 정도 더할 시간이 있을 것 같았다.

이런 길을 운행할 때 운전수는 위대해 보인다. 특히 이런 길을 침착하게 서행할 줄 아는 운전수는 더욱 위대해 보인다. 나는 불안하다. 왜. 차가 고물이기 때문에.

그러나 고물은 도중에서 우리를 빈대떡으로 만들지 않고 고맙게도 무사히 목적지까지 다 올라왔다.

소양댐.

나는 출사원出寫員 완장을 두르고 카메라를 멘 사람에게 시간을 물어본 뒤, 한가한 마음으로 한눈을 팔기 시작했다. 배가 떠나려면 아직 한 시간 반 가량이 남아 있었기 때문이다.

소양강 다목적 댐 안내판.

높이 백이십삼 미터.

길이 오백삼십 미터.

저폭 오백오십 미터.

만수위 백구십삼 점 오 미터.

나는 저수되어 있는 물을 보기 위해 난간으로 걸어갔다.

보라, 저 물. 호수도 강도 바다도 아닌 저 암록색의 무시무시한 물을. 거기에는 세상의 어둠이라는 어둠이 모두 괴어 있었다. 굴은 거대한 짐승처럼 구비구비 꿈틀거리며 멀리 꼬리를 산 뒤에 감추고 누워 있었다.

나는 안내판을 다시 살펴보았다. 거리 관계로 자세히 보이지는 않았지만 현재 수심이 백 미터를 넘고 있었다. 그 깊이를 상상해 보았다. 한없는 미궁처럼 생각되어졌다. 발목에 돌을 매달고 투신한다면 내려가는 동안에 지루해서 혀를 물어 버릴 지경이었다.

나는 기념탑 앞으로 돌아왔다. 기념탑은 상당히 높았다. 기념탑 밑에는 사업 개요가 적혀 있었고 총 공사비가 269억 7800만 원이라고 새겨져 있었다.

나로서는 그 돈이 어느 정도 놀라운 액수인지 금방 느껴 볼 수가 없었다. 나는 스케치북에다 계산하기 시작했다. 백이십 원짜리 소주 이홉들이를 산다면 몇 병이나 되겠는가. 나눗셈. 원래가 셈본 실력이 형편 없는 나는 상당히 오래 허우적거리며 계산을 해야 했다. 역시 하도 엄청나서 실감이 안 가는 숫자가 나왔다.

2억 2481만 6666병을 사고 팔십 원이 남았다. 도대체 이게 몇 병인가. 숫자야 나왔지만 상상이 잘 안 된다. 그래서 또 계산해 보았다. 하루에 다섯 병씩 그 소주를 마신다면 몇 년이나 걸리겠는가. 한참 만에야 답이 나왔다. 오, 이게 도대체 몇 년이냐. 나는 그만 입이 딱 벌어지고, 식은 땀이 나고 살맛을 잃어버렸다.

12만 3187년 동안 마시고 삼백구십 병이 남는다. 지옥에까지 가져가서 두고두고 마셔야 할 판이었다. 휴우. 나는 스케치북을 덮어 버렸다. 맥빠진다, 맥빠져!

맥빠지는 줄도 모르고 사람들은 댐의 풍경만 구경하고 있다. 나는 일어섰다. 그리고 다시 물을 내려다보았다. 저 무시무시한 물이 모두 소주로 보였다.

사람들은 수시로 밀려드는 관광버스에서 내려 댐을 둘러본 뒤 사진을 찍어대곤 하였다.

"이봐요, 출사원 아저씨!"

나는 갑자기 큰 소리로 사진사를 불렀다. 사진사 한 명이 내게로 뛰어 왔다. 그리고 찍겠느냐고 물었다.

"찍습니다."

사진사는 나를 보고 무엇을 배경으로 하시겠느냐고 둘었다.

"아닙니다. 내 얼굴을 찍으려는 게 아닙니다. 바로 이걸 찍어 주십시오."

나는 그 어마어마한 숫자를 손가락으로 가리켰다.

"농담은 아니겠죠."

"물론입니다."

사진사는 찍었다.

돌에 새겨진 그 현기증나는 거액의 사업비 26,978,000,000을.

사람들은 무엇을 기념하며 사진을 찍는가. 나는 내가 발견한 이 숫자의 엄청남을 기념하여 사진을 찍었다. 그리고 사진사에게 선금 반액을 지불한 다음 내 주소를 불러 주었다.

사람들은 애인과, 또는 남편과, 친구와 아니면 단체로 이 역사적인 장소에 다녀감을 기념하여 사진을 찍었을 것이다. 기념할 만한 것이 있다면 기념하라. 인간은 기념할 만한 것이 있다면 기념하라. 태어난 지 백 일이 되는 날의 고추를 기념하고, 태어난 지 일 년이 되는 날의 잔치상을 기념하고, 성년이 되어 노력 끝에 올린 결혼식, 그날의 아스파라가스를 기념하고, 주름살 가득한 얼굴로 맞이한 환갑날의 웃음, 그때 맏아들이 사준 튼튼한 틀니를 기념하라. 그리고 마침내 그대가 땅에 묻힐 때 누군가 그대의 묘비에 그대의 일생을 글 몇 줄로 기념할지니.

"사랑을 해보셨습니까?"
사내가 물었다. 배는 서서히 미끄러지고 있었다. 나는 소주를 한 컵 들이켜고 새우깡 두 알을 아작아작 씹었다.
"사랑을…… 말입니까?"
"네."
"해보았습니다. 대학을 가기 전 나는 두 해를 묵었습니다. 그때 내가 살던 퇴폐의 마을 남춘천에는 밤 열한 시 사십 분에 마지막 열차가 들어왔습니다. 주황색 불을 줄지어 밝히고 열차는 아주 천천히 들어옵니다. 두어 번 기적이 울면 나는 반드시 창을 열고 내다보았습니다. 내 집은 철로 연변에 있었으므로 기차 안에 있는 사람들의 얼굴을 비교적 자세히 볼 수가 있었습니다. 사람들은 몽환에 가득 찬 표정으로 주황색 불빛에 젖어 있었고, 그들은 아주 낯선 땅, 멀고 먼 여행에서 돌아오는 것처럼 보였습니다. 비록 한 정거장을 거쳐 이리로 오는 사람일지라도 불빛은 그를 아주 멀고 먼 여행에서 돌아오는 사람처럼 보이게 했었죠.
그런데, 그런데 말입니다. 때로는 얼굴이 갸름하고 무척 슬프게 생긴 여자가 은은한 불빛에 젖어서 나를 멍하니 내다보는 수가 있었습니다. 그 여자의 멍한 눈은 틀림없이 나를 보고 있었다고 지금도 생각되어집니다. 그런 여자가 서서히 내 앞을 스쳐갈 때 나는 어쩔 수 없이 연민에 사로잡히고 맙니다. 그러나 내가 그 여자를 볼 수 있는 시간은 아주 잠깐일 뿐이죠. 그 여자를 보여 주기 위해 열차가 일부러 내 방 창 앞에서

고장난 체해 주지는 않으니까요. 하지만 그 잠깐 동안에 나는 그 여자를
잠깐만 사랑하고 말았었죠."

사내는 내 말을 다 듣고 잠시 하늘을 쳐다보았다. 배는 탐험선처럼 이
낯선 풍경 속을 계속 미끄러져 가고 있었다.

산이라는 산은 모두 물에 가라앉고 있었다.

"사실…… 나는 누구에게든 내 아내에 관한 이야기를 좀 하고 싶었습
니다. 내 아내는……."

사내는 소주를 한 컵 마신 다음 잔을 내게 건네 주었다. 사내는 아까
부터 새우깡에는 손을 대지 않고 있었다. 안주를 들라고 권해도 네, 라
고 대답만 하고 그냥 깡소주를 들이켰을 뿐이었다.

"내 아내는 정말 굉장히 예쁩니다. 크게 웃을 때 보이는 왼쪽 어금니
끝에서 두번째 충치를 빼고는 모두 예쁘죠. 아마 지금쯤 나와서 이 배를
기다리고 있을 겁니다. 형씨는 한눈에 놀라 버리고 말 겁니다. 하도 이
이뻐서."

"술을 이렇게 많이 마셨다고 화내지 않을까요?"

"내 아내는 압니다. 내가 왜 술을 마시게 되는가를."

"형씨는 술을 왜 마시게 됩니까?"

"잊으려고."

"무엇을?"

"부끄러운 것을."

"무엇이 부끄러운데요. 물론 술에 취했다는 것이 부끄러웁겠죠."

"형씨도 읽었군요. 생떽쥐베리. 내 아내도 읽었습니다, 어린 왕자를."

사내 곁에는 수국이 한 다발 놓여 있었다. 그 꽃은 보라색으로 변해

있었다. 사내의 아내가 좋아한다는 꽃이었다. 오늘은 사내의 월급날이었고, 그래서 사내는 친구들과 왕창 한 잔 했으며 삼 차 하러 가자고 다른 술집으로 가다가 꽃집 앞을 지나게 되었는데, 수국을 보자 하도 아내가 그리워져서 그만 친구들을 잠시 따돌리고 꽃 한 다발을 사서 아내에게로 가게 되었다는 거였다.

나는 배를 탔을 때, 사내 곁에 놓여 있는 수국이 하도 탐스러워 보여서 배를 타기 전 미리 준비했던 소주를 권하며 그 탐스러운 꽃의 주인을 향해 말을 건네어 보았던 것이다.

"형씨."

사내가 묘한 웃음을 흘리며 나를 불렀다.

"말씀하십시오."

나는 이제 조금씩 취기를 느끼기 시작했다. 술의 분자가 세포 하나하나마다 젖어들어 내 살을 노을빛 혼곤으로 몰아갔다.

"만약 사람이 죽어서 다른 동물로 다시 태어날 수 있다면, 형씨께선 무슨 동물로 태어나시겠습니까?"

사내는 여전히 웃고 있었다. 하늘을 보며 웃고 있었다. 물을 보며 웃고 있었다. 나는 한참 생각에 잠겨 있다가 이윽고 사내의 물음에 대답했다.

"지렁이…… 지렁이로 태어나고 싶은데 어떨까요."

사내는 지렁이라뇨? 하고 반문했다.

"네, 지렁이로 태어나겠습니다."

"너무 조잡스럽게 한평생을 보내게 되지 않을까요?"

"형씨는 지렁이를 오해하고 계시는군요. 습기 찬 땅바닥을 오래도록 기어가고 있는 한 마리의 지렁이를 유심히 관찰해 보신 적이 있으시다면 형씨는 아실 겁니다, 아마."

"무엇을 말입니까."

"지렁이가 얼마나 외로운 동물인가를."

"형씨는 지렁이를 동정하십니까?"

"아닙니다. 사랑합니다. 너무 외로워 보여서."

"너무 외로워 보여서……."

사내는 되받아 중얼거리다 껄껄껄 웃어 버렸는데 그 웃음은 웬지 허탈이 섞여 있는 듯했다.

배는 이윽고 품걸리까지 왔다. 그리고 엔진을 끈 뒤 소리 없이 선착장으로 미끄러져 들어갔다. 하선하는 손님은 사내와 나, 둘뿐이었다.

배는 우리를 남겨두고 다시 엔진 소리를 뱉아내며 멀어져 갔다.

사내의 아내는 마중을 나와 있지 않았다.

"형씨……."

사내가 머뭇거리며 내게 악수를 건네었다.

"저는 이쪽 길로 가야 합니다. 형씨는 저쪽 길. 배 여행 즐거웠습니다."

"즐거웠습니다."

나는 사내의 손을 힘주어 한 번 쥔 다음 돌아섰다. 그리고 걷기 시작했다.

"형씨!"

몇 걸음을 옮겨 놓았을 때, 사내가 다시 내 곁으로 달려와 나를 불러 세웠다. 웬지 사내는 난감한 얼굴을 하고 있었다.

"저어…… 어려운 부탁입니다만…… 이십 미터 정도만 나를 바래다 주시지 않겠습니까?"

나는 허허 웃었다. 사내가 어린애 같아 보였기 때문이다.

"그러죠."

"고맙습니다."

사내는 물과 접한 비탈을 헤치고 앞서 걸었다. 길도 없었다. 바로 아래는 그 시커먼 물이 침울하게 출렁거리고 있었다.

"여깁니다."

사내가 멈추어 섰다. 그리고 느리게 말하기 시작했다.

"사실 내 아내 얘긴데…… 내 아내는 작년에 폐를 앓다 죽었습니다. 무덤이 바로 저 아래였는데 댐을 막은 뒤 물에 잠겨 버렸죠."

사내는 수국꽃 이파리를 뜯어 조금씩 물 위에 뿌리면서 점점 울상을 짓고 있었다.

"내 아내는 이곳에 와서 요양을 하고 있었지요. 뭐 공무원 봉급, 껌 값밖에 안 되는 걸 가지고 어떻게 내 아내를 살릴 수 있었겠소. 하여간 내 아내는 죽었지요. 그래서 치료비도 이제 들지 않게 되었고, 나는 그 돈으로 술을 다시 마실 수 있게 되었습니다. 창녀도 살 수 있게 되었습니다. 아내를 위한 꽃도…… 죄송합니다. 형씨, 혼자 있고 싶군요."

사내가 다시 내게 악수의 손을 내밀었다. 나는 가만히 그의 손을 잡았다. 안녕을, 그리고 너무 슬퍼 말기를…….

나는 사내를 거기 홀로 남겨 놓고 아까의 길로 되돌아왔다. 무심코 뒤를 돌아다보았을 때, 막막한 물, 뱃길 한 시간 사십 분으로 여행하면서 내가 뿌려 놓은 회상과 아픔 들이 은빛 물무늬로 잔잔하게 일렁거리고 있었다. 걸었다. 길에는 수없이 많은 비단개구리들이 펄쩍펄쩍 뛰어다니거나 교미에 열중해 있거나 창자가 터져 나자빠져 있었다. 물에 잠긴

산, 물에 잠긴 마을, 그러나 아직도 이 길은 잠기지 않은 어느 마을에론 가 통하고 있을 거였다.

몇 걸음 물가로 이어진 길을 따라 걷다가 나는 낚시질하는 소년 하나 를 발견하고 걸음을 멈추었다. 녀석은 싸리가지 끝에다 실을 맨 원시인 의 낚싯대로 저녁 찬거리를 낚아올리고 있었는데, 녀석의 솜씨가 좋은 지 아니면 고기들이 덜 약아서인지, 던지면 척척이었다. 손바닥만한 붕 어들이 퍼덕퍼덕 낚여오르는 것이다.

"어이, 소년 강태공 말 좀 묻겠노라."

녀석은 인기척을 듣고 돌아다보았다. 까맣게 그을은 얼굴이 산골 아 이답게 순박해 보였다.

"여기가 바로 품걸리일 터이니, 품안 국민학교로 가려면 어떻게 어느 쪽으로 가면 좋은가."

"품안리 말이지유?"

"옳거니."

"곧장 가다가 오른쪽 길로 꺾어가서는유, 또 한참 걸으믄 품안리루 가는 데여유. 중간에 핵교 또 하나 있어유. 그거는 품걸 국민핵교구, 거 기 들어가서 물어보믄 알아유. 품안 핵곤 품걸 국민핵교 분교니께."

녀석은 자상하게 일러 주고 다시 원시인의 낚싯대를 맵시있게 던졌다.

"고맙노라."

나는 일러 준 대로 곧장 걸었다.

나무들은 노을 속에 활활 타고 있었다. 화냥년 속가슴처럼 활활 타고 있었다.

작은 마을이 보였을 때 나는 더욱 걸음을 빨리하였고, 지금 기분으로 말하면 객지 생활 몇 년 만에 알거지가 되었어도, 정든 곳이 보이자 마음 놓이는, 한 시골의 청년이 된 것과 흡사하였다.

마을마다 파란 저녁 연기가 오르고 있었다. 좁은 산길을 타고 아이들과 함께 몇 마리 소들이 귀가하고 있었다.

나는 그림자를 길게 끌며 마을 어귀로 접어들었다. 개들이 달려나와 짖고 있었다. 낟가리 밑에 모여 있던 아이들이 지대한 관심이 서려 있는 눈초리로 빤히 나를 쳐다보고 있었다.

나는 아까 소년 강태공이 일러 준 대로 오른쪽 길로 꺾어들어서 한참을 곧장 걸어갔다.

하늘에 해는 보이지 않았고 서녘 산머리가 붉게 노을져 있었다. 거기 노을진 자리를 가로질러 몇 마리 새들이 어디론가 헤엄쳐 가고 있었다.

〈품걸 국민학교〉

이윽고 학교를 만났다. 나는 마치 초도순시 나온 교육감처럼 교문 앞에 턱 버티고 서서 현판을 읽었다.

품, 걸, 국, 민, 학, 교.

그 다음 보무도 당당하게 운동장을 가로질러 곧장 교무실을 향해 걸어 들어갔다. 그러나 교무실은 자물쇠가 걸려 있었다.

숙직실이나 사택이 있을 테지. 나는 찾기 시작했다. 쉬웠다, 찾기가. 교실 세 칸짜리 학교 바로 뒤에 교실 한 칸짜리만한 집이 한 채 있었고, 거기 문 위에 숙직실이라고 쓴 문패가 걸려 있었다.

"실례하겠습니다."

곧 문이 열렸다. 전형적인 일선 교사 차림의 사십대 남자 한 분이 얼굴을 내밀었다.

"안녕하십니까."

"수고하십니다."

"저어, 품안 분교를 찾아가는 길인데요."

"아, 그러시군요. 거기 누굴 만나러 가십니까? 실례지만."

"탁인국이라고, 제 동창입니다."

"아아, 탁 선생님. 계십니다. 그런데 시간이 어떻게 될지. 곧 날이 어두워지고 더구나 초행이실 텐데. 길이 가파른 산길이라 놔서."

"뭐, 젊으니까요."

"그러믄 말이죠. 저기 뵈는 저 길로 계속 올라가시면 세 갈래 길이 나옵니다. 오른쪽 길로 가세요. 저 산을 넘고 나면 신작로가 나오고 신작로 건너편에 또 산이 보일 겁니다. 그 산을 또 넘으셔야죠. 신작로에서 보면 밤에도 길은 잘 보입니다. 그런데 원체 험준해서 원."

"괜찮습니다. 몇 시간이나 걸릴까요?"

"다섯 시간쯤 걸릴 겁니다. 밤중에, 아니 어쩌면 새벽에 도착하시겠군요."

그래도 가야죠, 라고 말한 뒤 나는 인사하고 돌아섰다. 휘파람을 불면서 개울을 건넜다.

산길을 타고 오르면서 나는 벌레들의 낮은 울음 소리와 나뭇잎 서걱거리는 소리와 뱀들이 굴로 돌아가고 있는 소리를 들었다.

어두워지고 있었다. 멀리서 개울물 소리가 들려왔다. 나뭇잎 썩는 냄새가 나고 있었다.

자꾸만 오르막이 계속되었고 산길은 가도가도 끝이 없었다. 길은 좁았으며 신경을 곤두세우지 않으면 잃어버리기 십상이었다. 나는 숨이 차오르는 것을 의식하면서 잠시 바위에 주저앉았다.

사람의 그림자라곤 찾아볼 수가 없었다. 댐이 생기고 길이 없어지자 사람들은 이렇게 산에다 신발 하나 크기의 길을 새로 만들고 있는 중이었다. 나는 담배 한 대를 피우고 다시 걷기 시작했다.

달이 떠오르고 있었다. 가을 하늘 위에 뜬 달은 마음 착한 새댁의 손으로 잘 닦아 놓은 놋그릇처럼 말갛게 빛난다는 것을 나는 잘 알고 있었지만, 달을 자세히 볼 수는 없었다. 울창한 삼림뿐 하늘은 잘 보이지 않았고 다만 가랑잎 위에 떨어진 달빛의 잔해만 볼 수 있을 뿐이었다.

나는 산을 하나 넘었고 무릎이 까지고 얼굴이 긁혀 쓰려왔고 옷도 찢어져 있었으며 발바닥은 물집이 생겨 따끔거리고 있었다.

나는 산과 싸웠다. 산의 고요와 싸웠다. 산짐승들의 울음과 등뒤로 서리는 나의 참혹함과 싸웠다.

그리고 이제 두 개의 산을 넘어 내리막길로 접어들고 있었다. 여기서부터 길은 좀 평탄해져 있었다. 사람들의 왕래가 잦았던 모양이었다.

나는 소금물 머금은 배추잎처럼 축 늘어져서 비틀거리며 내려가고 있었다. 어디선지 밤새가 울었다. 어디선지 바람이 내게로 오고 있는 소리를 들었다. 나는 다리가 아프고 온몸이 무거워 왔다. 그래도 나는 걸었다. 임무처럼 걸었다. 숙명처럼 걸었다.

그리고 마침내 나는 산 아래 마을까지 당도하였다. 마을은 불이 모두 꺼져 있었고 개들만 잠이 깨어 요란하게 짖어댔다.

학교를 찾기는 쉬웠다. 마을의 끝에 양옥집 같은 학교가 잠들어 있었다. 〈품결 국민학교, 품안 분교〉

나는 친구의 환성을 생각하며, 그 동안 이 첩첩 산골에서 고독만 질겅 질겅 씹었지, 엄살을 떠는 얼굴을 생각하며 숙직실을 찾았다. 불이 켜져 있었다.

"실례합니다."

그러나 문을 연 것은 친구가 아니었다. 나이가 좀 많아 뵈는 남자 선생님 한 분이었다. 나는 인사하고, 친구를 만나러 왔음을 설명했다.

"아, 탁 선생님. 오늘 애인이 서독 간다고 배웅차 춘천으로 나가셨는데요. 아시겠지만 탁 선생 애인은 간호원 아닙니까. 교장 선생님과 사이가 좋지 않아 본교에 알리지도 않고 슬그머니 떠났어요. 아마 모레쯤 들어올 겁니다. 누추하지만 방으로 들어오시지요. 길이 혐해서 고생 많으셨을 텐데. 네."

〈엽신葉信 Ⅲ〉

생각 속의 그 무엇이 나를 그리로 가게 했던가.

기진해서 내가 당도했을 때, 만나야 할 사람은 거기 없었고 자옥한 물소리만 남아 있었습니다.

이튿날 아침. 하늘 아래 첫동네 깊은 산중은 가을이 더욱 차게 당도해 있었고 잎들은 벌써 우수수 지고 있었습니다.

아 그러한 아침 한때의 아리인 기억을 얼굴에 적시면서 나는 왔던 길을 혼자 되돌아가고 있었습니다.

이윽고 맞이하는 깨우침도 무상한 하늘이며 바람이며 굴에 있었고 나는 시종 말이 없었습니다. 배편으로 기나긴 시간을 띄워보내며 마침내 나도 물이 되었습니다. 다시 또 쓰게 되기를.

목요일. 임원일林原一이가.

〈엽신葉信 V〉

오늘 신문을 보았습니다. 내일 아가씨를 보게 될 것입니다. 이제 대학
이 문을 열게 되었으므로.

벼르고 별러서 한 번 가보려던 아버지의 무덤을 오늘까지도 못 가보
았습니다. 내가 아버지 앞에 나타나기가 아직도 부끄럽고 두렵습니다.

이제야 나는 알겠습니다. 이 세상에서 가장 철저하게 불행했고 가장
철저하게 고독했던 사람이 바로 내 아버지였음을. 나는 아버지의 훈장
을 열심히 닦으며 내 어리석었음과 죄 많았음을 곰곰이 생각해 볼 계획
입니다. 또다시 우울합니다. 그러나 내일은 우리 다시 만나고 우리들 이
마에 서린 우울을 서로 한 겹씩 걷어내어 줍시다.

돌아갈 준비중에. 임원일林原一이가.

다시 개강은 시작되었다. 우리는 가방 속에 화구들을 처넣고 두꺼운
노트와 함께 대학의 문을 드나들기 시작했다.

새벽이 되어도 여전히 잠은 오지 않았다. 잠이 오지 않았고, 잠이 오
지 않았으며, 잠이 오지 않았다. 빌어먹을. 이제 나는 신경질이 나기 시
작했다. 살갗 전체에 꺼끌꺼끌한 털이 돋아나고 있는 듯한 기분이었다.
머리맡을 더듬어 형광등 스위치를 찾아냈다. 그것은 책상다리에 부착되
어 있었다. 딸깍, 손가락을 밀어올리자 잠들었던 형광등이 몇 번 깜짝깜
짝 놀라는 시늉을 했고 이어 방 안이 확 밝아지면서 모든 사물들이 한꺼

번에 알몸을 드러내었다. 나는 일어섰다. 그리고 우리에 갇힌 한 마리 야행성 동물처럼 방을 어슬렁거리기 시작했다.

방 안은 아주 잘 정돈되어 있었다. 불과 몇 시간 전만 해도 시장 부근의 공동 쓰레기장을 방불케 하던 내 방이었다. 그러나 지금은 마치 남자 친구를 처음 방으로 불러들이는 날의 가정과 일학년 여학생 방처럼 말끔했다. 밤중에 나는 대청소를 실시했던 것이다. 공연히 재미도 없는 논문집을 뒤적거려 보기도 하고, 반듯이 누워서 천정의 사방 연속무늬를 모조리 세어 보기도 하고, 별로 친하지도 않은 사람에게까지 편지를 써 보기도 하다가 도무지 잠이 오지 않아서 대청소를 실시하게 되었던 것이다. 책이며, 옷가지며, 화구畵具며, 소줏병들, 제자리에 있어야 할 것들이 모두 방바닥으로 쏟아져 나와 뒹굴던 나의 실내를, 그 너저분하고 무질서한 나의 일상, 나의 껍질, 나의 비틀비틀, 그것들을 나는 정돈해 보았던 것이다.

그러나 이 발가벗겨진 듯한 썰렁함이여. 이제 모든 사물들이 모두 나를 떠나서 저희들끼리만 시침 뚝 떼고 단정하게 제자릴 잡고 앉아 있다. 혼자 사는 남자의 삭월세 오천 원짜리 단간방은 좀 지저분하게 어질러 놓을 필요가 있다. 허전하지 않기 위해서. 어질러져 있을 때는 그래도 덜 허전한 마음이었다.

나는 묵은 노트 한 권을 책꽂이에서 뽑아냈다. 그리고 집히는 대로 몇 장을 뜯었다. 그 다음 아주 잘게 찢어서 방바닥에 뿌리거나, 구겨서 이리저리 던져 놓거나, 두어 겹으로 접어서 팽개쳐 놓았다. 확실히 좀 덜 허전한 기분이었다. 나는 천천히 걸어서 창가로 갔다.

밖에는 계속 비가 내리고 있었고 언덕 아래 잠들어 있는 도시는 유리

창 속에 조금 흔들리고 있었다. 이따금 빗물에 젖은 도시의 불빛들은 투명기법의 수채화 물감처럼 번져서 혼합되거나 해체되면서 떠다니고 있었다. 도시는 녹아내리고 있었다. 문드러지고 있었다. 침몰하고 있었다. 나는 한참 동안 움직이는 도시를 내다보다가 다시 책상 앞으로 돌아왔다. 뭐 별로 읽어 볼 책도 없었다.

서랍을 하나하나 열어 보았다. 모두 잘 정돈되어 있었다. 그러나 서랍 속에는 소중한 비밀도 값 나가는 물건도 들어 있지 않았다. 나는 두 개의 서랍을 빼어 그 안에 든 물건들을 방바닥에 좌르르 쏟아 놓았다. 그리고 빈 서랍을 도로 꽂아 놓았다.

거울 앞에 서 보았다. 거울 속에는 말라빠진 젊은 놈 하나가 들어 있었다. 놈의 얼굴은 병색이 짙어 보였으며 놈의 눈썹 언저리에는 우울이 주렁주렁 매달려 있었다. 나는 놈을 향해 웃음을 던지고자 했다. 그러나 놈은 오히려 울상을 짓고 있었다. 웃어라, 자식아. 웃어, 웃으라니까. 웃겨 주렴. 웃기네. 자식, 잠이나 자라. 나는 입김을 불어 놈의 얼굴을 지워 버리고 그 위에 유방이 달린 개구리 한 마리를 그려 놓았다. 그 다음 또 할 일이 없어져 버려서 잠시 멍청하게 서 있기만 하였다.

몇 시나 되었을까. 궁금하여 포켓용 라디오를 틀어 보았다. 아무것도 방송되지 않았다. 다만 라디오 속에는 쏴아 하는 강물 소리만 가득 들어차 있었다. 언젠가는 아침 방송이 시작될 터이므로 나는 그 강물 소리를 흘러가는 데까지 흘러가도록 내버려두었다. 정말 몇 시나 되었을까. 짐작컨대 세 시 정도일 것이다.

나는 잠을 청하려고 애를 썼다.

도무지 잠이 오지 않았다.

벽에 걸린 뻐꾹시계를 쳐다보았다. 오 분 전 네 시였다. 언제나 통금 해제 오 분 전을 가리키는 시계.

시계는 약 한 달 전부터 절명해 있었다. 도무지 시간이 맞지 않아서 몇 번이나 병원을 드나들었고, 그러다 마침내 노망까지 들어서 태엽을 감아 줄 기분조차 들지 않는 고물이었다. 산 지 일 년도 채 못 되어 치료비가 몸값보다 더 많이 허비된 고물이었다.

노망이 들기 전까지는 그래도 사랑해 줄 건덕지가 한 가지는 있었다. 이 시계는 뻐꾹시계였던 것이다.

한 시에는 뻐꾹.

두 시에는 뻐꾹, 뻐꾹.

세 시에는 뻐꾹, 뻐꾹, 뻐꾹.

그렇게 울 줄 알았던 것이다. 비록 기계이긴 하지만 목청만은 아주 청승맞아서, 늦은 봄 햇살 따가운 내 고향 뒷산, 솔밭에서 슬피 울던 진짜 뻐꾸기를 무색케 할 정도였다. 놈이 그렇게 울 수 있는 기계만 아니었더라도, 나는 놈을 내 방으로 데려오기 위해 거금 팔천 원을 아낌없이 지불하진 않았을 거였다.

"중고품이긴 하지만 시간은 기차게 잘 맞을 겁니다. 좋은 시계 사신 겁니다. 네, 안녕히 가세요."

망할 자식. 나는 그 새파란 점원 녀석의 말을 전적으르 믿었었다. 그러나 채 석 달이 못 되어 이 중고품은 시름시름 앓기 시작했다. 이십 분씩이나 늦게 가는 것이다. 그리고 한 달 정도 더 지나서는 숫제 열중 쉬어.

나는 하는 수 없이 믿는 도끼에 발등을 찍힌 기분으로 시계를 싸들고 그 시계점을 찾아갔다. 그러나 옛날의 그 자리엔 옛날의 그 사람들이 살고 있지 않았다. 시계점은 어느새 꽃집으로 둔갑해 있었고, 새파란 점원 녀석 대신에 늙수그레한 중년 남자가, 시계 대신에 밝은 꽃들이 나를 기다리고 있었다.

그후 나는 수시로 시계 병원을 드나들었다. 시계는 치료를 받고 돌아오면 기특하게도 한 달 정도는 제대로 바늘을 움직여 주었다.

그러나 어느 날 갑자기였다, 시계가 노망을 부리기 시작한 것은. 병원에 갔다온 지 얼마되지 않았는데 시계가 노망을 부리기 시작한 것은.

그날은 일요일. 나는 약속도 특별한 계획도 없었더랬다. 그저 레포트 하나를 쓰는 일로 오전을 보냈었더랬다.

그날 나는 늘어지게 낮잠을 잤다. 자고 일어나 시계를 보았을 때 시계는 정각 두 시를 가리키려 하고 있었다. 습관적으로 나는 은연중에 들려올 두 번의 뻐꾸기 울음을 의식하게 되었다.

(뻐꾹. 뻐꾹.)

내 눈은 시계의 분침을 눈여겨보고 있었다. 라디오에서 곧 〈정확하고 멋있는 오리엔트 손목시계가〉 자신 만만하게 정각 두 시를 시보했다. 그래도 내 뻐꾹시계는 한참 동안 울지 않았다.

(뻐꾹. 뻐꾹.)

나는 분침에 시선을 매달고 기다리면서 시계를 못마땅하게 생각하고 있었다. 정확하게 잘 맞는 시계는 얼마나 주인을 흐뭇하게 만드느냔 말이다.

정확하고 멋있는 오리엔트 손목시계의 시보가 있고 약 삼 분 정도가 지나서야 내 뻐꾹시계의 분침은 12로 완전히 겹쳐들게 되었다.

(뻐꾹. 뻐꾹.)

당연히 그렇게 두 번 울 것이다. 오직 그것만이 내 시계의 자랑이다. 울어라, 정확하지는 않지만 멋은 있는 나의 뻐꾹시계여.

그러나 이 무슨 해괴한 사건인가.

(뻐꾹. 뻐꾹.)

정말 그렇게 울었을까.

아, 아니었다. 그것은 시계의 노망, 시계의 주착, 시거의 종말이었다. 놈은 이렇게 울었다.

띠리리리리, 빽…… 뻐, 뻐, 뻐, 틱!

망할! 그리고 또 한참 있더니 한 스무 번 정도를 계속 울어젖혔다. 한꺼번에 하루치를 몽땅 울어 버리겠다는 듯이—뻐꾹뻐꾹뻐꾹뻐꾹…… 어이가 없는 노릇이었다. 뭐 저 따위가 다 있어. 나는 입을 벌린 채 오랫동안 시계를 노려보았다. 놈의 그 증상은 매시간 계속되었다. 그러나 나는 기계에 대해서는 맹물이었으므로 속수무책, 그대로 내버려두는 수밖에 없었다.

그날 이후 나는 놈에게 태엽을 감아 주지 않았다. 따라서 놈은 관상용 시계가 되어 버린 것이다.

그러나 오늘, 이렇게 잠이 안 오고 시간이 풀어진 국수가닥처럼 맥적을 때 놈을 발견한 것은 얼마나 다행스런 일인가. 나는 놈을 방바닥에 끌어내렸다. 한 번 고쳐 볼 심산이었다. 불가능이란 없다. 지당하신 말씀. 나는 이 노망한 기계를 고치는 데 필요하다고 생각되는 것이면 모조리 꺼내 놓았다. 드라이버, 송곳, 족집게, 칼, 손톱깎기(여기엔 쓸 만한 도구들이 몇 개 끼어져 있었지만), 옷핀, 펜촉 등등. 그 다음…… 캔트 4절지 스케치북 한 장을 뜯어 방바닥에 깔았다.

우선 뒷뚜껑을 열었다. 그리고 드라이버로 몇 개의 나사를 뽑아내어 케이스와 기계를 완전히 분리해 놓았다. 뼈와 내장이 드러난 이 늙은 시계는 아주 볼품 없어 보였다. 나는 돌팔이 의사가 희귀병 환자를 뉘어 놓고 짐작으로 병명을 때려잡은 뒤, 사람이야 죽건말건 내장을 꺼내 놓고 보자는 식으로 드라이버와 칼과 송곳과 손톱깎기 따위의 수술기구들을 무자비하게 시계 속에 쑤셔박기 시작했다.

몇 개의 나사와 톱니바퀴와 철판이 뜯겨져서 하얀 종이 위에 정돈되었다. 용수철이, 쇠막대가, 강철지환이 뜯겨져서 하얀 종이 위에 정돈되었다. 잘 안 빠지는 것은 송곳을 디밀고 망치로 두드려 빼기도 했다. 분해하기는 쉬웠지만 생각보다 부속들은 정교하고 다양했다. 나는 마치 시계와 전투를 벌이듯이 땀을 뻘뻘 흘리고 안간힘을 쓰고 발버둥을 쳤다. 그리고 마침내 시계는 골격만 남게 되었다. 나는 득의만만해하면서 시계의 노망이 어디서 발생했는가 뒤적거려 보았다. 그것은 쉽게 발견되었다. 그것은 따로 하나의 톱니바퀴군을 형성하면서 시간에 따라 횟수를 변경하여 좌우로 움직이게 되어 있는, 놋쇠판의 조임나사가 헐거워져서 일어난 현상이었다.

놋쇠판은 열두 개의 톱니가 붙어 있었다. 그리고 그 톱니는 뻐꾸기 울음의 횟수를 조정하는 것이 틀림없었다. 그 톱니는 태엽과 연결지워진 톱니바퀴와 상관관계를 가지고 있었으며, 시간에 맞춰 놋쇠판은 탄력있는 고무공 하나를 누르도록 만들어져 있었다. 물론 고무공을 누르면, 그 곁에 붙어 있는 나팔이 청승을 떨도록 만들어져 있었다. 누르면 빽, 놓으면 꾹.

나는 조임나사가 풀어져 제멋대로 움직이던 놋쇠판을 바로잡은 뒤 있는 힘을 다하여 조임나사를 바른편으로 틀었다. 그리고 톱니를 하나하나 조정하며 고무공을 눌러 보았다.

뻐국, 뻐꾹, 뻐꾹.

정말 신통했다. 띠리리리…… 고장났을 때의 이 소리는 헐거워진 놋쇠판이 톱니 위를 그대로 지나가는 소리였다. 그러나 이제 걱정 없었다.

자, 이제 조립할 차례다.

나는 이마에 맺힌 땀을 닦아내고 부속품들을 역순으로 맞추어 나가기 시작했다.

그렇지만 몇 개 못 맞추고 나는 당황하지 않을 수 없게 되어 버렸다. 아무리 맞추어도 헐겁거나 맞물리지 않거나 틀어졌기 때문이다. 십 분도 못 되어 내 머리는 혼란에 빠지고 말았다.

맞추고 뜯고 맞추고 뜯고 —를 수없이 되풀이했다. 나는 분해할 때보다 더 발악적으로 시계와 싸웠다. 시계 속에 내 온몸을 밀어넣을 듯이 하고 기나긴 시간을 등뒤로 보냈다. 자꾸만 비지땀이 흘렀다. 그야말로 고전분투였다. 신경질, 신경질, 신경질.

이윽고 언덕 아래의 도시로부터 사이렌 소리가 들려왔다. 나는 점점 긴장이 풀어지고 있었다. 그 사이렌 소리는 상당히 오랫동안 지속되었고, 지속되어 있는 동안은 모든 시간이 정지해 있는 것 같았다. 나는 시계의 문자판을 뒤집어 보았다. 여전히 오 분 전 네 시였다. 나는 오 분을 당겨 주어 정각 네 시로 맞추어 놓았다. 나는 이제 지쳐 버렸다.

문득 배가 고팠다. 내가 이 시계를 완전하게 조립하는 것은 불가능하다. 불가능이란 있다.

나는 시계의 부속과 뼈대를 서랍 속에 처박아 버렸다. 그리고 속이 빈 시계 케이스를 벽에 반듯하게 걸어 놓았다.

그것은 이미 시계와 상관 없는 무엇이었다. 내장을 모조리 파먹힌 어떤 것의 시체였다.

그 속에는 시간이 없었다. 그 속에는 약속이 없었다. 그 속에는 다만 공허뿐이었다. 나와 함께 두 해를 살아 온 그 일금 팔천 원짜리 뻐꾹시계는 이제 영영 살아나지 않을 거였다. 그 속에는 내 일상의 회의와 절망과 곤혹, 아니면 썩어 버린 시간이 가득 들어 있는 것 같기도 했다.

배가 고프군. 나는 방구석에 놓여 있는 두꺼운 마분지 상자 앞으로 걸어갔다.

그리고 상자에 인쇄되어 있는 〈삼양三養. 쇠고기. 주의. 햇빛과 습기를 피해 주십시오. 50食入 삼양식품공업주식회사〉 따위의 글자들을 무심코 읽은 다음 그 속에서 문명인의 대용식사 한 봉지를 끄집어냈다.

그것을 싸고 있는 비닐 포장지에는 친절하게도 조리법이 자세히 적혀 있었고, 계란과 파를 곁들여 먹으면 더욱 맛이 난다는 조언까지 첨부되어 있었다.

그러나 이미 나는 자취 생활 삼 년 가까이를 그 문명인의 대용식사와 친분을 돈독히 해왔고, 조리법은 물론 달리 후라이팬에 튀겨먹는 법, 밥솥에 쪄먹는 법, 전골해 먹는 법까지도 아울러 잘 알고 있었다. 뿐만 아니라 계란과 파보다는 메추리알 몇 개와 생미역 무침을 곁들여 먹을 때가 더더욱 맛이 난다는 사실까지도 알고 있을 정도였다.

하지만 나는 남비에 그냥 끓여먹기로 작정하지 않을 수 없었다. 계란이나 메추리알은커녕 개미알 한 개도 나는 준비해 두지 않았으니까.

창자여, 잠깐만 기다려다오. 참을성이 있어야지. 나는 남비에 물을 붓고 석유 곤로에 불을 붙였다. 그리고 물이 끓기를 기다려 보오들레에르의〈나심裸心〉오십삼 페이지를 펴들었다.

젊은 작가가 자기의 첫 교정校正을 보는 날, 그는 마치 처음 매독에 걸린 학생처럼 자랑스러운 것이다.

물과 카드와 손금 등등으로 하는 점술占術에 관한 장章을 잊지 말 것.

여자는 영과 육을 구별할 줄 모른다. 마치 짐승처럼 단순하기 짝이 없다. 익살꾼은 말할지도 모른다. 하기야 육체밖에는 없으니까, 라고.

몸치장
에 관한 일 장章.
몸치장의 도덕성.
몸치장의 교묘함.

교수와,
판사와,
대신들의
잘난 체 뽐내는 꼴.

오늘날의 희한한 거인들.
르낭.

훼도.
오끄따브 훼이에.
스꼴.

　신문 편집장들, 뷰로, 우쎄에, 루이, 지라르당, 때끄시에, 드 까론
느, 쏘라르, 뛰르강, 다로.
　쌍놈들의 명단. 첫머리에 쏘라르.

이름이 상당히 보들보들한 느낌을 가진 보오들레에르는 상당히 거칠
게 말하고 있다. 이름을 꺼끌레에르로 고치는 게 좋지 않을까.
나는 몇 장을 훌쩍 뛰어넘어 보았다. 칠십일 페이지가 나왔다.

　이끼를 넉넉한 냉수 속에 열두 시간 내지 열네 시간 동안 적셨다가
물을 버릴 것. 이끼를 두 리트르 물 속에 넣어 약한, 변함 없는 불로
끓이기를 두 리트르 물이 한 리트르로 졸아들 때까지 하고, 겉거름을
걷을 것. 이렇게 된 다음 이백오십 그람 흰설탕을 넣어서 시럽 액체
처럼 진하게 만들 것. 다음 다시 식힐 것. 썩 큰 입 숟갈로 세 번, 아
침 낮 저녁으로 먹을 것. 발작發作이 너무 잦을 때에는 걱정 말고 양
을 불려도 좋다.

　대단한 악담가이시군. 나는 이 부분을 읽으면서 라면 조리법을 연상
했었다. 어딘가 흡사한 부분이 있었다. 끓는 물 육백 cc에 라면을 넣고
삼 분 정도 기다릴 것, 다음 스프를 넣고 일이 분 정도 더 기다릴 것, 구

미에 맞춰 계란이나 파를 곁들이면 더욱 맛이 남, 너무 불어터져서 먹기 거북하면 개에게 주어도 좋다…….

나는 몇 페이지를 더 읽다가 책을 덮었다. 남비의 물은 아직도 끓지 않고 있다. 무료하다. 무엇을 할까.

내가 잠시 망설이고 있을 때 갑자기 라디오의 쏴아 하는 강물 소리가 뚝 그쳤다. 나는 반사적으로 뻐꾹시계가 걸려 있던 벽을 쳐다보았다. 거기 껍질뿐의 시계가 덩그마니 걸려 있었다. 밤새도록 주어 나간 나의 시간이, 그 시간의 잿가루가 껍질뿐의 시계 속에 가득 쌓여 있는 것을 나는 보았다. 곧 라디오 속에서는 아나운서의 건강한 목소리가 흘러 나왔다.

애청자 여러분 안녕히 주무셨습니까. 오늘 하루도 여러분의 가정에 행운과 웃음이 같이하길 빌면서……. 아나운서의 인사말이 끝나고 연이어 애국가가 조용히 연주되었다.

> 동해물과 백두산이 마르고 닳도록
> 하느님이 보우하사 우리 나라 만세
> 무궁화 삼천 리 화려 강산
> 대한 사람 대한으로 길이 보전하세

나는 경건한 마음으로 애국가를 모두 들었다. 그 내 나라의 노래는 엄숙하고 다감했다. 한참 동안을 내 살 속에 스미어 보이지 않는 힘과 믿음이 되어 주었다. 이제는 이른 아침, 우울해하지 말 것. 그러나 깊은 생각도 버리지 말 것. 밖에는 여전히 비가 내리고 있었다. 나는 다시 한 번 속이 텅 빈 시계를 바라보았다. 그리고 지난밤의 허무를 되씹으면서 오래도록 방 가운데 멍하니 서 있었다.

비는 아직도 그치지 않고 있었다. 생각건대 마지막 가을비가 될 거였다. 이 비가 끝나면 날씨는 싸늘해지고, 그러면 겨울이 오는 것이다.

나는 품 속에서 쇠붙이 하나를 꺼내었다. 그것은 식어 가는 새벽 형광등 불빛에서도 순금의 광채로 번쩍이고 있었다. 바로 아버지의 훈장이었다. 나는 그것을 부드러운 헝겊으로 닦기 시작했다.

3. 환생집幼生集

어느 날, 낯선 녀석 하나가 아주 퇴폐적인 모습으로 우리 대학 회화과 繪畵科 삼학년 강의실에 나타났다.

아무렇게나 헝클어진 머리카락, 색 바랜 청바지, 낡아빠진 가죽 잠바, 다부진 어깨, 까무잡잡한 얼굴, 담뱃불로 지진 자국이 여기저기 보이는 팔뚝—뭐 그리 좋은 인상은 아니었다.

유랑극단 기도로나 취직하면 아주 잘 어울릴 모습이었다. 특히 눈이 까투리를 노리는 치악산 삵괭이 눈처럼 날카로와 보여서, 만약 그가 유랑극단 기도를 실제로 맡게 된다면 어느 마을 불량배도 시비를 걸어올 엄두를 못 낼 것 같았다.

처음 우리 과에 나타난 그날, 녀석은 강의 시작 오 분 전을 이용하여 누가 권유치도 않았는데 스스로 강단에 올라가, 우리에게 허리를 굽히고 정중한 인사를 올렸다.. 그리고,

"노환철이라고 합니다. 작년에 사범대학을 졸업하고 한 일 년 애들한테 사기 좀 치다가, 싫증도 나고 눈꼴 사나운 것도 많고 해서 이 대학에 편입해 버렸습니다. 앞으로 잘들 친해 봅시다."

어쩌구하면서 대충 자기 소개를 끝낸 뒤 태연자약하게 제자리로 돌아
갔다.

녀석은 어딘가 자신만만한 데가 있었고 또 어딘가 좀 성질 사나운 데
가 있어 보였다. 강의실 안은 잠시 웅성거렸다. 그리고 그 웅성거림 속
에서 누군가,

"저치 더럽게 건방진데, 이따가 손 한 번 볼까."
라고 말하는 소리가 똑똑히 들려왔다.

그날 강의가 다 끝나고, 체격이 좋은 우리 과 학생 하나가 녀석의 팔
을 잡고서 도서관 뒷산 숲으로 들어갔고, 그 뒤를 역시 성질이 그렇고
그런 동료 몇 명이 스적스적 따라서 들어갔다.

나는 대출했던 《르 끌레지오》를 반납하고 나오는 길에 그들을 보았
다. 그리고 문득 호기심이 일어 나도 그리로 걸음을 옮겼다.

녀석은 당당하게 팔짱을 끼고 약간 두 다리를 벌린 채 곧게 서 있었
고, 그 앞에 녀석을 끌고 왔던 몇몇이 실실 웃음을 흘리며 녀석에게 시
비를 걸고 있었다.

"그래서 형씨께선 우리가 우습게 보인다 이거지."

"별말씀을."

"겁도 없으시군. 가지고 있는 이빨 다 솎아내도 서른두 대야. 한 대에
얼마씩으로 지불해 드릴까."

"별말씀을."

녀석은 조금도 굽히는 기색이 없었다. 오히려 끌고 온 쪽이 약간 밀리
는 추세였다. 그러나 홈 그라운드의 이점이라는 게 있고 응원군이 있고,
뒷세가 있다.

“깟버려!”

누군가 야무지게 뱉았다.

“원 별말씀을.”

녀석은 팔짱을 낀 채 여유있게 두어 걸음 물러섰다—가 아니었다. 물러서는 듯했지만 녀석은 번개같이 몸을 날려 이단옆차기로 앞에 있는 놈의 면상을 걷어차 버리고, 동시에 한 놈의 팔을 낚아채더니 재빨리 비틀어 꺾어 버렸다. 대단한 솜씨였다.

“좋아.”

내가 말했다. 그림 그리는 녀석치고 이럴 때 흥분 안하는 녀석이 어디 있을까. 나는 조금씩 몸이 근질근질해지기 시작했다.

“이거 못 놔.”

팔을 잡힌 놈이 이를 한 번 빠드득 갈아붙이며 소리쳤다. 그러나 녀석은 상대편이 움직이는 데 따라 이리저리 방향을 바꾸면서 절대로 그 팔을 놓지 않았다.

한 놈이 휙 하고 녀석에게로 몸을 날렸다. 순간 녀석이 휘청 한 번 몸을 움직였고 녀석의 등어리에 발자국 하나가 퍽 찍혔다. 녀석은 차츰 내 곁으로 밀려오고 있었다.

“이거 못 놔.”

그러나 녀석은 아무 말도 하지 않았다. 다른 놈들도 마찬가지였다. 팽팽한 긴장만 흐르고 있었다. 나는 약간 지루하다는 생각이 들었다. 이때였다. 녀석이 빠르게 몸을 움직이는 것이 순간적으로 내 눈에 비쳤는가 하는 순간, 퍽 소리와 함께 번쩍 내 눈에 불똥이 튄 것은.

망할 자식! 녀석은 돌려차기로 나를 후려 버린 거였다. 볼이 얼얼했다. 아니 대단히 아팠다. 망할 자식, 그러나 웬지 후련했다. 나는 녀석으로부터 한 걸음 물러서며 큰 소리로 말했다.
"자식아, 관객을 까버리면 어떻게 해!"
녀석이 나를 흘깃 돌아보았다. 확실히 소름끼치는 눈빛이었다. 녀석의 모든 촉수가 곤두서서 적의 숨소리 하나까지 살피고 있는 것 같았다. 좀처럼 공격의 틈을 허용하지 않으면서 녀석은 침착하게 몸을 움직이고 있었다.
한참이 지난 후,
"자, 이제부터 시작이다."
녀석은 그렇게 말했다. 그리고 팔을 비틀어 쥐고 있던 포로를 왈칵 앞으로 밀어 버렸다. 사이, 녀석은 휙 돌아서더니 쏜살같이 숲을 헤치고 도망쳐 버렸다. 그러나 아무도 쫓아가려 하지 않았다. 다만 팔을 비틀렸던 친구를 제외하고는 모두 기분 좋은 얼굴이 되어 있었다.
"저 자식 아주 멋진데."
라고 말하면서. 확실히 이때부터 나는 녀석을 좋아하기 시작했다.
그러나 며칠 후 나는 바로 그 숲에서 녀석을 만났고, 나는 녀석에게 빚을 갚았다.
"우리 아버지께서 네게 맞은 것만큼 패주고 오라고 해서."
라고 말하면서 나도 녀석의 볼을 돌려차기로 후려 버린 것이다.

"쟤들 왜 저러지."
녀석이 강의실 구석에서 웅성거리고 있는 한 패의 학생들을 가리키며 내게 물었다.

“데모……."

“병신같이……."

녀석은 약간 경멸하는 듯한 눈초리로 다시 그쪽을 돌아본 뒤 엄지손가락을 세우고 우린 꺼지자, 하는 시늉을 보였다. 그러지, 나는 고개를 끄덕거리며 의자에서 일어섰다. 우리가 강의실을 나가려 하자 누군가 적의에 찬 목소리로 말했다.

“빠지는 거야? 이거 왜 이래."

“정말 이러지들 마. 괜히……."

녀석이 낮은 목소리로 타일렀다. 그러나 이미 그들은 눈에 핏발을 세우고 있었다. 한 명이 불쑥 나서더니 녀석의 멱살을 잡고 파르르 떨었다. 야릇한 긴장감이 감돌고 있었다.

“나이 한두 살 더 먹었다고 늙은 체하는 거야?"

침묵이 오래 흘렀다. 무슨 일이든지 벌이겠다는 듯한 그들의 살기 등등함 앞에서 녀석은 아무런 표정도 없이 곧게 서 있었다. 누군가 쾅 하고 의자를 걷어찼다. 하나 둘 녀석 주변을 에워싸고 있었다. 그들의 눈은 무섭게 빛나고 있었다.

“쳐봐!"

녀석은 멱살을 잡힌 채 낮게 그러나 끊어지는 목소리로 말했다.

“저 새끼!"

누군가 주먹을 날렸고 여러 명이 녀석을 구타하기 시작했다. 녀석은 반항하지 않았다. 쳐봐…… 녀석은 속으로 그렇게 말하고 있는 것 같았다. 녀석의 코와 입에서 피가 흐르고, 녀석의 옷이 갈기갈기 찢겨지고, 녀석의 사지가 강의실 바닥에 나자빠질 때까지 그들은 구타를 계속했다.

　그리고 다음은 나였다. 나도 조용히 맞아 주었다. 주먹과 발이 연거푸 내 몸으로 날아들었다. 오래도록 나는 입을 다물고 있었다.

　"야, 시간됐어. 빨리들 나와!"

　강의실 밖 복도에서 누군가 외쳐대었을 때야 그들은 나를 팽개쳐 버리고 우루루 밖으로 몰려 나갔다. 나는 그대로 한참을 누워 있었다.

　녀석이 일어나 옷을 털며 내게로 왔다. 녀석의 얼굴에서 떨어진 피가 내 목덜미에 몇 방울 느껴졌다. 나는 부축을 받으며 일어섰다.

　"자식들, 고작 이까짓 증오를 가지고."

　우리는 창 밖을 잠시 내다보다가 다리를 절며 강의실을 나왔다. 여학생 몇 명이 우리 곁을 스쳐가며 혐오에 찬 목소리로 빈정거려 주었다.

　"꼴 좋다!"

　나는 목을 졸라 버리고 싶은 충동을 억지로 참으며 그 녀석들을 똑바로 노려보았다. 그들이 무엇을 아느냐. 우리들의 이상이 아무리 절대적인 것이라 하더라도, 우리들의 투쟁이 아무리 순수하고 정의롭다 하더라도, 우리들의 밖에서 현실은 현실 스스로를 조금도 파괴당하지 않고 오히려 냉혹하게 우리들을 파괴하면서 차츰차츰 제나름대로 형성되어 가고 있음을 먼저 알아야 한다. 분노와 용기만으로는 그 무엇도 이룩할 수 없다. 이제 우리는 분노와 용기 그 이상의 것을 가져야 하지 않겠는가. 나도 중계 방송이 있을 때는 라디오를 틀고 언제나 우리 편을 응원했었다. 우리 편이 지면 애석해했었고 우리 편이 이기면 크게 감격했었다. 분노와 용기보다 더 우리에게 필요한 것은 무엇이냐.

　나는 강의실 본관을 나서며 땅바닥에 세차게 침을 뱉았다. 본관 벽에도 뱉아 놓았다. 그것은 침이 아니라 피였다.

밤에 준희의 아파트를 찾아갔다. 준희는 원고지를 앞에 놓고 앉아 있다가 놀라는 얼굴로 나를 맞았다.

"웬일이야, 이 아저씨. 얼굴이 형편 없네요. 싸웠어요?"

나는 아무 말도 하지 않았다.

방바닥에는 수없이 많은 원고지들이 찢기거나 구겨져서 산재되어 있었다. 책꽂이에는 수없이 많은 책들이 정돈되어 있었고 또한 수없이 많은 원고지들이 철해져 있었다. 수없이 많은.

그녀는 며칠간 학교에 나오지 않았었다. 혼신을 다하여 장시長詩 한 편을 쓰고 있는 중이라는 엽서가 있었다. 그 엽서 속에는 요즈음 날마다 모든 것으로부터 버림받은 것 같은 기분으로 산다는 내용과 함께, 그녀가 무엇을 버릴 수가 있는지를 생각하고 있노라는 글이 적혀 있었다.

나는 지금 절감하고 있었다. 그 무엇에겐가 버림받았다는 사실에 대해서. 그러나 버림받은 것이 나 자신뿐만은 아닌 줄도 잘 알고 있었다. 우리들 미래가 버림받고, 버림받고, 버림받고, 버림받았다는 것을.

그러나 아직은 내가 젊기 때문에 내 심장과 정신과 쓸개 위에 박테리아가 부식하기 전까지는 미워하고, 증오하고, 도전하고, 거부하며, 나를 버린 것들 앞에서 떳떳할 수 있는 것이다.

"얼굴이 왜 그래요?"

"비겁한 놈으로 오해받았지."

"해명하시잖구."

"나도 그쪽을 오해하고 있었을지도 모르지. 하여간 학문을 연마하긴 힘들어, 졸업장을 따기는 쉬워도."

"유명 인사 같은 말투로 이야기하지 마세요, 졸리우니깐."

"졸릴 땐 커피를 마시라더군. 잠 안 올 땐 상치쌈을, 졸릴 땐 커피를."

"끓여 드리죠, 지금."

"입술이 이렇게 터져 버려서 어디 마실 수가 있겠어."

"이빨이 없으면 잇몸으로 사신댔지요. 입으로 드시기 거북하시면 코를 사용하세요."

"좋아. 그런데 그건 폐로 들어가는 거야, 위로 들어가는 거야."

"아저씨 마음 속으로."

준희는 전기 곤로 위에 주전자를 올려 놓은 뒤 찻잔을 씻었다. 나는 방 안을 눈으로 한 바퀴 둘러보았다. 한쪽 벽에 해골 한 개가 걸려 있었다. 눈이 퀭한 그 해골은 이를 악물고 그 어디엔가를 응시하고 있었다. 준희의 방에서는 처음 대하는 물건이었다.

"시체 유기죄야."

인스탄트 커피를 저어서 내게 권하는 준희에게 해골을 가리키며 내가 말했다.

"고발하세요."

"혼식 먹고 싶은 모양이군."

"혼식이라뇨?"

"콩밥."

"아직 안 풀려났죠, 법대생들."

"혼식중이야. 그런데 저 해골은 뭘 결심했다는 거야. 이빨을 단단히 악물고 있는데 말야."

"결코 죽지 않겠다는 것을."

"해골의 잠꼬대로군."

나는 준희가 저어 준 커피를 조심스럽게 입으로 가져다 대었다. 늦가을 가랑잎 타는 냄새가 커피 속에 섞여 있었다. 이것이 내 마음 속으로 들어간다는 말이지. 나는 터진 입술로 준희의 우정을 두어 모금 마신 뒤 잔을 놓았다. 아무래도 식은 뒤에 마셔야 될 것 같았다. 입술이 쓰리고 아파서였다.

"해골…… 저 멋진 걸 어디서 구했지. 방 안이 완전히 저것 하나 때문에 거실같이 보이는군."

"자세히 보세요. 비누 덩어리를 깎은 거예요. 노환철 씨 방에서 훔쳐 왔죠."

"그 자식, 여러 가지로 폼나는군."

녀석은 사범대학을 다닐 때 조소彫塑 전공이었다고 말했었다. 그러나 우리 대학 조소과는 만원이었고 녀석은 하는 수 없이 회화과에 편입했다는 거였다.

나는 해골을 자세히 관찰해 보았다. 여러 장의 빨래비누를 견고하게 모아 붙인 다음 아주 리얼하게 깎아낸 해골이었다. 녀석은 도무지 폼나는 것 투성이로군. 나는 처음으로 조소에 흥미를 느꼈다. 나도 언젠가 한 번 깎아 보고 싶었다. 내가 늘 그리고 싶어하였던 한 남자의 얼굴을.

"오늘 밤 나 여기다 좀 재워 주라."

나는 불쑥 준희에게 말했다.

"방세는 엉뚱한 데다 내고 잠은 여기서 주무세요?"

"오늘은 이상하군. 집에 들어가고 싶지가 않아. 불이 꺼져 있는 방문 앞에서 열쇠를 찾는 순간에 누군가 나를 목졸라 버릴 것 같은 기분이야."

"증세가 너무 악화되셨군요. 이젠 치료 불능이에요. 피해 망상증."

정말 그런 병에 걸려 있는지도 모르겠다. 또 걸렸다 하더라도 그것은 당연하다. 나는 언젠가부터 위협받고 살아 왔으니까 말이다. 나의 젊음, 나의 순수, 나의 〈굶어죽는 작업〉을. 나를 위협한 그것들은 무엇일까. 그것들은 도처에서 보이지 않는 적으로 항시 나를 미행하고 있었다.

"좋아요, 재워 드리죠. 하지만 손을 단단히 묶어야 해요."

"오우케이!"

아직도 잠들 시간은 아니었다. 하지만 나는 몹시 피곤했으므로 준희에게 침구를 부탁했고, 그녀는 쾌히 방바닥에 이불을 펴놓은 뒤 노끈으로 내 두 손을 꽁꽁 묶었다.

"불편하군."

"이 손을 묶어 놓지 않으면 내가 더 불편하게 돼요."

우리는 마주 보고 웃었다. 나는 자리에 누웠고 그녀는 누이처럼 부드럽게 이불을 덮어 주었으며, 그런 다음 다시 원고지를 펴놓고 시를 매만지기 시작했다. 그녀의 만년필이 원고지 위에 꽃과 바다와 눈물과 애증과 참혹과 절망과 한과 체념과 시간과 그리고 또 하나 그녀의 모습을 만들어내는 소리를 들으며 나는 내 방에서보다는 한결 편해진 마음으로 잠을 청하기 시작했다.

나와 녀석은 매일 붙어다녔다. 그러나 내가 녀석에 대해 알고 있는 점은 별로 없었다. 녀석은 자신에 대해 조금도 설명하려 들지 않았다.

"출신 고등학교가 어디야?"

"프랑스 몽마르뜨 뒷골목에 있는 하류 고등학교야. 알세이느 루팡 고등학교라고 순 도둑질만 가르치는 학교지. 선생님은 선생님들대로 도둑질에 도사였어. 자기들은 하나도 연구 안하고 완전히 남이 이룩해 놓은 학문을 학생들에게 가르치고 돈을 꼬박꼬박 받아내는 거야. 강의 노트를 한 삼 년 동안 울궈먹는 선생님도 있었지. 나는 거기서 빨래 장대같이 비썩 마른 불어 선생님을 짝사랑했지. 하지만 내가 알고 있는 불어는 아듀밖에 없었어. 나는 그 빌어먹을 학교를 아듀해 버렸지, 졸업식날. 그리고 몇 년 후에 나는 다시 선생이 되었어. 한국에 오니까 내가 교편 잡은 학교뿐만 아니라 모든 학교가 다 루팡 고등학교와 흡사하더군. 일 년 하다가 사표 썼어. 이제 교직자는 있어도 교육자는 없다, 라는 회의 속에서."

"친척이나 가족은 없나?"

"난 알에서 태어났거든."

녀석의 이야기는 모두 알 듯 모를 듯한 것들뿐이었다.

녀석은 대단한 술꾼이었으며 음담패설가였다. 우리는 그런 점에서도 죽이 잘 맞았다.

어느 날 녀석은 자기가 발견한 새 니나노집(여자가 있는 술집을 녀석은 그렇게 표현했다)으로 나를 데리고 갔다.

"간판이 너무너무 맘에 들어서 입장해 보았더니, 인심 또한 푸짐하더라. 바로 여기야."

나는 녀석이 발을 멈춘 그 니나노집 간판을 쳐다보았다.

"뚱뚱보집."

저 간판의 어디가 녀석은 맘에 들었다는 것일까.

"뭐 별론데."

"천만에."

흐흐…… 녀석은 무슨 음모 같은 것이 도사린 웃음을 흘리면서 내게 지시했다. 〈뚱뚱보집〉에서 〈집〉의 〈ㅂ〉을 빼고 큰 소리로 읽으라.

〈집〉의 〈ㅂ〉을 빼면 〈지〉로군.

"뚱뚱보…… X 제기랄!"

우리는 그 집을 오래도록 단골삼자는 결의를 굳히면서 안으로 들어섰다.

"엇써 오셔어."

홀로 앉아 있던 뚱뚱한 아가씨 하나가 뚱뚱한 목소리로 말했다. 그리고 우리를 방으로 안내해 주었다. 녀석은 뭘 드시겠느냐는 주문에 이렇게 대답했다.

"탁주, 그리고 뚱뚱보X 두 사라, 뚱뚱이 두 명, 돼지볶음 한 사라와 찌개냄비 하나."

우리는 그날 대단히 술을 많이 마셨다. 그리고 녀석은 상당히 흥미있는 강의—낙타눈깔 사용법 몇 가지, 컴퓨터가 골라 준 결혼 상대자와의 XX 등을 내게 들려 주었다. 그러나 술이 어지간히 취하자 우리는 또 알 수 없는 분노에 사로잡혀서 〈막다른 골목까지 질주한 십삼 인의 아해가 막다른 골목에서 치른 수음〉을 이야기하고, 〈이중섭의 쇠불알과 외로웠던 한 생애〉를 이야기하고, 이윽고는 〈이 황무지에서 톄어난 엉성한 게다리 같은 우리의 버림받았음〉을 이야기하였다. 황무지, 모래 바람, 쓰러짐, 잠, 불면, 실어증, 대학생, 피, 외침, 반항, 곰팡이, 가래침, 니나노, 술, 월남사태, 전후예술, 빵…… 닥치는 대로 이야기하고 마시고 하다가 우리는 강아지가 바람에 깡총 뜁니다, 강아지는 으리 나라 개새낍니다, 하는 노래를 끝으로 자리에서 일어섰다.

밖으로 나왔을 때는 바람이 냉랭했으며 이제는 겨울, 우리는 허연 입

김을 뱉으며 닥쳐올 겨울과 우리들의 동면을 이야기했다.

"몇 시야?"

"시계 없어."

거리는 아주 조용했다. 드문드문 택시들이 빠른 속력으로 내달리고 있었다. 우리는 황급히 손을 들어 택시를 부르곤 하였지만 택시마다 사람들이 타고 있었으며, 우리는 점점 초조해지기 시작했다. 행인 하나가 빠른 걸음으로 우리 곁을 지나갔다. 나는 뛰어가 시간을 물어보았다.

열두 시 이 분 전, 즉 통행금지 이 분 전이었다.

"안 되겠어. 파출소까지 뛰자."

"그게 좋겠군."

우리는 뛰기 시작했다. 조용한 밤의 거리를, 남아 있는 이 분간의 자유 속을, 최대 속력으로 달려갔다. 파출소가 보였다. 약 이십 미터 가까이 접근했을 때 사이렌이 도시의 중심부에서 불쑥 치솟아 오르더니 소름끼치는 소리로 울어대기 시작했다.

"뭐야!"

우리가 파출소에 들어서며 당직 순경에게 인사를 꾸벅 올렸을 때, 그는 의자에 앉아 쓰던 것을 멈추고 대뜸 뭐야, 라고 말했다.

"자습니다. 약 십 초 정도 통금 위반입니다. 주머니엔 택시비밖에 없고 해서……."

"술 마셨군."

"네."

"학생이야?"

"네."

"요즘 학생들은 모두 왜 이 모양이야. 거기 앉아 있어."

순경은 길고 딱딱해 뵈는 나무 의자 하나를 가리켰다. 우리는 묵묵히 그리로 가서 앉았다. 하룻밤 여기서 새우잠을 잘 각오를 단단히 하면서.

완전한 겨울이 왔다. 녀석의 낡은 단층 콘크리트 건둘은 이 도시 동쪽 변두리 산 밑에 웅크리고 있었다. 예전에 어느 젊은 청년 하나가 맹물에 생라면으로 목숨을 연명하면서 개량종 버섯을 만들기 위해 기거하던 집이라고 했다. 그러니까 단칸짜리 실험실인 셈이다. 개량종 버섯에 실패한 그 청년이 떠난 뒤로 줄곧 폐쇄된 상태였는데, 녀석이 훤하게 수리해서 작업실로 꾸며 놓았다고 했다.

마당에 나서면 도시가 한눈에 내려다보이는 전망 좋은 곳이었다. 나는 완전한 겨울로 접어들면서부터 녀석과 함께 기거하게 되었다. 이유는 〈작품을 만들기 위해서〉였다.

녀석은 목조木彫가 전공이었다. 녀석의 실내는 거기에 맞게 꾸며져 있었고, 녀석의 냄새가 물씬물씬 풍기는 작품들이 여러 점 전시되어 있었다.

"이게 뭐야?"

이사하던 날 녀석이 내 짐을 정리하다가 무엇인가를 발견하고 등뒤에서 말했다. 돌아다보았을 때, 녀석의 손바닥 위에는 두 개의 쇠붙이가 광채를 뿜으며 놓여 있었다.

"이거. 이건 내가 사격대회에서 딴 금메달이고…… 이건 보시다시피 훈장. 이 훈장으로 말할 것 같으면…… 나중에 이야기하지."

나는 입을 다물어 버렸다. 그리고 그것들을 내 서랍 속에 일단 넣어두라고 부탁했다.

짐을 다 정리해 놓자 방은 아주 그럴 듯했다. 녀석의 조각품과 내 그림들은 우리들의 방을 고관대작의 서재나 응접실에 빠지지 않는 분위기로 만들어 주었다.

이사한 날 우리는 입주식入住式을 열었고 그 식에는 준희가 내빈으로 참석했으며, 우리는 식순을 벽에 붙이고 엄숙히 식을 올렸다.

　　［식순］
　　개식사
　　국기에 대한 경례
　　애국가 봉창
　　집 주인의 기념사
　　내빈 축사
　　입주자의 선서
　　폐식

적어도 우리가 대단히 엄숙한 분위기에서 이 식을 끝내었음을 나는 기억해 두고 싶다. 나는 선서했다. 이젤 위에 놓인 희고 깨끗한 새 캔버스를 향해 오른손을 펴들고 나의 진정한 애정과 피로써 선서했다. 이 집에서 사는 동안 나의 젊음을 재고再考하고, 나의 현실을 냉철한 눈으로 뚫어보아 내가 가진 불행과 고독을 캔버스 위에 호소로 옮겨 놓을 것임을.

식이 끝나고 우리는 축하 파티로 들어갔고 즐거운 나의 집을 노래 불렀고 준희가 사온 성냥과 담배로 파티의 분위기를 돋우면서 술을 마셨다.

　　이튿날 우리는 방학이 되기 전까지의 계획표를 작성했다. 그것은 우리가 우리의 현실과 우리의 생활에 충실해 보자는 지극히 당연한 이유에서였다.

　　도서관에서 동물에 관한 책을 펴놓고 〈승냥이〉에 관한 것을 조사하다가 아무래도 충분한 것을 알 수 없을 것 같아 그 방면에 연구를 기울이고 계시는 교수님의 연구실을 찾았다. 승냥이에 관해서—승냥이의 습성, 승냥이의 생태, 승냥이의 특질, 승냥이의, 승냥이의, 승냥이의—들을 알아야 할 필요가 있었기 때문에.

　　"어떻게 왔나?"

　　두꺼운 책을 펴놓고 무엇인가를 발췌하던 교수님께서 불쑥 그렇게 물으셨다. 나는 우습게도 이 순간 파출소 당직 순경의 〈뭐야〉를 생각해내게 되었다.

　　"저어, 승냥이에 관한 것을 좀 알고 싶어서 왔습니다."

　　"승냥이에 관해서?"

　　"네."

　　"승냥이의 무엇에 관해서?"

　　"모조리 알고 싶습니다. 생긴 모양에서부터 하는 짓까지……."

　　"책을 좀 찾아봤나?"

　　"네, 별로 신통치 않았습니다."

　　"그래, 승냥이……에 대해서 꼭 알아야 할 필요가 있다면 그 이유가 뭔가."

　　"그림을 그리려고 하는데요."

"왜 하필 승냥이어야 하나. 늑대라든가 하다못해 개라든가, 그런 동물은 안 되나. 모두 같은 개과에 딸린 짐승이니 그려 놓으면 마찬가지로 보일 텐데."

"그래도 저는 꼭 승냥이어야 합니다."

"하지만 내가 승냥이의 모든 것을 모두 다 알 수는 없지. 나는 승냥이 하나만을 전공으로 삼지는 않고 있거든. 언제 시간이 있으면 다시 한 번 들러보게. 아는 데까지 알아봐 줄 터이니."

"감사합니다."

나는 연구실을 나왔다. 학생들이 간이 게시판 앞에 모여 있었다. 가보았다. 거기엔 학기말 시험 일자가 발표되어 있었고, 그것은 곧 방학과 직결되어 있었다.

나는 일 년 동안 아무것도 대학에서 한 일이 없는 것 같다는 생각이 들었고, 그 생각은 몹시 나를 초조하게 만들었다.

날씨가 추워지고 있었다.

나는 잡종개 한 마리를 끌고 빙판으로 들어섰다. 빙판은 얇게 눈가루로 덮여 있었다. 아침이었다. 지독하게 추운 아침이었다. 바람이 허옇게 털을 세우고 빙판 위를 내달리고 있었다. 발가락에 수십 개의 바늘이 파고드는 듯했고, 입을 벌리면 혓바닥까지 굳어 버릴 것 같은 날씨였다.

이따금 얼음이 금가는 소리가 들려왔다. 그 소리는 물귀신의 울음으로 내 귀에 환청되곤 하였다. 잡종개는 물귀신의 울음이 들릴 때마다 흠칫 놀라곤 하였으며, 나는 그 잡종개가 꼬리를 배 밑에 사려 붙이고 겁먹은 표정으로 걸음을 멈추는 순간마다 신경질적으로 밧줄을 잡아채곤

하였다.

　흔히 쓰레기장 부근이나 판자촌 공터에서 주둥이를 끌며 어정거리는 그런 부류의 개였다. 이름이야 번역하면 다복하기 그지없는 해피나 프린스나 하니나 퀸이겠지만, 여름이면 보신탕 애호가들의 귀염이나 받을 몰골이었다. 아무리 훈련을 시킨다 해도 주인을 따라 사냥을 다닌다든지 저자 바구니를 목에 걸고 저녁 찬거리를 사러 갈 엉뚱한 개는 못 될 것 같았다. 저녁 찬거리를 사오는 것은 마다 하더라도 사온 저녁 찬거리를 깡그리 훔쳐먹지나 않으면 칭찬해 줘야 할 지경이고, 사냥을 나가서는 다람쥐한테 놀라 쫓겨오지나 않으면 머리를 쓰다듬어 줘야 할 그런 개였다. 게다가 아무 곳 아무 때를 막론하고 종족 보존의 본능을 표면화하여 사람들로 하여금 면구스러움을 금치 못하게 만들 것이 분명해 보였다.

　나는 놈을 발길로 세차게 걷어차 버리고 싶은 충동을 몇 번이고 억누르면서 빙판을 완전히 다 건넜다.

　강변에는 이태리 포플라들이 늘어서 있었다. 바람은 여기에도 모여 살고 있었다. 나는 밧줄을 최대한 길게 늘여 개의 자유를 허용해 주면서 그 끝을 포플라 밑동에 단단히 잡아매었다. 그리고 나뭇가지를 주워 모아 가까스로 불을 피운 뒤, 일단 얼어서 둔해진 손발을 녹여 부드럽게 만들었다. 그리고 엽총의 이상 유무를 점검했다.

　잠시 후 나는 개로부터 약 오십 미터 정도의 거리를 두고 떨어졌다.

　나는 우리 대학 사격 선수였다. 총에만은 자신이 있었다. 이렇게 가까운 거리에서 잡종개 한 마리의 대가리를 박살내는 것쯤 날개 없는 파리 잡기보다 쉬운 일이었다.

사수 탄알 일 발 장진. 거총. 가늠자 구멍 안으로 잡종개 한 마리가 빨려들고 있었다. 그러나 내가 겨냥한 것은 개가 아니었다. 개 바로 앞에 놓인 녹슨 깡통 한 개였다. 나는 숨을 멈추었다. 그리고 개에게 맞지 않도록, 총알이 튀어서라도 개에게 맞지 않도록 각도를 잘 맞추어 조준했다.

타앙!

일순 깡통이 튕겨져 나가는 것을 나는 보았다. 그리고 그와 동시에 번개같이 몸을 날려 도망치는 개도 보았다. 놈의 동작은 실로 빨랐다. 그러나 밧줄이 사납게 개의 몸을 낚아채 버렸고 놈은 그대로 픽 나동그라졌다. 놈의 비명이 얼어붙은 겨울 허공을 갈가리 찢어 발기고 있었다. 놈은 계속 도망을 시도했다. 그러나 밧줄의 길이는 약 칠십 미터 정도, 따라서 놈은 반지름 칠십 미터 정도의 원 안에서만 행동할 수밖에 없었다.

탕!

타앙!

탕!

나는 놈이 도망치는 코 앞에다 총알 한 개씩을 침착하게 박아넣었다. 흙이 튈 때마다 놈의 몸뚱이는 솟구쳐 올랐고 처절한 발악, 혼신을 다하여 공포로부터 벗어나기 위한 질주는 계속되었다. 반지름 칠십 미터 정도의 원 안에서.

나는 알고 있었다. 놈이 저러다 미쳐 버리고 만다는 것을. 그리하여 가소롭게도 내게 덤버들 것임을.

나는 시간을 좀 지체했다가 이제는 닥치는 대로 마구 갈겨대기 시작했다. 개를 묶은 포플라 주변 여기저기서 풀썩풀썩 흙이 튀었다. 그러자 놈이 차츰 광기를 내뿜기 시작했다. 부르짖음. 새파란 눈빛. 날카로운 이빨. 그렇다, 이제 놈은 미쳐 버린 것이다.

나는 비로소 놈의 다리를 겨냥했다. 다리, 다리를 쏘는 거다. 모든 생각을 버려라. 개만 보고 있어라. 개의 다리만. 개의 다리. 개의 다……개의…… 개…… 이윽고 머릿속이 하얗게 비었을 때 가의 다리는 가늠쇠 위에서 정지해 있었다.

탕!

소리와 동시 나는 보았다. 퍼뜩 망막에 비친 광선처럼 빠른 영상, 찢겨져 나가는 개의 다리를.

갑자기 사방은 잠잠해졌다. 팽팽한 긴장만 계속되었다. 개는 움직이지 않고 있었다.

옆구리에 맞았나? 나는 확인할 생각으로 몇 걸음을 옮겨 놓았다. 그때였다. 놈이 벌떡 일어선 것은.

나는 재빨리 뒤로 물러섰다. 그러나 곧 개는 다시 꼬꾸라졌다. 꼬꾸라져서는 빠르게 발을 바둥거렸다. 그 다음 피투성이 몸을 끌며 세 개만의 다리로 기어가기 시작했다. 잠시 후 밧줄은 팽팽해졌다. 나는 준비해 온 나이프로 밧줄을 끊어 주었다. 놈은 혼신을 다하여 기고 있었다. 놈은 이제 개가 아니었다. 더럽고 추한 생명을 모질게 물어뜯으며 금방 터져서 확 분산되어 버릴 것 같은 안간힘, 안간힘, 안간힘의 덩어리였다. 참혹한 모습이었다. 놈은 빙판까지 기어갔다. 저 상태에서도 집으로 돌아가고 싶은 생각이 들었던 것일까.

나는 마지막 실탄을 장진했다. 그리고 마음을 가라앉혔다. 모든 사물이 긴장하고 있었다.

타앙!
그리고 개는 영영 움직이지 않았다.

언젠가는 아버지의 전부를 화폭 속에 담아 보겠노라고 몇 번이나 별러 왔지만, 당신의 그 불행과 어둠을 감히 내가 그 무엇으로 표현해낼 수 있을 것인가 고심하여 나는 항상 망설여 왔었다. 그러나 검사가 되지 않고 화가가 되려고 발디딘 내 길 하나에 대해서만은 그렇게 아버지께 미안한 마음이 들지 않았다. 그 길은 당신의 길이 아니며 이미 내가 걷고 있는 길이므로 걷다가 쓰러지는 한이 있더라도 끝끝내 걸어 보아야 하는 것이 아닐까. 이미 그 길은 스스로 내가 선택한 길이며 죽음까지 연결되어 있는 길이다. 문제는 내가 패배하지 않고 그 어떤 흔적을 남기며 끝까지 걸어 나갈 수 있는가일 것이다.

당신은 패배했던 것일까? 그렇다. 패배했던 것이다. 당신의 외로운 생애 속에서 오직 힘으로 삼았던 이 훈장 하나를 남기고 철저한 고독으로 몸부림치다가 돌아가신 것이다.

나는 대학을 다니면서 항시 죄스러웠다. 특히 아버지의 재산을 정리한 돈을 은행에 예금하고 내 힘이 모자라 그 돈을 찾아 쓸 때마다, 나는 아직도 아버지의 양복 주머니를 뒤적거리고 있는 듯한 생각이 들어 괴로왔다.

그러나 나만은 불행 속에 살더라도 그렇게 패배하지는 않겠노라고 항상 아버지께 다짐하며 살았다.

나는 녀석의 방으로 옮겨오면서부터 수없이 많은 승냥이를 습작했다. 그러나 승냥이는 자꾸만 개처럼 그려졌고, 그때마다 나는 세상에 대한 증오와 애정이 부족되어 있음을 절감하곤 하였다.

녀석은 방학이 되었어도 시골로 내려가지 않았다. 그는 비썩 마른 여인상 하나를 조각하고 있었는데, 언젠가 말한 알세이느 루팡 학교의 불어 선생이라는 거였다. 그 작품을 선물로 가지고 내려가겠다고 편지를 띄웠으므로 완성하기 전까지 내려갈 수 없다는 거였다.

우리는 수시로 밤을 하얗게 새우면서 우리들의 길을 묵묵히 걸어가고 있었다. 녀석은 날마다 조각도를 갈았다. 석석 석석 조각도를 갈았다.

"자식, 너 칼 가는 폼이 돼먹었다. 도살장에 취직하면 돈 좀 벌겠는데."

그러나 내 농담에도 불구하고 칼을 갈 때만은 도전장을 받은 사무라이 같은 표정이었다.

그러던 어느 날 녀석에게 느닷없이 한 장의 전보가 날아들었다. 녀석의 작품이 거의 완성되어 갈 즈음이었다.

"뭐야, 신장염으로 위독해?"

녀석은 곁에서 누군가 무슨 말을 알려 주기라도 했다는 듯이 큰 소리로 그렇게 말했다. 녀석의 얼굴엔 금방 침울한 불안의 빛이 서렸다.

"누구야?"

"불어 선생이야."

"니가 보구 싶어서 공갈 치는 거 아냐?"

나는 안심하라는 투로 말했다.

"원래가 약골이라구."

녀석은 성질 급하게도 옷을 갈아입고 있었다. 단숨에 달려갈 모양이었다. 오, 위대한 사랑의 힘이여.

"지금까지 나는 이 여자가 대주는 돈으로 사범대학도 졸업하고 미대

에도 편입했어. 내 보호자야. 우리 재산 가지곤 내 뒷바라지하긴 어림없
는 노릇이야. 꼴보기 싫은 놈들 패주고 치료비 내고 위자료 주기도 급급
해. 선생질할 때, 하도 교장이 돈을 밝히길래 못 참고 받아 버렸을 때도
이 여자가 해결했지. 하지만 지금은 내가 이 여자의 보호자로 곁에 있어
주어야 할 차례야. 자, 가겠다.”

“바래다 주마.”

“귀찮다.”

녀석은 호주머니 속을 뒤적거려 차비를 확인하고, 편지할께, 하고 황
급히 달려 나갔다. 보호자라…….

나는 혼자 앉아서 녀석에 대해 잠시 생각했다. 문득 준희가 보고 싶었
다. 그러나 이즈음 준희는 두문불출. 장시가 아직도 마무리되지 않았지
만 아무래도 데뷔는 하고 보아야 될 것 같아 신춘문예를 준비하고 있다
는 거였다.

나는 녀석이 떠나고 없는 빈 작업실에서 홀로 승냥이에 몰두하고 있
었다. 며칠간 외로운 날이 계속되었다.

창 밖에는 희끗희끗 눈발이 날리고 며칠간의 외로운 날을 바람이 불
었다. 밤이면 집 주위에 있는 나뭇가지들이 쉴새없이 웅웅웅 바람을 다
스리며 울어댔고 유리창이 간헐적으로 덜컥덜컥 잠을 못 자고 보챘다.
그런 밤 나는 아버지를 생각하게 되고, 훈장을 가지고 도망쳐 버린 아들
을 찾아 헤매는 당신의 모습을 생각하게 되고, 피묻어 나뒹굴던 당신의
칼을 생각하게 되고, 그 패배의 끝에서도 어쩌지 못한 당신의 고독을 생
각하게 되었다. 그러면서 나는 쓰라린 마음으로 캔버스에다 내 아버지
를 살려 보기 위해 최선을 다했다.

밤을 하얗게 새우고 새벽이 오면 나는 라디오 속에서 흘러 나오는 애국가를 들으면서 아버지의 훈장을 맑게 닦았다.

어느새 크리스마스가 왔고 도시는 더욱 밤에 휘황하게 살아오르고 있었으나, 그러나 나는 작업실에서 계속 1백 호짜리 캔버스에 내 숨소리를 밀어넣는 데 더욱 전념했다.

준희와 녀석에게서 카드가 왔으므로 나는 덜 삭막하였고, 그 카드들을 벽에 붙여서 나의 기나긴 작업을 지켜보게 하였다.

녀석의 애인은 중태인 모양이었다. 카드 속에 들어 있는 쪽지 맨 아래, 〈하나님은 아마도 나를 버리실 것 같다〉라고 적혀 있었다.

나는 마음 속으로 빌었다. 그의 애인과 그를 위해 신이여 은혜로우소서.

한 달이 되어도 내 작품은 완성되지 않았다. 나는 입술이 허옇게 부르트고 턱수염이 꺼멓게 자라 있었다. 그러나 내 가슴 속에는 차츰 아버지에 대한 애정이 그리운 물살로 퍼져가고 있었다.

추웠다.

어제는 진종일 싸늘한 진눈깨비가 내렸고, 이 아침 길바닥은 아주 단단하게 얼어붙어 있었으며 얼어붙은 길바닥 표면에는 식어빠진 햇볕이 양은색으로 흐리게 도금鍍金되어 있었다. 이따금 철사줄 같은 바람이 불어와 모질게 귓전을 때리고 스쳐갔다. 발가락은 모두 얼어서 사금파리에 찔린 기분이었다.

한 무리의 차량이 쇠사슬을 철걱거리며 지나간 뒤, 나는 횡단보도를 건너 번화가로 접어들었다. 번화가는 번화하지 않았다. 대개의 상점들이 문을 닫고 있었으므로 오히려 약간 썰렁해 보였다.

어디로 갈까…….

나는 잠시 망설였다. 극장이 바라다보였다. 극장에는 만국기가 줄줄
이 매달려 나부끼고 있었으며 선전 간판은 다른 때보다 몇 배나 더 요란
스럽게 부산을 떨고 있었다. 선전문구 끝마다 느낌표가 한 개씩 찍혀 있
었고 오후에는 복잡하오니 되도록이면 오전을 이용해 달라는 신신당부
까지도 적혀 있었다. 권총을 든 촬스 브론슨이 날카롭게 눈독을 세워 나
를 노려보고 있었다. 영화 구경을 하라. 만약 그렇게 하지 않으면 이 권
총으로 네 심장에 팍 구멍을 뚫어 주겠다.

그러나 촬스 브론슨이여, 죄송하다. 오늘같이 특별한 날 아침부터 고
작 극장 구석 등받이 의자에 몸을 쑤셔박고 그대의 권총놀음이나 구경
할 정도로 내 정서가 빈곤하지는 않다. 그대는 눈에서 독기를 제거하라.
시력이 나빠지는 수가 있으니까.

나는 극장을 외면해 버리고 거리를 지나다니는 사람들에게로 한눈을
팔기 시작했다. 오늘 대개의 사람들은 얼굴에 덕지덕지 달라붙어 있던
근심을 의식적으로 뜯어내고 대신 기대라는 이름의 화장품을 듬뿍 바른
뒤 집을 나선 것이 분명해 보였다. 그들은 하나님이 실제로 존재한다면
적어도 자기에게만은 한 양재기쯤 행복이라는 것을 내려 주시리라 굳게
믿고 있는 것 같았다. 한복을 입은 사람들도 몇몇 눈에 띄었다.

어디로 갈까…….

망설이던 끝에 나는 중앙시장 뒷골목을 생각해내었다. 언제나 싸고
푸짐한 음식들이 허이연 김을 뿜어내고 있는 곳, 그 서민의 거리로 가서
국밥 한 그릇을 사먹고 싶어졌다. 그리고 이 혹심한 추위를 녹여 버리고
싶어졌다. 나는 시장을 향해 걷기 시작했다.

시장은 여전했다. 순대를 삶는 가마솥에서는 물씬물씬 김이 솟아올랐고, 주점가의 휘장들은 싸고 푸짐한 순대국과 술과 안주들의 이름을 줄줄이 달고 늘어져 있었다. 모든 것은 큰댁처럼 넉넉히 보였다. 큰댁의 인심처럼 넉넉해 보였다. 우리 나라 큰댁의…….

나는 거기서 국밥 한 그릇과 왕대포 한 잔을 시켜 맛있게 처분했다.

다시 거리로 나왔다. 조금만 추웠다. 큰댁처럼 넉넉한 인심의 국밥 한 그릇과 왕대포 한 잔이 나를 조금만 춥도록 만들어 주었다.

어디로 갈까…….

녀석만 곁에 있어도 오늘 내가 이렇게 삭막한.시간을 보내지는 않을 거였다. 그러나 녀석의.편지 몇 장에 의하면 녀석의 애인은 가망이 없는 모양이었다. 나는 문득 한 곳을 생각했고, 다시 걷기 시작했다.

사람들은 모두 동행을 가지고 있었다. 동행이 없는 나는 이 뜻깊은 날을 삭막하게 보낼 수밖에 없었고, 그래서 아주 오래 전부터 그 무엇에겐가 버림받으며 동행을 잃고만 살아 왔다는 생각이 들었다. 나는 사진관을 찾아갔다. 그리고 한 장의 사진을 천연색 필름에 담았다. 기념하기 위하여. 이날의 나를. 그리고 다시 갈 곳이 없어졌다. 나는 낯선 거리를 방황하는 가출아처럼 목적 없이 이리저리 돌아다녔다.

모처럼의 외출이었다. 그러나 갈 곳이 없었다. 나는 버스를 타고 집으로 돌아갈까 생각하다가 공중전화 박스로 들어갔다. 전화번호부를 뒤적거려 보았다. 거기에는 내가 찾는 곳의 전화번호와 주소가 적혀 있었다. 나는 수첩에 주소만 기입한 뒤 전화는 걸지 않고 그냥 나왔다.

가까운 담배 가게에서 나는 은하수 두 보루를 샀다. 더 사고 싶었으나 돈이 닿지 않았다. 호주머니 속엔 천 원 정도가 남아 있었지만 따로 쓸

데가 있었다. 나는 담배를 두꺼운 과자 상자 속에 꽉 끼이게 채워 놓은 뒤 과자 상자 겉에 풀을 대충 바르고 종이를 한 겹 발랐다. 그리고 다시 그것을 두껍고 깨끗한 종이로 정성껏 포장했다.

그 다음 나는 수신인란에 아까 적어 가지고 나온 주소를 적고 발신인란에 내 이름 대신 〈외아들이 보냅니다〉라고 단정한 글씨로 적어넣었다.

우체국으로 가서 소포로 붙여 줄 것을 부탁했다. 우체국에는 재수 없게도 오늘 근무조에 들어간 직원들이 입맛 쓴 얼굴들을 하고 있었다.

"내용물이 뭡니까?"

"담뱁니다."

담당 직원은 내게 영수증을 떼어 주었고, 나는 우체국을 나와 집으로 향하는 버스를 탔다.

준희는 보고 싶었지만 이 도시에 없었다. 그녀의 시는 신춘문예에서 낙선되었고, 〈밋치겠어요〉 한 마디를 던진 뒤 여행을 떠나 버렸다. 겨울 바다로.

집으로 돌아왔을 때 내 을씨년스러운 작업실에는 완성되지 않은 화폭이 나를 기다리고 있었다. 연탄 난로가 잘 피고 있었고 난로 위의 물주전자가 식식거리며 김을 내뿜고 있었다.

실내는 무척 지저분해 보였다. 그러나 치울 수는 없었다. 분위기가 달라지면 작품에 아무래도 영향이 미칠 것이다. 작품이 끝나는 날은 아주 깨끗하게 치워 놓으리라, 마음먹으며 나는 다시 붓을 들었다.

신神은 기어코 나를 버렸다.

어제 나는 그녀를 땅에 묻었다. 내 힘이며 눈물이며 꽃이었던 그녀의 이름도 땅에 묻었다. 그녀와 함께 나누었던 모든 것을 땅에 묻었다. 지금 내 심정을 어떻게 표현할 수 있을까. 다만 캄캄한 어둠 속에 홀로 떨어져 나와 비어 가는 가슴을, 이 미칠 것 같은 공허를 곰부림치고 있을 뿐이다. 작품은 완성되었는지. 앞으로 한 달 정도 안정을 가진 다음 올라갈 예정이다. 오직 술, 내 아픈 곳마다 술을 부어 주고 있다. 건강하기를 빈다.

환철.

아, 나는 녀석의 엽서를 읽으면서 한없는 연민의 정을 느꼈다. 그리고 녀석의 아픔을 조금도 덜어 주지 못하고 다만 나 혼자 단쓰러워하였다.

나는 더욱 혼신을 다하여 캔버스와 맞섰다. 내 모든 피부가 내가 칠하는 색깔로 물들어 가는 느낌을 받으며 나는 새벽까지 잠을 자지 않았다.

수시로 현기증이 내 이마를 휘젓고 관절이 굳어서 다파왔다. 그러던 어느 날부터 이제 나는 비로소 코피를 쏟기 시작했다. 아침마다였다. 아침마다 세숫대야 속에는 새빨간 핏방울이 떨어져내리곤 했다. 나는 성욕 같은 설레임에 젖으면서 내게 부여된 한 폭의 공간과 교합交合하고 있었다. 밤에도 낮에도 내 시간들은 발 밑에서 천 근의 무게로 죽어 나갔다.

무엇에건 패배하고 싶지 않았으며 무엇에건 버림받고 싶지 않았다. 내가 발붙인 이 황무지에서, 이 냉혹한 사람들과 기계들과 돈의 시대에서, 아버지가 겪으셨던 그 무서운 고독까지 모두 짊어지더라도 나는 쓰러지고 싶지 않았다. 버림받은 내 살과 뼈를 녹여 또 하나의 빛나는 훈장을 가지고 싶었다.

확인하라. 날마다 확인하라. 이 텅 빈 네 주변을. 그러나 외로움을 두려워 말라. 외로움은 껴안으면 껴안을수록 더욱 외로운 것이다. 그러나 더욱 있는 힘을 다해 껴안으리라. 마침내 헐벗은 네가 보일 때, 이 냉혹한 기후의 황무지에서 홀로 살아 온 네 알몸이 보일 때 비로소 네 그림은 빛날 것이다.

나는 이제 거의 그림 외에는 신경을 쓰지 않게 되었다. 연탄은 꺼져 버렸고 나는 그 옛날의 한 청년이 이 집에서 버섯을 기르며 생라면을 먹었듯이 하루 세 개씩의 생라면을 먹으면서 물감을 녹이기 시작했다. 그리고 마침내 마지막 손질을 할 때가 왔다.

새벽이었다. 밖에는 몹시 심한 바람이 불고 있었다. 겨울 냉기가 내 살에 부딪치며 전신을 난도질하고 있었다.

나는 우선 손발을 깨끗이 씻었다. 머리도 감았다. 물은 차고도 찼다. 다시금 코피도 쏟아졌다.

나는 머리카락이 마를 때까지 계속 손바닥에 수건을 싸서 마찰해 주었다. 그리고 새옷으로 갈아입은 뒤 그 위에 가운을 걸쳤다. 이미 가운은 온통 물감 칠로 범벅이 되어 있었다.

나는 팔레트를 왼손에 받치고 물감들을 알맞게 짜놓았다. 팔레트는 미리 깨끗하게 닦아 놓았으므로 참으로 기분을 상쾌하게 만들어 주었다.

나는 조금씩 마음을 가라앉히면서 그림 구석구석까지를 훑어보았다. 그리고 붓을 기름에 적셔 깨끗한 헝겊에 가볍게 닦아낸 다음 몇 가지의 물감을 혼합했다. 그리고 천천히 붓을 캔버스로 옮겨갔다.

일순 시간이 정지해 버리면서 아무 소리도 들리지 않았다. 모든 정물들이, 벽이, 천정이, 공기가 일제히 숨을 죽이고 정지해 있었다. 나는 침착하게 붓을 캔버스에 밀착시켰다. 이제 숨을 쉬는 것은 캔버스와 물감과 붓, 그리고 캔버스 속에 들어 있는 승냥이와 하늘과 구름과 바위뿐, 그 아무것도 살아 있는 것은 없었다. 나는 오랜 시간을 무서운 고요의 공간으로 들어가 떠다니고 있었다. 그리고 잠깐 동안 붓을 놓고 일어섰다. 현기증이 났다. 다리도 약간 후들거렸다. 나는 천천히 창가로 걸어갔다. 도시가 보였다. 도시는 바람 속에 잠들어 있었다. 마당을 가로질러 휴지며 지푸라기들이 빠르게 스쳐갔다.

몇 시나 되었을까…….

여전히 벽시계는 껍질뿐, 속이 텅 빈 채 걸려 있었다 시간을 자꾸만 거슬러 올라가면 나의 무엇과 만날 수 있을까. 계집애가 기르던 흰쥐, 아버지의 술 냄새, 계모의 기도 소리, 이런 것들과 만날 수 있을까. 이런 것들과 함께 살던 나의 안쓰러운 시절, 나는 아직도 그 기억을 버리지 못하고 있다. 몇 번이고 머리를 가로저으며 나는 잊으려고 노력해 왔다. 그러나 어떤 보이지 않는 끈에 묶여 항시 나는 그 시절과 통화通話하고 있었다.

다시 캔버스 앞으로 와 앉았다. 나는 이 모든 공간 속의 것을 이제는 모두 알 것 같았다. 이 모든 공간 속에 들어 있는 것들이 내게 속삭이는 소리의 뜻을.

나는 다시 붓을 잡았다. 붓에는 체온이 있었다. 그 붓의 체온은 손가락을 통하여 내 피를 따뜻하게 적셔 주었다. 나는 다시 그 공간 속으로 들어가고 있었다. 그리고 공간 속에 있는 구름과 검은 바위와 승냥이의 숨소리를 오래도록 듣고 있었다. 차츰 내 몸 안에는 또 하나의 공간이 밝아오고, 그 또 하나의 공간 속에서 알 수 없는 편안함이 밀려옴을 의식했다. 나는 제일 가는 붓을 들었다. 그리고 지금까지의 모든 진실과 순수의 이름으로 내 싸인을 적어넣었다.

어느새 해가 뜨고 있었다. 창틀에는 햇볕이 노오랗게 묻어 있고 실내는 완전히 밝아 있었다. 형광등이 하얗게 사위어 있었다. 나는 일어섰다. 휘청거리며 일어섰다. 미간이 찡 하는가 하는 순간 다시 코피가 쏟아졌다. 그것은 방울방울 떨어져 무슨 꽃잎처럼 시멘트 바닥에 수놓아졌다.

적당한 거리로 물러서서 그림을 바라보았다.

하늘은 대낮이었다. 그림 속의 하늘은 대낮이었다. 구름들이 벚꽃같이 환하게 피어서 어디론가 멀리 흘러가고 있었다. 그 하늘 아래 산과 바위는 밤이었고, 밤의 검은 바위산 위에 한 마리 승냥이가 버티고 서 있었다. 승냥이의 털은 검고 윤기 있었으며 그 약간 야위고 눈빛이 날카로운 승냥이는 하늘을 향해 길게 울부짖고 있었다. 다리는 세 개였다. 그 세 개의 다리는 어두운 밤의 바위산을 단단하게 밟고 있었다. 그리고 나머지 한 개의 다리는 찢겨져 깃발처럼 펄럭거리고 있었다. 대낮 같은 하늘. 화창한 구름. 고요. 하늘에 있는 모든 것은 고독이었다. 그러나 승냥이는 고독을 정복하고 홀로 바위산에 오른 고고한 모습이었다. 바위 틈마다 뱀들이 서륵서륵 기어다니고 뼈들이 여기저기 흩어져 있었다. 그리고 바위산 전체를 자세히 보면, 그것은 프러시언 블루와 암바 계열로 혼합시켜 만들어낸 어두운 색깔의 거대한 아버지의 얼굴이었다.

나는 점점 긴장이 풀어짐을 의식했다. 그러나 마지막 힘을 모두 모아서 그림에 틀을 죄어 놓고 벽에다 못을 박은 다음 단정하게 걸었다. 끝났다. 그러나 그 곁에 나는 못을 또 하나 더 박았다. 그리고 그 다른 못에 걸릴 물건이 그림과 알맞은 높이가 될 것인가를 보기 위해 멀찍이 몇 걸음 물러섰다.

나는 비로소 행복한 마음을 가질 수가 있었다. 그 다른 한 개의 못은 알맞은 자리에 박혀 있었고, 나는 그 못에 걸 물건을 품 속에서 끄집어냈다. 그것은 아버지의 훈장이었다. 나는 그것을 소중하게 받쳐들고 벽 앞으로 걸어갔다. 그리고 발돋음을 하여 그것을 못에 걸었다. 이 아침, 모든 공기는 차고 맑았으며 밝은 햇빛 속에서 훈장은 순금의 광채로 눈부시게 번쩍거리고 있었다. 나는 현기증을 느끼며 오래도록 나의 그림과 아버지의 훈장을 바라보고 있었다.

작가가 말하는 작품세계

한 줄의 詩, 한 악장의 심포니, 또는 한 폭의 그림 따위들은 결단코 설명되어지거나 해석되어져서는 안 되며 다만 느끼어지는 것이라고 나는 언제나 고집하며 살아 왔었다. 따라서 그 잘나빠진 고교입시나 대학입시용 참고서에서 만해 한용운 선생의《복종》이나 라이너 마리아 릴케의《가을날》등이 조잡한 이론가들의 녹슨 칼끝에 난도질당해져 있는 것을 보면 차라리 나는 혐오감 때문에 죽고 싶다는 생각까지 들 정도였다. 詩란 표본실의 청개구리가 아닌 것이다. 배를 가르고 내장을 들어내고 허파가 어떠니 콩팥이 어떠니 왈가왈부해 봤자 더욱 詩에 대한 눈이 멀어져 갈 뿐이다. 물론 내가 여기서 이야기하는 詩란 수사법상 제유법적으로 사용되어진다. 그러니까 詩를 音樂이나 미술로 바꾸어 말한다 해도 마찬가지라는 얘기다. 혹자들은 말한다. 이 詩는 도무지 이해할 수가 없어, 너무 어려운 詩야, 라고.

그러나 어려운 것은 詩가 아니라 그렇게 말하는 사람의 詩에 대한 편견이다. 도대체 詩를 이해하려든다는 것부터가 무모하다. 詩가 감상되어지는 것이라는 기초적 상식을 버리고서는 도저히 詩에 근접할 수가 없는 것이다.

나는 小說을 쓸 때 언제나 그것을 염두에 둔다. 따라서 내 小說 또한 감상되어지기를 바라며 결코 설명되어지기를 바라지는 않는다. 나는 되도록이면 言語 자체를 生物로 만들려고 노력한다. 그것은 추상이 아니라 구상이다. 나는 소설이 단순한 스토리 때문에 읽히어지는 것이라고 생각지 않는다. 그것은 言語의 동작들이 가지는 아름다움 때문에 읽히어지는 것이라고 나는 생각해 왔다. 言語의 동작이라니, 미친 놈이로군, 하는 식의 반응을 보이는 분들께는 더이상 말해 드릴 방법이 없다. 그분들은 이미 그분들의 의식 속에서 관념이라는 덮개로 言語를 질식시켜 버린 사람들이기 때문이다.

내게 있어 언제나 言語는 초자연적 본체로 물체에 붙어 그것을 보살피는 힘, 즉 철학에서 말하는 精靈 같은 느낌으로 다가온다.

내게 있어 言語는 또 자연 그 자체이다. 바람이 불면 흔들린다. 햇빛을 받으면 반짝거리고, 탁하고 습한 곳에서는 썩기도 한다. 그것은 감정을 가지고 있으며 무척 다루기 힘든 대상이다. 때로는 흐느끼고 때로는 분노한다.

그러나 견딜 수 없는 것은 밤을 새워 言語를 건져올리다가 마침내 나 자신이 아무것도 아니라는 사실을 발견할 때다.

나는 되도록이면 나의 글들이 지금까지 말해 온 그런 言語의 정령성에 의해 씌어진 것이기를 빈다. 그러니 언제나 실패였다는 생각이다.

나는 여기서 내 졸작들에 대한 줄거리를 밝힌다거나 변명을 한다거나 폼난다고 생각되는 부분 따위를 인용하는 식의 치기를 포기하기로 한다. 그리고 가급적이면 읽은 이가 읽은 대로의 느낌만으로 내 졸작들에 대한 모든 것을 대신해 주기 바란다. 개새끼 정말 한심한 내용의 글을 썼군, 이라고 말해도 좋고, 엿먹는 인생, 이것도 글이라고 책으로 만들었냐, 하고 내 책에 똥칠을 해도 좋다. 하지만 뭔가 아픈 느낌이 있다,

라는 표현을 해주는 분이 계시다면 나는 그분을 위해 더욱 아프게 쓰고 싶다.

나는 내가 사랑하지 않는 것들을 결코 내 글 속에서 폼나는 역할로 내세우지 않는다. 그렇다면 내가 사랑하는 것들은 어떤 것인가. 그것들은 바로 나와 함께 살았던 것들이며 내가 외로웠을 때 마음으로 자주 대화를 나누었던 것들이다. 그것들은 아주 작고 가까이에 있는 것들이다.

한때 나는 가난하다는 이유 하나로 별 시답잖은 동포들한테까지도 동포 취급을 못 받고 살아 왔었다. 그 時節 내 곁에 있었던 것들―비듬, 땟국물, 이, 얼룩, 배고픔, 창녀의 빈 방 따위―그러니까 대부분의 사람들이 멀리하는 것들과 나는 가까이 지낸 셈이다. 그때 나는 알아냈었다. 사람들이 멀리하는 것들도 막상 가까이 곁에 두고 있으면 외로움이 극에 달한 상황에서는 사랑스러워진다는 사실을. 더럽다는 것은 더럽다고 생각하는 사람의 마음에 비하면 기실 별로 더럽지 않다는 것을. 그 어떤 것에도 애정을 느끼는 순간에는 더럽지 않다는 것을.

그리하여 나는 되도록이면 사람들이 더럽다, 징그럽다, 라고 생각한 것들을 사랑스럽다로 바꾸는 작업에 착수했었다.

쓰레기통 속에도 아름다움은 넘쳐나고 화장실 속에서도 존엄한 생명에의 진리가 반짝이고 있다는 것을 그즈음 나는 비로소 알아냈었다. 사랑이라는 단어, 요즈음은 웬지 死語처럼 생각하는 사람들이 많지만 그러나 人間은 결국 함께 사랑하기 위해서 살고 있는 것이다. 물론 이 함께라는 단어 속에는 사랑받고 싶다는 뜻도 내포되어 있다.

서로 사랑하기 위해서 人間이 살고 있는 것이라면 되도록 내 글들이 사랑하는 일에 도움이 되기를 나는 바란다. 당연히 이 사랑은 〈자기〉나

〈그대〉 따위에 국한된 것이 아니다. 지렁이나 이나 쥐나 미친 개를 사랑할 수 있는 심미안에의 도움을 말하는 것이다.

나는 人間에게 영혼이 있다는 것을 믿는다. 벼룩이나 모래에도 영혼이 있다는 것을 믿는다. 당연히 하나님이 있다는 것도 나는 믿는다. 앞으로 나는 되도록이면 영혼과 육신과 정신, 이 세 가지가 잘 조화된 상태가 되려고 노력하겠다. 그것은 내가 사랑하는 것들을 내 글 속에서 더욱 사랑스럽도록 만들기 위해서다.

이 時代는 불안하고 암울하다. 희망이 잘 안 보이는 웃기는 時代다. 이 時代는 바로 혼돈 그 자체다. 과연 무엇이 옳고 무엇이 그르며 무엇이 죄고 무엇이 벌인가. 노스트라다무스여, 그대가 예언한 서기 1999년의 지구 멸망은 진짜인가 겁주는 것인가.

그러나 이제 우리도 어느 정도는 알고 있다. 우리가 너무도 우리들 본질 밖으로 벗어나 있음을. 마음이 열려 있는 時代는 가고 물질만 번뜩거리는 時代가 와서 이제 우리는 담장을 높이 쌓고 그 위에 유리파편 또 그 위에 철망까지 쳐놓고 산다.

이제 그가 말했던 대로 아니 성서가 말했던 대로 우리는 떠나야 할 때가 왔다. 가난하고 외로운 자들이여, 안심하자. 사람들 밖에서 살던 사람들이여, 안심하자. 우리는 비록 그렇게 살아 왔다만 사랑만은 간직하고 살았으니, 영혼까지 멸망치는 않으리라.

앞으로 나는 멸망치 않는 영혼에 대하여 쓰고 싶다. 그것만이 실패만 거듭해 온 내 글들의 구원일 것이라는 생각이 든다. 그것은 견딜 수 없는 고통 뒤에야 비로소 성취되어질 수 있는 것임을 나는 안다. 끝으로 한 마디 솔직한 내 견해를 덧붙인다면 요즘은 골이 텅 빈 사람들이 너무나 많다. 책을 안 읽고 사니까 그럴 것이다.

  하지만 수중에 돈 떨어지면 아무리 그럴 듯한 사람도 도무지 맥을 못 추는 세상, 책 읽는 사람들은 한결같이 가난한데 책값은 또 오라지게 비싸기만 하다. 되도록이면 나는 재미있게 써야겠다는 생각을 한다. 그래야 이 시정잡배 李外秀의 독자들이 돈 아까운 줄을 모를 테니까. 하지만 그것은 서비스일까 속임수일까. 둘 다 아니다. 내 최소한의 독자들에 대한 애정일 뿐이다.

李外秀

작가 연보

1946 경남 함양군 수동면 상백리에서 태어남
1958 강원도 인제군 기린국민학교 졸업
1961 강원도 인제군 인제중학교 졸업
1964 강원도 인제군 인제고등학교 졸업
1965 춘천교육대학 입학
1968 육군 입대
1971 육군 병장으로 만기제대. 강원일보 신춘문예에 단편 〈견습 어린이들〉이 당선됨
1972 춘천교육대학 중퇴
1973 강원도 인제군 인제남국민학교 객골분교 소사로 근무
1975 《세대世代》지에 중편 《훈장勳章》으로 신인문학상 수상. 강원일보에 잠시 근무
1976 단편 〈꽃과 사냥꾼〉 발표. 11월 26일 전영자와 결혼
1977 춘천 세종학원 강사로 근무. 장남 이한얼 출생
1978 원주 원일학원 강사로 근무. 장편 《꿈꾸는 식물》 출간
1979 단편 〈고수高手〉〈개미귀신〉 발표. 모든 직장을 포기하고 창작에만 전념
1980 창작집 《겨울나기》 출간. 단편 〈박제剝製〉〈언젠가는 다시 만나리〉
     〈붙잡혀 온 남자〉 발표. 차남 이진얼 출생
1981 중편 〈장수하늘소〉, 단편 〈틈〉〈자객열전〉 발표. 장편 《들개》 출간
1982 장편 《칼》 출간
1983 우화집 《사부님 싸부님》 I · II 출간
1985 산문집 《내 잠 속에 비 내리는데》 출간
1986 산문집 《말더듬이의 겨울수첩》 출간
1987 서정시집 《풀꽃 술잔 나비》 출간
1990 4인의 에로틱 아트전—나우갤러리
1992 장편 《벽오금학도》 출간
1994 산문집 《감성사전》 출간. 선화仙畵 개인전—신세계 미술관
1997 장편 《황금비늘》 1 · 2 출간
1998 산문집 《그대에게 던지는 사랑의 그물》 출간

주소   춘천시 교동 158-21호 11통 2반
FAX   0361-252-0884
컴퓨터 통신 ID   oisoo(천리안)   oisoo1(하이텔)   격외선당(유니텔)
홈페이지   http. // user. chollian. net / ~oisoo
E-mail   oisoo@chollian. net

겨울나기

초 판 발 행: 1980년 3월 5일
13쇄 발 행: 2003년 2월 5일

지은이 : 李外秀

펴낸이 : 辛成大

펴낸곳 : 東文選
제10-64호, 78. 12. 16 등록
서울 종로구 관훈동 74
전화 : 737-2795
팩스 : 723-4518

Photo : 곽경근

* 인지가 없거나 잘못 만들어진 책은 교환해 드립니다.

ISBN 89-8038-901-9 03810